吴金梅 主编

大连大学文学院
『互联网+新文艺创意写作课程』作品集（2017）

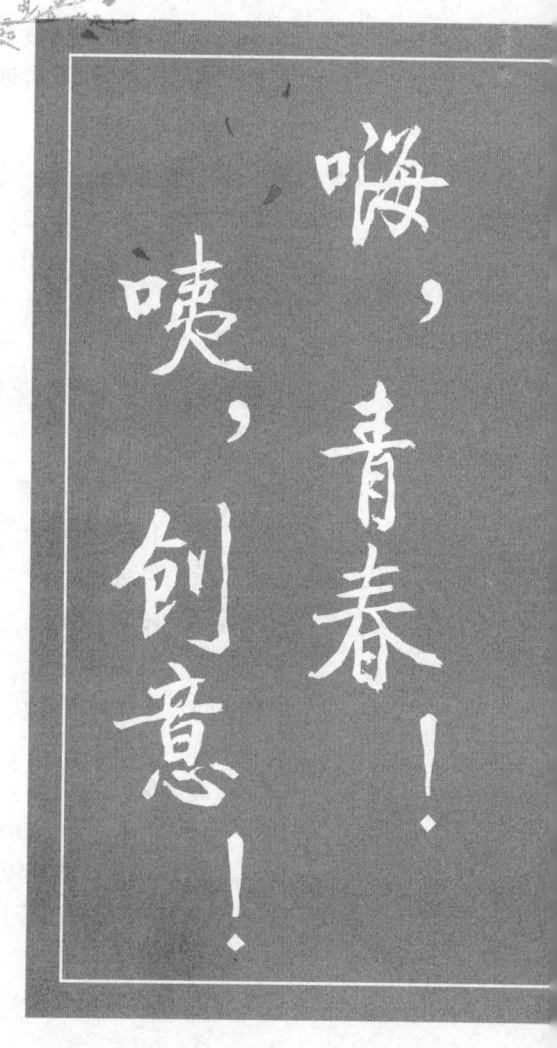
嗨，青春！
咦，创意！

中国青年出版社

图书在版编目（CIP）数据

嗨，青春！咦，创意！：大连大学文学院"互联网+新文艺创意写作课程"作品集：2017/ 吴金梅主编.—北京：中国青年出版社，2017.11
ISBN 978-7-5153-4960-2
I.①嗨… II.①吴… III.①中国文学–当代文学–作品综合集
IV.①I217.1

中国版本图书馆 CIP 数据核字（2017）第 261424 号

书　　名：嗨，青春！咦，创意！：大连大学文学院"互联网＋新文艺创意写作课程"作品集（2017）
主　　编：吴金梅
责任编辑：庄庸　陈静
特约编辑：张瑞霞
出版发行：中国青年出版社
社　　址：北京东四十二条 21 号
邮　　编：100708
网　　址：www.cyp.com.cn
门 市 部：（010）57350370
印　　刷：三河市君旺印务有限公司
经　　销：新华书店
开　　本：787mm×1092mm　1/16
插　　页：1
印　　张：28.25
字　　数：400 千字
版　　次：2018 年 6 月北京第 1 版
印　　次：2018 年 6 月河北第 1 次印刷
印　　数：0,001~3,000 册
定　　价：68.00 元

本图书如有印装质量问题，请凭购书发票与质检部联系调换。
联系电话：（010）57350337

序　创意文字，创新青春

　　阅读着这一行行青涩却又充溢真挚情感、青春灵动的文字，青春如歌韶华璀璨，只是青春也有无助和迷茫的时刻，也有愤慨和叹惋的情感。但无论怎样，眼前这群思绪飞扬的青春少年，都自有他们一方独特的情感世界。或许，我们可以理解他们，毕竟，曾经一样，年少轻狂。但我们更需要和他们一起，燃起理想与创新的热情。毕竟，时过境迁，这代人已经不应再像我们或父辈一样，生命的意义多是为生活而辛苦奔波。正如鲁迅先生所说，"他们应该有新的生活，为我们所未经生活过的"。而我们应做的，也正如鲁迅先生所说，"肩住了黑暗的闸门，放他们到宽阔光明的地方去，从此幸福地度日，合理地做人。"这黑暗，既是身处激烈竞争社会中前途渺茫的一份无助或无望，也是高房价等巨大生活压力下自谓屌丝们的一丝无奈和自卑。但"天生我材必有用"，你想成就想要的未来，你就必须要有一颗奋斗努力的心，必须要走在一条正确光明的路上。

　　所以，趁年轻，出发吧，在路上，有无限风光。

　　作为一部为大连大学文学院中文及相关专业在

校学生集体创作的创意写作文集,同时作为一部创意写作实践指导用书,用于提升当代大学生写作的创新创意能力,这本文集的编写初衷,基于以下三点:

一、借大连大学中文学子的创意文字展示当代大学生的情感世界与精神面貌,使广大师长了解当代青年大学生的思想情感,寻找其思想的闪光点与精神的迷茫之处,予以适当的鼓励和积极正确的引导,给他们以信心和希望。

二、借这些洋溢着青春况味的文字,寻找创新思想与创意写作的萌芽和火种,希望可以在这群青年身上乃至这本文集的读者身上,激起当下创新思想与创意写作的燎原之势,抒写生命的思索和生活的印迹,发现生活之美,创造生命之美。

三、将创新创意融入青春韶华,借此实现当代大学生的思想创新与创业实践。二者兼备,且相信自己可以兼备并为之努力,才有可能在社会激烈竞争的今天,闯出一条属于自己的开阔道路,最终实现培养高素质的具有创新意识和创业精神的国家建设人才。

"少年强则国强",赢取下一代,是国家教育的当务之急。

身为95后的当代大学生,是成长在互联网+中的一代。他们对这个世界有着属于自己的独特认知,有自己独特的世界观和价值观,并不是只知道游戏人生、沉溺虚幻的懵懂少年,而是有自己的理想和追求,但却不知如何实现的一群心怀抱负和激情的青年,他们需要一个平台,来表达自己的思想、展示自己的能力和活力。在国家倡导"大众创业,万众创新"的时代,青年的创新意识是最为强烈的。他们不愿意墨守成规，他们需要机遇和契机，他们是不容忽视的群体，也是必须予以关注的群体，因为他们客观存在，因为他们思维独特，因为他们可以改变一个世界。

作为一种在欧美国家已经有上百年历史、发展得十分成熟的学科与创作方式，创意写作在中国起步的时间并不长，也只有北上广等一线城市的部分高校开设了相关的课程或专业，有一些相关的工作坊在运行，但这还远远不够。对于这种能够使人脑洞大开，能够将人们记忆或思想所有，却心中所无的创意潜质激发出来的创作方式，我们应该尽快拓展普及。当面对一群茫然无处下笔的人时，你要知道，不是他们不会写不能写，而是他们创意写作的闸门被紧紧封闭了。他们思想与体内创意写作的烈焰在沉睡，需要用火花去点燃，去燃爆自己内心的小宇宙，他们就会释放出巨大的宇宙能量，就能改变世界。

同时，在我们迫切需要向世界"讲述中国故事，发出中国声音"的今天，当代青年，也是这一艰巨使命的未来承担者。他们不是不肯付出的、冷漠的或不思进取的一代，他们只是没有找到一条可以发挥自己优长的可行途径，更多是在黑暗中摸索道路前行。这对于青年人来说，需要过多的耐心和毅力。而这，某种程度上也正是大多数青年所缺少的特长，此时，正确的指引便亟需且可贵。如果有一个火种，可以燃爆当代青年心中青春的巨大能量和潜能，一旦让他们懂得了：我愿！我能！他们便会成为可以驰骋天地的骏马和翱翔天空的雄鹰，那时，他们将会创造一个绚烂的青春的世界和国度。

创意文字，创新青春，我愿！我能！我们一起，在路上！

上篇　非虚构

壹　春花秋月 / 002
爱在今春最动情 / 003
春夏秋，六月的变幻 / 007
秋气 / 010
连大四季 / 013

贰　往事如烟 / 016
小时候 / 017
我的童年 / 020
记忆中的洋槐 / 023
坑 / 026

叁　韶华易感 / 029
一个人 / 030
一棵孤独的树 / 033
五路·海贝·望南的狗 / 036
怪星球 / 040
离开也是美好 / 043
老鼠肉是什么味道？——校园食品安全问题的反思 / 046
未成年人保护法，保护的究竟是谁的利益？ / 050

肆　于无声处 / 053
与高考有关的日子 / 054
大学里的一瞬间 / 057

不枉此行的青春 / 060

等风来 / 063

二十岁 / 067

旋转于青春中的花季 / 071

感恩你很幸福 / 074

人生没有如果 / 079

相遇，青春 / 082

用青春谱一曲梦想 / 086

青春无悔，坚守初心 / 090

擦肩而过 / 094

江山多少年，少年亦如是 / 097

给明天的我 / 101

穿越时空的演讲 / 103

南冠 / 106

伍　原来你也在这里 / 110

相见，抑或不见 / 111

写给我喜欢的你 / 115

你离去的背影，寂寞了身后的我 / 118

你的样子 / 121

陆　谁言寸草心 / 124

祖父的茶园 / 125

外婆 / 129

父亲 / 133

顾尔，复尔 / 137

孔雀东南飞 / 142

背影 / 150

送一只柯基给你 / 153
　　出丧 / 159
　　巢 / 163

柒　桃花潭水 / 166
　　那个女孩 / 167
　　共你 / 170
　　那三个可口的吃货 / 173
　　浮生半世，一树桃花 / 178

捌　大城小事 / 181
　　最是姑苏情醉处 / 182
　　旧金山游记之恶魔岛所感 / 185
　　那山 / 189
　　临街的窗 / 192
　　南食北客 / 195
　　女儿红 / 198
　　猫 / 201
　　与树的记忆 / 205
　　那个烤肉的朝鲜女服务员 / 208

玖　光影文心 / 211
　　文学所带给我的 / 212
　　刘勰和他的文心 / 216
　　论《红楼梦》的悲剧精神 / 220
　　情如抽丝，绵绵不绝——读《伤逝》 / 224
　　《生死场》中女性的"他者"景观 / 227
　　《暗算》中人物的"幸福感" / 231

读《摆渡人》有感 / 235

你可知雏菊 / 238

活着就好 / 242

且活且珍惜 / 245

活着 / 248

求而不得的刘子骥——《暗恋桃花源》中痴迷的追寻 / 251

中篇　诗歌

壹　韵由情系 / 256

盖世英雄 / 257

念 / 260

鹿行 / 264

故事 / 266

想要带你去看滨城的海 / 269

我想和你虚度时光 / 272

离别的车站 / 274

情书，写给家乡 / 276

以后的梦 / 279

河与桥 / 283

路灯 / 286

清晨，步行外滩 / 289

平安夜 / 292

不再熬夜 / 294

三两成诗（行）/ 297

时·昼与夜 / 300

瞎想两篇 / 303
四月与理想 / 306
一页星空 / 310

贰　古韵新情 / 313
沐春（外一首）/ 314
秋夜遥寄闺蜜 / 314
月夜寄故人 / 316
春江月 / 318
落叶 / 320
夏日即景 / 322
连大园中樱花 / 324
书愤（外一首）/ 326
归 / 326
金州风雨送詹皇 / 328
一剪梅·梦里相寻梦醒愁 / 330
一剪梅·西风又起水向东 / 332

下篇　虚构

壹　情亘千古 / 336
少年游 / 337
灵狐猎手 / 343
江雪埋骨 / 348
祭 / 353

贰 经典重述 / 356

    新生——子君手账 / 357

    改自《变形记》/ 362

叁 现实·人生 / 365

    安与她的猫 / 366

    她变成了鱼 / 370

    小满 / 377

    永远是好朋友 / 386

    最美的秋天 / 390

    回暮 / 393

    礼物 / 396

    刃脊 / 404

    有关大砂厂 / 416

附录 / 433

上篇

非虚构

　　世界是真实的，文字是真实的，情感是真实的。这些非虚构的文字，是一颗颗青春心灵真实情愫的真诚表达。他们的爱恨，他们的喜怒哀乐，就是当下中国一代青年的爱恨与喜怒哀乐。他们所关心的，也应该是我们为人师为人父母者所关心的，是这个国家和民族所应关心的。窥豹一斑而知全貌，读一文而知一代人的眼中事心中情。这是碎碎念，更是青春情。

壹　春花秋月

光阴流转，四季轮回，春风春雨润物无声，夏树夏花摇曳璀璨，秋意秋实喜忧交织，冬雪冬阳希冀心田。每一个季节都有其独特的美好与情愫，而在青春韶华中，也因其美好而更感其易逝，更加值得珍惜！

爱在今春最动情

汉外141班 徐颖

歌尽桃花

凤暄逍遥案清浅，龙啸长空媚舒颜。谁知芳心曾几许，暗恨怀游似人间。

桃花扇底逸春天，粉蝶梢头舞昔闲。星夜漫漫箫何处，霜桃化身变神仙。

——题记

初春时，芳草始生，杨柳泛绿，至郊外野游，谓之踏青。

欧阳修曾作《阮郎归·南园春半踏青时》："南园春半踏青时，风和闻马嘶。青梅如豆柳如眉，日长蝴蝶飞。花露重，草烟低，人家帘幕垂。秋千慵困解罗衣，画堂双燕归。"它描述了青梅竹马踏青时，享受暖春的散漫之情与相见的缱绻之意。

四月春阳暖煦，微风拂人，正是与三两好友相约郊游的好时节。清明雨纷纷，即使是行走在北方郊外，也会幻想自己是在温雅婉约的南方小镇。杏花微雨时，在这生生不息的花草世界中，你会体会到一种从未有过的快感。寄情于山水之间，闻着雨后新鲜泥土夹杂着花瓣清香的味道，体味真正属于你的春意。

迎春花开了，但这个城市还有些冷。北方的春天似乎比往年来得更晚一些，四月的天气还是乍暖还寒，并没有让人感受到很多春意，天气又冷又亮。每一个你我，在光华与幻影中穿越，就像人间四月，在这个季节的虚影中缓缓地走过。

但是，静下心来你会发现柳树嫩嫩的芽，在空气中似乎隐约有着甜腻的香气，等待丁香花馥郁的香气氤氲在空气中。又冷又明亮的四月，似情人在耳边的低喃，又似才人低眉顺眼的温润。突然想起了弱水三千只饮一瓢的爱情，嘴角微笑，用手挪开挡住眉眼的青丝。原来，春天真的到了！

你也许可以趁着阳光正好，去那烟花之地——扬州，去那茶花盛开之地——云南，去那密云雾灵之地——北京。青草依依、清水涟涟之时，去那充满魅力的地界，为自然的神力所深深折服。

我们不得不惊叹这四月的魅力，她花季少女般在林间、水间嬉戏玩闹。她又像一个冷酷女神，吝啬地给予人间温暖，在挑逗间深入人心，回首时已无法割舍。

春光无限好，只是近黄昏。我渐渐沉浮在那精灵世界中，享受着满园的春色。大概也只能怪那春风料峭，折花温酒，又沉迷，又落寞。于是在这又冷又明亮的春天，要记得，我们所享受的恩赐和被爱。青梅未枯萎，竹马未老去，让我们的爱永远活在春日里。

爱在今春最动情！

创意写作引导与评析

创意引导

春,是一首永远吟咏不尽、谱写不完的歌谣,春若入你的心怀,入我的眼眸,一草一木,一花一叶,此情此景,皆可启人抒写柔暖情怀,创意灵动文字。

点滴深浅情愫,氤氲点染,舞弄文心,行走光阴,便是绝佳的创意文字。

正如民国女子林徽因的《一首桃花》与《你是人间的四月天》。

桃花,

那一树的嫣红,

像是春说的一句话;

朵朵露凝的娇艳

是一些

玲珑的字眼,

一瓣瓣的光致,

又是些

柔的匀的吐息;

(《一首桃花》节选)

你是一树一树的花开,是燕在梁间呢喃,

——你是爱,是暖,是希望,你是人间的四月天!

(《你是人间的四月天》节选)

朴朴文字,却是春带来的美与欣喜。林徽因的春天,亦是你我的春天,是世间万物的春天。数行清诗,一段疏落小文,就是你我的创意与本心,谱写给春的曲韵。

写作评析

春是景，眼有情。春天处处皆有，但抒写时要有个暗藏的线索，像带人春游，见处皆景，但非见处皆入笔，要寻到写出令人眼前一亮之景，让人若见春色明晰。

春是轻盈灵动的，所以语言文字更宜轻快朴素简洁。如：

"春光无限好，只是近黄昏。我渐渐沉浮在那精灵世界中，享受着满园的春色。大概也只能怪那春风料峭，折花温酒，又沉迷，又落寞。于是在这又冷又明亮的春天，要记得，我们所享受的恩赐和被爱。青梅未枯萎，竹马未老去，让我们的爱永远活在春日里。"这一段，或可改为：

"春光无限好，只是近黄昏。我渐渐沉溺在这灵动世界中，享受着满园春色。春风料峭，折花温酒，又沉迷，又落寞。于是，在这冷且亮的春天，要记得，我们所享受的恩赐和爱。青梅未枯，竹马未老，让我们的爱，永远活在春日里。"

春夏秋，六月的变幻

汉外141班 毕钰

五月的微风十分轻柔，像恋人的手温柔地抚到脸上，有一种温暖、舒适而惬意的感觉。即便是大黑山脚下，五月的风仍旧那样和煦。

转眼间便入夏了，时光悄然走到了六月——初夏的季节。

大连的六月，天气多变，气温也变得一反常态。或许是因为全球变暖，抑或是地理位置的差异，今年的六月，像春天，像夏天，像秋天。

还记得刚步入六月时，天气忽然变得十分炎热，校园里的学生们脱下了长袖，女生们都穿上了短衫、裙子。还记得我从窗前探头看向外面，女孩子们穿着款式不同、式样各异的衣服，扑面而来的是一种青春、一种欣喜。

阳光也变得热烈了起来，照在身上有一丝难以忍受的热。我还在感叹着今年的夏天热的太快了，我似乎还没有来得及好好享受春天的温柔和舒缓，还没有在无须打伞、穿着一件长袖便觉得十分惬意的春天，好好地沿着学校的小路慢慢走走，逛逛鲜花盛开、树木繁盛、水塘蓄满春水。

夏天来到，空气中都散发着一种闷热，树叶沉闷的发不出声响，仿佛炎热的夏天耗尽了它们的精力，或许它们也觉得十分疲劳，想要休息一下。马路上好像冒着热气，坐在椅子上都觉得有些烫人。我不喜欢闷热的夏天，也不喜欢夏天到得如此早，炎热的夏天，我好像霜打的茄子，没有力气没有精力。

今年的六月并不只是炎热，天气说变就变，像婴儿的脸，太阳的热度转瞬散去。在一个清晨，醒来后，我发现窗外下起了大雨，风也呜呜地吹着。走在路上，有一种冷意入侵皮肤，风声呼啸，仿佛凶恶的猛兽，我受不了这种冷，穿上了秋天的衣服。这不就是秋天嘛！狂风卷起了一地的落叶，大雨洗刷着路上的每一个角落，雨中的校园不再那么鲜艳缤纷，而是变得十分单调，每个学生都打着伞，穿着大衣，步履匆匆，不愿在外面多停留，而是想赶快到室内没有雨的地方。雨像秋日的雨，寒冷而又不留情面，风吹在脸上只有冷意，没有温暖。尤其是到了晚上，风依旧在吹，在路边等车的时候我不得不抱紧双臂，但仍觉得十分冷。这不该是夏天的样子，今年的夏天实在有些冷。

雨停了，风也不再那么凶，天空蔚蓝，空气被雨水洗刷后，有着一丝温润潮湿的味道，像泥土的芬芳，非常好闻。

气温也不再那么低了，反而有点像春天，秋季与夏季之间的温度，很凉爽很舒适，穿一件单衣，在清新的空气中行走，也是一种享受。

今年的六月气温多变，我还是更喜欢雨后的六月。

创意写作引导与评析

创意引导

　　光阴流转，由春而夏。六月的大连，在作者笔下，是变幻的，像春，像夏，又像秋。春的和煦，夏的炙热，秋的萧瑟风雨，都在一个六月中次第而来。因为，这是大连，这是大连的六月。

　　本文的创意，在于作者在一场六月的雨中，用心感受并回想起雨前的六月，将天气与气温的变幻和一个独特的月份——六月，相联系，并将其置于全年月份气候中进行考量，写出了自己感觉的这个六月的与众不同。

　　每个人有每个人的六月，每个人有每个人的七月、八月……气候、景物、植物、地点……不同的时间、相同的地点或相同的时间、不同的地点，或相同的时间、相同的地点、不同的人，都可以细描细绘而成为一篇篇独特的创意文字。

　　万般心情与景致，诉诸笔端，便是好创意。

写作评析

　　本篇文字立意清晰，内容比较简单。春夏秋，六月的变幻，写出六月像春，像夏，像秋，就可以。顺序则由具体的行文与架构决定。从上文来看，作者写出了六月的炙热与冷意，但六月如何像春这一点，写得不够充分。

　　本篇的优点是结构较为清晰，语言较为朴实，能够较为形象地传达出某些细腻的感受，文笔较为流畅。

秋气

中文142班　张潇琳

节气逢寒露，天高云淡也变了味，之前的秋景是静的，那之后的便是狂风与流云、疏树与叶落了。走在连大校园的路上，杨树虽未参天但也可遮烈日，大黑山脚下的山风催着行人加快脚步，而我的脚步却停住了。望着风云变幻，听着绿树摇曳，阴天的时候，空气也稀释了绿色，就像流动的秋气一样。突然想起《岳阳楼记》中"若夫淫雨霏霏"一段，薄暮时分"阴风怒号"很是应景。非悲者，目中自然也无悲景，秋气也并非尽是萧瑟，银杏树叶金黄之前，果实是丰硕的。

假期过后友人归来，送了我一件标本（爬山的纪念）——枫叶和蝶，"一叶而知天下秋"并不是遥想，去前衫薄气暖来时天冷人僵，这便是秋气催使风流的第二个特征——催化万物。枫叶变红、银杏变黄、槐叶发脆、虫鸣不作、鸟雀尽飞，秋气催使着万物走向一个新的轮回。人也是如此，春日出门、夏日焦作、秋日思乡、冬日归家。对于一个异地求学的人来说，秋气在张籍的《秋思》里，也在王维的"每逢佳节倍思亲"中，更在刘禹锡的"晴空一鹤排云上，便引诗情到碧霄"中。秋之于人并不是一种情思，寓于其中的不只是悲瑟豪壮，更有一种温馨。八月十五的月圆花好,九月九日的思家念亲并不矛盾,这是郁结在每个中国人心中的传统节日和文化情怀。

而秋与文人气节更是有着一种不解奇缘,秋总给人一种刚贞不俗的感觉。这种气节如陶潜爱菊,在"山气日夕佳,飞鸟相与还"的南山赏秋菊秋景,淡然忘我、物化自然。秋气更有考验人意志的意味,萧瑟之感浸人心,而衰瑟之气难移志,更在"不以物喜,不以己悲"中道出。秋之于万物也不止于生命的终结,虫兽悄然是积蓄能量,落叶飘然是化肥而润来年秋实,而蝉止蝶灭更是顺应自然法则,就像人死化灰也是自然。虽知死生虚诞,彭殇妄作,但"但愿人长久,千里共婵娟"也并非每个人的痴望,秋气来便像是一个轮回,像一个钟在特定的时刻敲打着人。生活并非每刻都像庄周化蝶一样虚妄悲观,而人们到秋时方知自己收获的是什么。是枫叶火红后的青春燃烧?还是枯木将朽时的萧然化尽?秋气击打的不是年龄也不是时间,而是每个人的心态和心境。

"人生代代无穷已,江月年年只相似。"人们在时间长河里前进的或许是思维科技,但是人的思想心境却有着惊人的相似,纵使相隔千年,颂秋之歌秋之词句比比,而秋心不改、秋节难移。

创意写作引导与评析

创意引导

  "秋气",是什么样子?每个人心中不尽相同。不同时代,不同人,甚至是同一个人在不同时空,不同心境,感受也都会有所不同。这就是关于"秋"的创意。不论是悲秋还是赏秋,都是自己的独特感受。秋的声音,秋的颜色,秋的冷暖,秋的诗句……无数种秋的样子,都是属于秋的,也是属于每个人的。

  这是自然无私的赐予,只要你懂得接受,并怀有一颗感恩感念的心。

写作评析

  "秋气击打的不是年龄也不是时间,而是每个人的心态和心境"一句,"击打"一词,别出心裁,能够极为形象地描绘出秋的力量和形态。形象传神的动词,恰切的名称,贴切的形容词,适当的连词,都是一篇好文字应该具备的特点。

  只是本文在标点运用方面还有一些不足,如最后一句的标点,"人们在时间长河里前进的或许是思维科技,但是人的思想心境却有着惊人的相似纵使相隔千年,颂秋之歌秋之词句比比,而秋心不改、秋节难移。"

  这一句的标点,或可做如下修改,使句子表意更加明晰,节奏更加明快,"人们在时间长河里前进的,或许是思维、科技,但是人的思想心境却有着惊人的相似,纵使相隔千年,颂秋之歌秋之词句比比,而秋心不改、秋节难移。"

连大四季

中文 141 班 潘梦雨

转眼间,大学生活已走过三年。对于我一个来自南方的人来讲,的确需要一段时间来适应北方的气候。特别是在大黑山脚下的大连大学,这个被我们称为连大的地方。在这三年中,大学生活有不少美好的记忆,而伴随这些记忆的一直都是冬去春来、夏秋变换的连大四季。

连大的春天来得很晚。每学年的下学期三月初开学,连大依然像一个没睡醒的孩子,安静祥和地沉睡在冬妈妈的怀抱里;气温很低,你仍然需要冬天的那套装扮来抵御寒风的侵袭,此时的学校一切都显得那么灰暗,枯树黄草,一片死寂。连大的春天很短暂,在四月初,校园主干道旁的银杏树都长出了新芽,绿化丛中很多花竞相开放,知名的不知名的争奇斗艳……温柔的春风拂过脸颊,风中带着青草与花香的气息让我们神清气爽;偶尔也会下点小雨,雾蒙蒙的空气夹杂着泥土的清香,远处的大黑山时隐时现,似海市蜃楼般飘渺变幻。可是,美好的事物总是短暂的,在我看来,连大的春天似昙花一现,过了五一,气温陡然升高,同学们也都换上了夏装,连大的夏天也就随之而来了。

连大的夏天和全国大多数地方一样,高温炎热,每年到了六一便正式宣告盛夏的来临。夏季是连大最有活力的季节，骄阳似火，在校园里我们可能随时受到火焰的灼烧。南区宿舍旁的绿化带展示出迷人的绿，在草地、树木的相互映衬下，像一块碧绿的地毯铺在我们周围，这是一个绿的世界。最别具一格的当数我们的人工湖，夏季湖水增多，季风吹拂在明亮如镜的湖面上荡起微微的涟漪。湖中的亭子是同学们乘凉的好去处，三两好友，一缕微风，便是整个夏天的节奏了。

连大的秋总有一种独特的魅力，它的到来总是无声无息的。每年十一，校园里会落下一场秋雨，这场雨过后连大的秋天也就来临了。由于连大位于山脚下，每年秋天山风都会呼啸而来。连大的秋风猛烈程度甚至能把树木连根拔起，丝毫没有夸张，身体单薄的姑娘在连大的秋风中似航行在大海中的扁舟，随时有颠覆的危险。秋风过后，金黄的银杏叶飘落满地，此时的校园如金黄色的海洋，美不胜收；秋天的天空碧蓝如洗，湛蓝无比，好似一块蓝水晶，空灵通透；连大的秋是宁静的，当昼逐渐变短夜渐渐变长，连大学子也从夏日的喧嚣走向秋天的平静。天气逐渐变冷，大黑山也浮动着一丝丝淡淡的、半透明的雾气，一切都充满着诗情画意，又不失庄严肃穆。

连大的冬天是梦幻的。北方的冬天很长，连大也不例外，从十一月初到来年的三月末，整个校园都暴露在刺刀般的冬风中。每天晚上校园格外寂静，道路两旁的树上都挂上了五颜六色的灯，在冬日的黑暗中忽明忽暗又美轮美奂。降雪后连大则披上了一层厚厚的白色外套，北方的雪不似南方的娇媚，厚重且敦实。大黑山上银装素裹，一切都陷入了沉睡，微黄的阳光照在山坡上，这雪便害羞地露出一丝粉色。对于山下的连大学子来说，冬日是最忙碌的时刻，有考研冲刺的，有期末复习的……这些学生竞相奔入图书馆，为连大的冬日注入勃勃生机。

这便是属于每一位连大学子的四季。这四季似音乐中的交响曲抑扬顿挫，似历史长河中的史诗波澜起伏，更似一种亘古不变的自然规律指引着我们的生活态度。人生就像四季，总会历经平静悠长、默默无闻的蓄势，才会迎来绚丽多彩、壮美恢弘的灿烂。"年年岁岁花相似，岁岁年年人不同。"连大始终以开放、宽容的姿态迎接一批批新学子，又以严谨务实的态度送走一届又一届毕业生，愿每一位连大人都能生如夏花，有一个灿烂光明的前程！

创意写作引导与评析

创意引导

  人的一生会变换居住的城市，不同的地域有不同的风景和气候，这就是连大四季的创意。作为对大连大学的简称，连大之于连大学子总是有一份特别的情感。尤其是来自南方的同学，从温润秀丽的南国到山风浩荡的东北辽南的大黑山下，一定会有诸多的感触不吐不快。

  每个地方的每个人的四季，即使相同的景色，也会触发不同的思绪，这就是每个人、每个城之四季的可写之处。家乡的四季，异域的四季，甚至某个季节，某一天的天、云、花、草、树、风……皆可入眼入笔，皆是好创意，皆可有好文字。

写作评析

  某地的四季，最省力的写法，大概就是春夏秋冬每个季节写一番。本文即是如此。有开首的铺垫，有结语的祝愿，就是一篇完整的文字。写一地的季节，最重要的是抓住其特点，描写其独特之处，写出这一个城不是北上广，不是小山村，而是大连，准确地说是连大的四季，便是成功。

贰　往事如烟

一首《童年》伴随无数人成长,年少时的美食美味,纯真玩伴,无一不是美好的回忆与过往。回不去,却又时时萦绕心头,留恋那时的轻松愉快与容易满足,是因为今天我们需要面对无数次的拼搏与奋斗。我们,总要长大;我们,已经出发!

小时候

中文143班 何亚娟

我做了一个梦：你带着我去一个地方，路过一个桥的时候，风很大。你在前面走，我吃着糖跟在后面，风实在是太大了，把我的糖吹飞了粘在墙上，拿也拿不下来。最后你抠下来一小块塞我嘴里，告诉我不要吃完了，吐出来吹吹再吃就会变多。

越长大越怀念小时候，不管小时候的日子过得多么艰难，回忆总让它多了几分美好。

怀念儿时的玩伴。我们总是成群结伙地出现在村子里的各个角落，搜寻好玩的东西。在一棵树下开辟出一块地，把它当做家；采来叶子和花当做吃的；用泥和着水可以玩一整天；看谁不爽就去打一架，打不过就逃跑。如果日子可以一直那样该有多好。

怀念儿时的食物。有一种叫青蛙糖的，绿色，很香甜，五毛一袋，在当时有点贵，承包了我童年的糖果，后来市面上再也找不到了。一种用肉汤煮的开紫花的野菜，用它的汤来泡饭一次要吃几大碗还不够，根本不用担心长胖。小时候的我很馋，什么都想吃，妈妈一度怀疑我是不是她亲生的，怎么会这么馋？那时候条件非常不好，为这张馋嘴没少挨打。记忆里的中秋节承包给了两个五毛钱的月饼，每年妈妈都会买两个给我和弟弟，白色的很硬也不好吃，红色的好吃，妈妈却从来不给买。但是现在想来，确是那么的美味。一种只有在生病的时候才能吃到的鸡蛋糕，每次生病的时候妈妈总是带着我和弟弟步行到很远的地方去看医生，之后会给我们买鸡蛋糕，我和弟弟一路很开心地吃着回来。鸡蛋糕在我心中可以说是糕点中的至尊，至今为止没有任何东西可以超越，只可惜现在也买不到了。还有只有在生病的时候才能吃到的方便面，方便面在小的时候还是神奇的宝贝，和弟弟为了争它没少打架。今天很多人都不理解，认为我满嘴跑火车，那我是不会和他做朋友的。

让我怀念的还有那些艰苦的日子。爸爸骑着他结婚时用的单车，前面坐着弟弟，后面坐着我。我们穿过村庄，跟着爸爸去给人家做陶罐。我和弟弟在稀泥塘里玩，泥巴沾满整个人，爸爸把我们揪出来放到山坡上去晒。在一个夜里得了肺炎的我，一动都不动。爸爸赶忙叫来村里的几个人轮流背着我跑去镇上，是夜里又是山村，根本没有四个轮子可以跑的车，同行的人筋疲力尽后劝爸爸回去，他们认为我已经没救了。爸爸不听，继续背着我跑，他感觉到我的小手抓了抓他的脊背，那一刻他哭了。也许只有为人父母才能理解其中心酸。和姨家的哥哥姐姐天天去山上放牛放猪的日子，我是特别痛恨放猪的，因为它们总是不听话。后来我们把家里的鸡和猫都赶上了山，四个小孩子开始满山找小动物的日子。

活在回忆里的人永远也长不大，我宁愿永远是小时候的样子。

创意写作引导与评析

创意引导

"小时候",是什么时候?是最无忧无虑的时候,是最贪玩最贪吃的时候,那时候的要求很微小,那时候不知道掩饰自己,不懂得生活有时很艰难,那时候会记得自己生病时父母的看似大惊小怪或神奇的力量,那时候有很多满足和快乐。

但我们会长大,我们已经长大,于是唯有怀念。小时候,是一种岁月,就像每个人的青春,就像每个人的童年一样。几度梦萦魂绕,几度午夜梦回,如此让人铭记和怀念的,是一幕景,是一份情。

或许,你会说,你的小时候,你已经不记得了。不会的,如果问你小时候最喜欢吃什么?如果问你小时候最开心的事是什么?你一定会记得,那么,一起来念起,写下:小时候……这就是这篇小文的创意所在。

写作评析

岁月匆促,当我们踏入青春,我们会怀念起小时候的点点滴滴。小时候的玩伴与美食,小时候的游戏与恐惧,小时候的辛苦与快乐……所有你记得的,皆可入文,几度梦回,几许怀念。小时候的种种,或许,有些是一代人共同的经历;或许,有些只是你独特的拥有。珍贵,久远。

写那些难以忘怀的过往,不需要过多的谋划,只需要将你心中最清晰的记忆抒写出来,就是充满真情的质朴文字,就如这篇《小时候》。

我的童年

中文143班 崔星辉

我小的时候，我们那里还没有电视，没有电脑，生活单调。童年的我打发光阴的方式就是简单的游戏。玩具是我们自己制作的，比如弹弓就是用找来的小树杈、橡皮绳、布条连接而成，手枪也是我们用木头削成的。几个小伙伴，木手枪别在腰间，模仿电影中的情节，玩警察捉小偷的游戏，要么就分成两伙玩打仗，嘴里还"啪啪"地模仿着枪响的声音。乏味了，把铁条弯成一个圈，再弄个钩一推，徒步滚着铁环呼啸而去。偶尔会有拖拉机从防洪堤上路过，一听到拖拉机的轰鸣声，我们就会从乡村的各个角落，拼命往拖拉机可能经过的地点狂奔。我们激动地跳上车斗，或者干脆就吊在车尾，蹭搭便车。此时此刻，高兴的我们仿佛就是世界上最幸福的人了。

童年的我，常和小伙伴们去野外游玩，大家追着蜻蜓、蝴蝶、麻雀，或捅黄蜂窝。那玩意才叫刺激呢，每次总有小伙伴被蜇得鼻青脸肿的，但我们依然乐此不疲。春天一到，故乡的旷野百花齐放，草长莺啼，千蝶翻飞，在花香弥漫的旷野里，我们伴着习习微风、和煦的春光，在小溪里建桥筑坝，不知疲倦地玩耍，其乐无穷。夜幕降临，月光初上，小伙伴们便在晒谷场上尽情追逐嬉闹，捉迷藏，翻跟头。那时候，乡村没有电，到了晚上，家家户户就会点起煤油灯照明，那种光线很弱。所以，即便到了晚上，我们也不愿在家里待，在邻家门外直接大声地喊着，呼朋引伴，使大家都集中到其中一家的房前空地上，然后大家就地取材，拿起零零散散的树枝作为"武器"，分成两个阵营开始"打仗"，霎时乡村静谧的夜便被我们打破，到处回响着冲杀声和树枝相碰在一起的"砰砰"声。

夏日是我儿时最快乐的季节，阳光暖融融地照着故乡的每一寸土地，也晒得人昏昏的。我们三五成群，争先恐后地往河滩里蹦去。来到河边，脱光衣服，一个个高高跃起，"嗖"地窜入河中，久久都不出来，比比看谁钻得远，相互追逐，相互泼水，有笑的，有闹的，有哭的……那时，我的游泳技术可是杠杠滴哦，七岁就学会了游泳，八九岁就能游到河的对岸去。夏日里，村尾荷塘里的水很清凉，在蓝天白云的映照下，一眼便可以望到底，荷塘里弥漫着荷花的味道，沁人心脾。我们经常钻进荷塘里玩耍，在密不透风的荷叶丛里捉迷藏，或者在荷塘里摘莲蓬、采莲藕，浩渺的荷塘里，藏着我儿时无尽的欢笑。

在那个物质生活极其匮乏的年代，邻居周婆婆家菜地里种植的菜瓜，便是我儿时梦寐以求的美味。在炎炎夏日晒得农家都躲进屋里拼命摇扇子的时候，我和几个小伙伴就开始了我们的"美食计划"。那天中午，午后的热风毒辣辣地吹着，知了在树上有气无力地鸣叫，草丛里纺织娘唧唧复唧唧地和鸣。我们几个小伙伴从篱笆的缝隙钻进去，蹲下身子，四处张望。周婆婆家满园的菜瓜在太阳底下静悄悄地躺着，对我们眨着眼睛，调皮地诱惑着我们。我咽了咽口水，放开胆子，边吃边装。唉！这可是世界上最美的享受，最大的愉快！

小时候过生日，没有可乐没有蛋糕，更没有什么肯德基和汉堡包。当我接过一两枚鸡蛋或几粒糖果的时候，我的脸就会灿烂成一朵花。当我迫不及待地将那鸡蛋吃完，感觉这是天底下最最美味的食物了！得到糖果的时候，自然舍不得一下子吃完，小心翼翼地剥开，里面有一层薄薄的高粱纸，舍不得先吃糖，于是把那层纸先轻轻地剥离开来，放到嘴里，细细地吮吸着。现在，徐福记的糖果，德芙的巧克力，想吃多少就有多少。可是，我却怎么也吃不出儿时那个甜甜而融着幸福的味道了！

童年的幸福是什么？现在想想，很是复杂……

创意写作引导与评析

创意引导

　　每个人都有自己的童年时光、儿时记忆，或欢快或顽皮，总有几种游戏、几样美食是会让你念念不忘的。这就是这篇文章的创意所在。儿时的场景与味道，是一生中铭刻在心间的瞬间和味道，长大后，很难再寻。

　　一代人有一代人的童年，这篇小文的作者童年在农村，不同于城市孩子的电脑、电影、课外辅导班，是一个充满生机和童趣的世界，一段纯真欢快的时光。但不论城市还是乡村，每个人的童年都会有值得抒写的记忆，所以不妨提起笔来……

写作评析

　　童年有无数个场景常常在心头闪现，摹写哪一个，需要用心选择。创意写作的素材，要调动所有的感官、所有的情绪去抒写，才能成为栩栩如生的文字。童年，最关心的，不过游戏玩耍嬉戏和美食，这也是作者着意描述的。每个人不同年龄段对于幸福的理解不同。童年的幸福是什么？我们可以思考。

　　选取经典场景，细致描绘，是本文优长所在。语言流畅、朴素，可见儿时记忆的深刻与难忘。最终，童年的幸福是什么的追问，是每个人每时每刻都该问问自己的，就像一个行者的方向……

记忆中的洋槐

中文142班 李诗琪

槐花，是五月的开幕式，一朵朵，一簇簇，带着生机争相绽放着。一串串洁白如雪的槐花散发着醉人的幽香，不由得勾起了我对洋槐的回忆。

小时候，我住在农村，乡下村子里的洋槐树到处可见，有细的、有粗的。村口有一棵特别粗壮的洋槐树，三四个大人抱在一起都搂不住，据说已经有三四百年的历史了。虽然经历了岁月的打磨，但它仍然在每年的五月份开出满树繁花，槐花的清香弥漫着整个村子。除此之外，使我印象最深刻的，是奶奶家门前的一大片槐树林。每年四月份，粗糙的槐树就会神奇地缀满雪白的槐花，一串串，一片片。远在几百米外就能闻到甜甜的芳香味儿，怪不得蜜蜂铺天盖地地涌来，嗡嗡地争抢着。为此，爷爷奶奶还成了养蜂专业户，院子里摆放了好几只装蜜蜂的木头箱子。每年这个时候，不仅能闻到香甜的槐花味儿，还能尝到清凉甜蜜的新鲜槐花蜜。不过有几次我的头被蜜蜂蜇了，奶奶就会用肥皂在被蜇过的地方涂抹几下，再轻轻吹一吹，然后让我美滋滋地吃上几口蜂蜜，刚刚被蜇过的疼痛瞬间就烟消云散了。因此，我的童年记忆就这样封存在了幽香的洋槐花和甜甜的蜂蜜里。直到现在，那份清甜似乎还萦绕在我的鼻尖和舌尖，回味不已。

槐花开了以后，村子里的小孩儿就有活儿干了。他们提着坎子，拿着镰刀到处采洋槐。奶奶门前的那一大片洋槐树算是村子里洋槐最密集的地方了。因此每天都有人来这里，欢笑声，嬉戏声，好不热闹。采洋槐的第一步就是要爬树，因为槐树都长得又高又直，槐花又大多挂在枝头，要想摘到槐花，就必须爬到树上去。这当然难不倒他们，村子里的大人小孩儿几乎都会爬树，一个人哧溜溜爬上树，先捋一把，大口大口嚼着槐花的甜味儿，树下的人急得转圈儿吆喝。这时，只听得哗哗几声，就有一大枝槐花枝被压下来，下边的人群忽地就围了上去，你一枝，我一枝，你一把，我一把，似乎都忘了槐花枝上还有刺儿。等盆和篮子都装满了，把剩下的洋槐枝一收拾，顺带着拿回家晾干烧柴火，再接着就是回家做最期待的槐花蒸菜了。

淘净，空干，拌面，上锅。这是女人们的拿手活，当然干得十分麻利。等蒸菜出锅的时候，香气四溢，粉白中点缀着新鲜的绿托。就是直接上口吃，也是香软可口，要是再加点醋和盐，拌点蒜泥或油红的辣椒，那简直是无上的美味了。记得那年，恰当傍晚槐花蒸菜出锅，我端了一碗坐在门前的槐树下，望着枝桠间的那轮明月，吹着微风，空气中还有淡淡的槐花香，忽然一种朴实的幸福感油然而生，伴随着槐花蒸菜的香软永久地留在了记忆里。多年来，总觉得那是我记忆中无法割舍的情怀。

而今，即使回到村里，也很难见到槐树了。村口的那棵老槐树在几年前被村子里的人砍去盖房了，奶奶门前的槐树林也相继被砍去当柴火烧了。偶尔，会在荒院子里看到一两棵槐树，树上的槐花仍然散发着它特有的清香，却再也不是儿时记忆中的味道了。村子里还是有人提着篮子到处采槐花，但再也不像小时候那样充满欢声笑语。似乎随着时间的流逝，很多东西都发生了微妙的变化，不变的，是我记忆中的洋槐。

创意写作引导与评析

创意引导

　　记忆中的，是已经远去的。所以，这篇文章的字里行间会有一种怀念的味道。这味道，就是槐花的味道，香甜绵软，令人难忘。人的五官在一生中会有许许多多特殊的记忆。听到的美妙音乐，嗅到的香甜，尝到的酸辣，看到的五彩，都会有许多瞬间留在记忆中。

　　这篇文章所记忆的槐花香，是闻到的、看到的、尝到的，都香甜难忘。而比这种香甜更难忘的，是那热闹欢快的场景。

　　本文的创意是用诸多感官来感受槐花香甜，并且将槐树的样子、蜜蜂采蜜、大家摘槐花和人们做槐花蒸菜的几个经典场景一一写来，形象生动，启发我们去回忆自己记忆中的美食与快乐时光。

写作评析

　　这篇文字在描写和槐花相关的快乐之外，还将今昔对比，标明今天那些曾经给自己留下美好回忆的槐花已经很少能采到了，或者说槐树都被砍伐了，引发对环境被破坏的深入思考。这是一种可贵的忧患意识，这样的意识在青年人中是非常应该有，也是值得提倡的，十分值得肯定。

　　每个人都应该怀念美好，珍惜过往的点点滴滴。

坑

中文143班　郝佳南

槐树林庄有一个大坑，它把村里的砖房和庄稼地隔开了。忙碌的夏天会经常看到头上蒙着毛巾的村民从大坑经过，去庄稼地里劳作。

我家里的狗病了，一开始还能颤颤巍巍地从干草堆里爬起来，后来完全站不起来了。奶奶去看它的时候，它就会努力地抬起头望。奶奶怕它死在家里就把它抱到大坑里，让它自生自灭。可是，两天两夜不吃不喝，第三天早上奶奶去倒垃圾的时候发现它还抬头看，于是奶奶就又把它抱回了家。之后它就奇迹般的好了起来，比别家的狗显得更有活力。

大坑里种了许多树，爷爷说这都是村里人种的，等到树长粗长高就砍了卖钱。大坑里铺着厚厚的掉落下来的树叶，踩上去软绵绵的，会发出微小清脆的断裂声。

夏天的下午沉闷得喘不过气来，走在狭小的小巷里，两边槐树上的知了叫声好似高大阴冷的城墙不断挤压着我，这种压迫感吓得我哭出了声。但我逃不掉，这是每日上学的必经之路。

西院的姐姐大我两级，我在学校看见她像大人一样笑。我扎了两个小辫，跟一个小男孩同桌。那天我觉得头痒，一挠挠到一只瓢虫，扔掉了。在课间我同桌亲了我的额头，他不好意思地笑了，我突然觉得他长得也挺好看的。

我经常看到坐在门口吃饭的人，有一次那个人正吃着饭，有一只鸟在空中拉了一泡屎掉在了他的头上。哈哈哈哈哈，我开怀地笑了好久。笑够之后我久久地待在原地，看着那个人坐过的石头。

那又是一个沉闷的下午，又是狭小的巷子，又是扑面而来的知了叫声。不要！我突然叫了出来。对！我就是不要！我拾起路面的泥块砸向两边的墙，之后疯狂地跑进了大坑。

踩着软绵绵的树叶，我慢慢地平静下来，内心有什么东西正在飘散着。四周散发着腐烂的气味，头顶茂密的树叶遮挡了毒热的阳光。我感觉突然到了黄昏，我身边围着一层幽暗，跟大坑外隔绝了。我看到爸爸气急败坏地喊着我的名字，就在我身旁经过却看不见我。我静静地坐在落叶上看着他，黑白的，树是黑白的，砖房是黑白的，风是冷的，我感到前所未有的平静，在幽暗中睡着了。

后来爸爸问我藏哪儿了，我说就在大坑里，他说我胡说。

创意写作引导与评析

创意引导

　　成长中总有一些特殊的事物像是镌刻在脑海中，让人难以忘怀，或许它并没有什么特别的意义，但就是很奇怪，你会记得它，就像本文作者笔下的这个"坑"。虽然它只是一个无人注意的"坑"，但在"我"生命中的某一刻，它给予我的，却是一种从未有过的、令旁人难以置信的平静与踏实。

　　所以，可以像这个作者一样，去搜寻你脑海中那深刻的一幕，去探寻那瞬间的却又是深刻的感受与记忆。

　　将你脑海中具有最深记忆的那个事物写出来，不求意义，只是写出你独特的感受就好，这就是这篇短文值得学习的创意所在。

写作评析

　　巨大的坑对于年幼的"我"似乎是一个神秘的事物。直到有一天，一个偶然的时刻，"我"静静地坐在坑里，一任外界的所有喧嚣飘过，"我"才知道，坑会给人一种这样平静的感觉。

　　"后来爸爸问我藏哪了，我说就在大坑里，他说我胡说。"短文至此戛然而止。爸爸的"胡说"，大概也是众多读者心中共同的感受。

　　短文犹如横断面的描写，一幕幕的小场景闪现在读者面前，跳跃但不混乱。

叁　韶华易感

九五后的一代青年，虽然有时考虑事情从自己出发多一些，但他们也同样心怀祖国、家园、社会，关心着这个世界和周围的一切。他们同样会思考一些灰色与丑陋的存在，面对不合理，常常会勇敢地站出来进行揭露与批评，提出自己的观点与看法，为社会进步做出自己的努力。

一个人

中文144班　玛依拉

很多时候你是一个人，很多时候一个人的孤单只能说给自己听。无所谓守候与勿忘，在任性由着自己难过，迷糊睡醒之后，只能消化自己的心境。

一个人，仰望蓝天，看着云儿慢慢变形，绽出美丽的花朵。

一个人，沐浴着阳光的气息，骑着单车，穿过那条郁郁葱葱的街道。

一个人，清晨早起大口呼吸清新的空气，静静蹲下聆听花开的声音。

一个人，拥抱大海，光着脚丫拾贝，累了就坐在沙滩上，看晶莹的浪花跳着轻盈的舞蹈，然后把目光移向海天交接的地方。

一个人，睡不着的时候，可以数星星，直到数到自己的那一颗为止，然后乖乖回屋睡觉。

一个人，无聊的时候，可以浏览网页，看着那些忧伤的文字，默默地掉眼泪。

一个人，夜深的时候，可以像现在的自己一样，对着手机屏幕写下或喜或悲的心情。

就像郭敬明写的,"一个人总要走陌生的路,看陌生的风景,听陌生的歌,然后在某个不经意的瞬间,你会发现,原本费尽心机想忘记的事情,真的就这么忘记了。"

我知道,一个人的路,不会太孤单……

创意写作引导与评析

创意引导

一个人,大概是会孤单的,而作者却说,"我知道,一个人的路,不会太孤单……"那么,一个人时候的你,是不是会觉得孤单?一个人,让我们回归自己,审视自己,叩问自己。

一个人,是自由的,也是孤单的。一个人的外形,自由或是孤单的内心。一个人,可以做的事情很多,只是快乐和伤心都无人诉说。所以,写写你的一个人,与自己独处,与世界独处,感受世界,感受心灵。

一个人的独处,是一个人心灵的狂欢,放飞自己的思绪,静静享受这一份恬静时光。记下你的心情心绪,就是一种难得的独特创意。

写作评析

一个人,却有无数幅画面,无数种可能。一个人,包含着诗意的情绪,也包含着落寞的形单影只。每种可能都是一幅画,也都是一首诗,更是一个丰富的世界,是一个世界中唯一的自己。

如此模糊,却又如此清晰。

一棵孤独的树

中文142班 张翔

  从教学楼返回寝室楼的那条路上，在大道和小径交汇的拐角处，有一棵孤独的树。每次回来，一看到它，我就觉得它很孤独，因为它是那个角落里唯一的一棵树。形单影只，是最能反映它生存状态的词语。它孤零零地立在那里，面对着聚合人流；它孑然一身地背临熙熙攘攘、人来人往的通途；在它枝头鸣叫的鸟雀，不是成双成对，便是三五成群；甚至，在它的身边，一左一右，两张条凳，也是远望彼此，相映成趣，惹它心羡，使它心伤。是，多情如我者，便经常觉得它是彻头彻尾的孤独者。只是令我好奇的是，孤独如斯者，该怎么倾诉这如潮的寂寞，该怎么舒缓这如海一般深的孤独呢？它不言，不语；不哭，亦不闹；不寻死，也不觅活。它只是静静地活在那不被人知的角落里，它所做的仅仅是顺应天时：春风来了，它便从冬的淫威里醒来，舒展身体使之柔软，于是返青、抽芽，在春光里缓缓生出一个个稚嫩的叶来；夏天到了，它便猛长，用力伸直躯干使之笔挺，然后裁团、成荫，在酷热中撑出一片绿荫；秋霜降了，它便蜷缩、枯萎，在凛冽中放弃该放弃的，保全该保全的；冬雪厚了，它便铁青着脸，苍白了枝干，用冰冷对抗着冰冷。四季怎样待它，它便怎样报之，恰如稼轩饮醉，对着屋外青山做着"我看青山多妩媚，料青山见我应如是"的美梦；又如青莲享闲，独坐敬亭山，吟出"相看两不厌，唯有敬亭山"的佳句。那么此刻，或者说曾经，我以孤独视它，它也早已用孤独对我了。也许它暗地里笑了我多次，笑我缘何看不见树顶广袤的天宇，听不到树冠里藏着的绝妙好音，看不到树下闲坐的老妪和玩耍的孩子，却偏偏执念于它外在的孤独之像，要为它找一株形体相仿的树为伴。

  于是，我释然了。这棵树，这棵树的生命，与这个世界有太多太多无法剥离的纠葛，它自然应该有数不清的伴侣。它的伴侣不是一株与它形体相仿的树，而是风与阳光，是昼与夜，是雨水和冰雪，是老妪和孩童……

  它应该享受过风的轻拂，也感受过风的震怒，为此它可能生了醉意，也可能落了枝丫；它可能享受过夜的静谧，也感受过白昼的烦乱；体会过雨水下渗经络通畅的快感，也应该听了不少老妪们絮叨的是非对错，了解过几户人家的悲欢交集，并用叶生叶落的方式启示着她们；它应该听了不少孩童们银铃般无拘无束的笑声，才故意要将最纯最真的心得化成一叠一叠疏密有间的年轮。如此这般，它成长着，以孤独的表象，却以万物相陪的方式。

  而今，每当经过时，看到这独处一隅的树，便觉得欣喜，因为我们在一起成长，以孤独的姿态。

创意写作引导与评析

创意引导

　　"孤独"是个令人可以产生无限思绪的意象，喜欢孤独的人，会觉得那是人生最美好的时光；喜欢热闹的人，会觉得孤独是人生最难捱的时刻。作者的孤独是什么呢？一棵树！是树的，不是"我"的，我无限悲悯地慨叹着它的孤独。岂不知，或许，它也正在悲悯着"我"的孤独。孤独，是什么？是你身处闹市亲朋簇拥却无人能懂，是你身处旷野看云听风听秋雁长鸣……

　　这篇文章的创新之处是，提醒我们每个人对这个常常挂在嘴边却极少认真思考的词语——孤独加以思考。就像席慕蓉的《一棵开花的树》，诗人在火车钻进山洞之前的瞬间看到列车窗外山上那一株花朵开满枝桠的树，于是便有了这首"写给大自然的情诗"。是的，"孤独"不是形单影只，而是内心的贫瘠，所以，"而今，每当经过时，看到这独处一隅的树，便觉得欣喜，因为我们在一起成长，以孤独的姿态。""以孤独的姿态"，是与天地万物融为一体。

　　一棵孤独的树，一朵孤独的花，或许，某时某刻，在你看来的孤独，正是他人的璀璨绽放。

写作评析

　　这篇《一棵孤独的树》，语言朴素而娓娓道来，凝练细腻。尤其是对春夏秋冬四季间这棵树的描写，相同的一棵树，相同的句式却变换不同的文字来描述，生动新颖，别有一番韵味。

　　这棵树一直是"形单影只"地站在那里，而在"我"的眼里，它由"孤独"变成了"不孤独"，是因为"我"的一颗心由"孤独"变成了"不孤独"。树在四季雕刻着年轮，我也伴随着树在四季明晰了"初心"，感恩，一棵树，一颗心……

五路·海贝·望南的狗

中文143班 龚茜

五路终点的海贝有只望南的狗，我第一次去海贝的时候就看见它了。因为第一次来到这么远的地方，面对着陌生的环境，有点不知所措，加上枯燥乏味的军训，索性逃出来，到这个距离学校最近的海看看，于是我遇到了它。它毫无目的地四处张望着，有点和我一般不知所措，我试图向它靠近，只见它突然笃定地望向海的那端，顺着它看的方向望去，突然心里一紧，有点落寞，于是不再上前，怕打扰它好不容易找到的方向。

他乡遇故知。再去海贝已经是一个月后了，老乡会聚会，给新生举办迎新派对，为了让新生们在这离家几千里外的地方有一点家的温暖。和来的新生一样，我只是想找点家的感觉，哪怕不和大家一起玩闹，就坐到旁边听他们说话，也能让我倍感亲切。大家都沉浸在相逢的欣喜里，直到老乡会会长大声呵斥一条想要靠近食材的狗，所有人才有些许清醒，似乎怪狗打搅了他们的兴致，都对它投去鄙夷的目光，赶走它。气氛又再次沸腾起来，而我，也不例外地把它赶走，然后也投入这欢腾之海。

夕阳西下，断肠人在天涯。悬在海对岸的夕阳似乎在提醒着人们海边玩耍的小孩该回家了,我们也该收拾东西回学校了。一边找着带来的零零散散的东西,一边感叹夕阳无限好,只是近黄昏。此时此刻没有什么比这句诗更贴切的了。会长催促我们快点,不然赶不上五路的末班车了。脚下的鹅卵石难免让人有些站不稳,摇摇晃晃地小跑着,找了个窗边位置坐下,探出头感受仅剩的一点残光,却不禁发现那矮小蹲坐状的背影,还有那个方向。那么熟悉,是它,刚刚也是它。

没一会儿五路车发动了,沿岸的灯火渐渐明亮起来,像是一场盛大的狂欢。靠着车窗,回味这一天的美好,脑海里却不停地浮现那残光中的背影。或许,它并不是想偷吃那些食材,而是想躲在食材后面感受我们的愉悦。或许,它跟我一样,哪怕不参与,静静地听着就好。或许,它跟我一样,有一个地方让我们每时每刻都在牵挂。

后来去海贝基本上都能看到它,在浅滩上游走一阵然后望向一个方向,不管时间地点,一如既往。曾经几次试着接近,它却在要靠近之时凶煞地盯着我,做出攻击之势,好像记得我背叛了它,当初加入了赶走它的队伍。

在这里,我最喜欢两个地方,一个是学校附近的五路车站,一个就是距离学校最近能看到海的海贝。五路车不仅是因为它连接了学校和海贝两个点,还因为每每靠窗坐着,看窗外来来往往的人群能让我觉得大家都在为自己的事情而忙碌;在海贝能看到海,能让我静下心来,但是即使这样,我还是倍感孤独和落寞,在万家灯火的时候,在夜深人静的时候。

没课的周末,想出去走走。回想入学来几个月的新生生活,与其说过得充实,还不如说匆忙。一些凑人头的讲座,没完没了的活动,想去不想去都得参加,这些几乎占用了所有空闲时间,简直让人想要逃离。不过幸好,再怎么样,还有海贝能让人放松心情,让心沉静。

不出所料,它还在那里,只是这次我不再上前,在它附近的礁石上坐着,顺着它的方向看去。那个方向是我生活了二十多年的地方,那个地方充满了我的希望和梦想。那里,有什么值得它这么持之以恒地盯着的呢?我不在的时候是不是也这样，一如既往？后来，课少的时候我会经常去那边，可能是想要释放自己，也可能是需要一个陪伴。久而久之，它已经不像之前那样保持警惕，见到我会摇摇尾巴跟着我走，会掰着我的手抢带给它的食物，也会用头顶我的腿，像是熟悉的好友。

"千里黄云白日曛，北风吹雁雪纷纷。"考完试后北方即使寒冷刺骨，也挡不住我回家的喜悦。考完试如释重负，我满心欢喜地坐着五路去海贝准备来个小别。也许是天冷，也许是五路班次多，跟往常一样车上没什么人，找个靠窗的位置坐下，窗外有裹紧棉大衣的东北大汉子，也有不怕冷露着脚脖子的漂亮小姑娘。

然而事与愿违，在海贝徘徊许久也未见它的踪影。仔细想来也是，这么冷的天，应该是找个避风的地方躲起来了；也或许早就回到主人准备好的过冬小窝里暖暖地睡起来了。这次它不在身边，只有我一个人看向即将奔赴的远方。

可是，再后来，我也没有遇到过它。不管是春夏秋冬还是早晨傍晚，都未再看到那个在海边跑来跑去然后伫立在一个地方望向南方的身影。有的只是我只身一人落寞地走在浅滩上，临走前望一眼它经常待的位置，却也不敢再看那个方向。

创意写作引导与评析

创意引导

一座城，一条街，一个人，常是文章的主角，而这篇小文却是一路车、一片海、一条狗——望南的。喜欢五路车是因为它可以带"我"到海边，而邂逅这条望南的狗，是不是一种宿命？它就像"我"，独在异乡，喜欢海，也在迷茫中寻找自己的方向。

五路，是连接大连大学和外面的世界的唯——路公交车，五路车的一端是莘莘学子的校园，另一端则是碧蓝广阔的大海，和海边那个名叫"海贝"的广场。对于连大学子而言，它们都是令人向往和让人觉得温暖踏实的地方。

这篇文章的创意是用一条"望南的狗"穿插在文章的字里行间。这是一种意象，更是一种巧妙的情绪表达。而最后，这条狗的不知所终，使我坠入一种"不敢再看那个方向"的深渊。

很多时候，我们需要将自己的情绪外化为身边的一草一木，借物传情达意，但要做到契合，应如本文。

写作评析

很难相信，一条狗会望南，会一直出现，会同"我"有一样的心情，但似乎又很可信，这就是这篇文章作者的巧妙之处。人离家，可以乘汽车火车飞机再回去，狗若无家就必须忍受饥饿寒风，甚至不知所终。但它和人相同的是都是一个生命。

借物抒情，是运用较多的抒写方式，但能够物我契合，应如本文，才是好的文字。

怪星球

中文141班　马慧婷

浩瀚的宇宙中，一个不是很大的星球。

星球上只有一个村庄，生活着很多人，他们个个务农，一家种一家用。

有一个懒人，一直靠家里人接济。有一天，家里人实在受不了他好吃懒做，便逼迫他去务农。他务了一段时间的农，觉得用手刨地太辛苦，何不用一个东西代替手去刨地？于是，他想破了头皮去逃避用手刨地，发明了锄头。

其他务农者，渐渐发现这家人没有撅着屁股刨地，还刨得比他们快。于是其他务农者看在眼里，羡在心里，提出用粮食交换锄头。

自此，村里有了第一家人不用务农，吃得肚皮滚圆。

其他务农者由于拿出来一部分粮食换锄头，每个人吃得都少了。

有一天，一个胖子看自己越来越消瘦，实在受不了了，便想着怎么让农作物更高产，于是，这个瘦了的胖子搞出了化肥，明显地提高了粮食产量。其他务农者看在眼里，羡在心里，提出用粮食交换化肥。

自此，村里有了第二家人不用务农，吃得肚皮滚圆。

有一天，一个务农者在务农的时候闻到一股香味，发现是一只被雷劈死的野兔子，尝了尝，还挺好吃。于是，这个务农者养起了野兔子，只吃兔子。其他务农者看在眼里，馋在心里。提出用粮食交换兔子。

自此，村里有了第三家人不用务农，吃得肚皮滚圆。

有些村里人看到这三家人不用务农，肚皮滚圆，便纷纷效仿，专门挖掘务农者的需求，并设法满足这种需求。让务农者用粮食来交换，好让自己肚皮滚圆。

后来有了除草剂、杀虫剂、收割机、播种机、拖拉机……

村里不务农的人越来越多了，有些人挖掘出不务农者的需求，并设法满足这种需求，让他们用粮食来交换。

后来有了妓者、医者、按摩者、洗脚者、剪发者、写作者……

各行各业涌现出来，有些人为了更好地制造生产，携家带口住在了村庄外的地方。

地理上的疏散让有些人发现人与人之间越来越难以联系。他们设法满足方便联系的需求，让他们用粮食来交换。

后来，有了电话、手机、电视、网络……有人甚至钻研出了电视购物、网络购物、通讯软件……

自此，之前村里有一半的人都不务农了，吃得肚皮滚圆。当然也有强盗、骗子、绑架、勒索……

后来，这个不大的星球不知何时起形成了一种风潮：不务农者看到务农者都会投以鄙视的眼神。

有一个务农者说："谢谢你们带给我们或精彩或肮脏的生活，但是，你们不也得吃饭么？"

创意写作引导与评析

创意引导

怪星球，是一部科幻小说吗？而当你揣着猜测读完这篇文字，禁不住为作者的奇妙创意拍案叫绝：这哪里是什么怪星球，分明就是地球嘛！而且，用短短的不足千字，就把地球的发展史讲得清清楚楚，从农耕到农具，到交换，到服务业，直到科技高度发达的互联网……但发展到最后呢？"民以食为天。"所以，对于农业与务农者，何时，都必须尊重。

"精彩"与"肮脏"的生活！"你们不也得吃饭么？"多么好的概括和反问！这篇小文不但题目奇思妙想，且内容关注现实社会中极为重要的问题，提出警醒！展示了当代青年的危机意识与现实关怀，不可多得。

好创意，就是含义丰富、微言大义的文字，就是将你的现实生活融入艺术的文字。

写作评析

开篇点出怪星球，然后数个"有一天"，"自此"，"后来"，抓住人类发展中最为关键的几个特点，以小说语言言简意赅地加以描述，清晰，简洁，又含义丰富，启人深思。

好的创意文字，就应该如这篇小文，在语言、结构、立意等方面均应该有所注意，提出深刻的问题，做到让人眼前一亮，且印象深刻，无限思考。

离开也是美好

中文144班 杨婷

前段时间闺蜜给我说了一件事情，这件事情让我想把它记录下来。

那天闺蜜跟我说她一个很亲的叔叔自杀了，才40多岁！这正是一个男人该撑起整个家庭，当一个好父亲、好丈夫的年龄，究竟是因为什么抛下妻儿，选择自杀？

闺蜜说他这个叔叔得了癌症，后来又得了抑郁症，最终选择自杀结束了自己的生命。她说她叔叔以前是个非常乐观的人，是那种整天嘻嘻哈哈，到哪儿都可以给人带来欢乐的人，没想到最后因为患癌症，整天抑郁，最后得了抑郁症，不想再连累家人了，就这样安静地离开了。

闺蜜说她不能理解叔叔，她叔叔选择自杀虽然是不想连累他的家人，也许他自己这样也觉得痛苦难受，但是他就这样走了，一辈子痛苦难受的是谁呢？不是他，是他的妻子，他的女儿，他的父母，这种痛不是一时的，是一辈子的，剩下的几十年，他们怎么办？当她看见叔叔的妻子和女儿抱在一起痛哭的时候，当她妹妹跟她说"姐姐，我好想爸爸回来啊"的时候。她认为她的叔叔不是一个好丈夫、好父亲。

对这件事情我的看法和闺蜜不一样，其实这种事情在很多家庭都发生。对于这种身患癌症的病人，他们选择以这样的方式离开，其实我是理解他们的。他们每天要忍受病痛的折磨，还要看着自己家人被折磨得不成样，他们内心是无比难受的，他们宁愿自己离开，长痛不如短痛，纵使自己离开时家人是痛苦的，但是这样他们不用再看着家人每天为自己的病伤心伤身。

又过了一段时间，我问闺蜜她叔叔家里的情况，她告诉我她阿姨和她妹妹都走出了悲伤的阴影，她阿姨说："我会坚强的，因为我还有女儿，女儿还需要我，这个家也需要我，我不能倒下。"

毕竟人死不能复生，离开的人已经离开不会再回来了，活着的人悲伤一段时间是情理之中的，但不能一直颓废下去，这样离开的人也不会安心。我相信闺蜜的叔叔在天上也会安心的。

有时候，选择离开也是一种美好的结局。

创意写作引导与评析

创意引导

这篇文字触及了一个很特别的话题——自杀，与之相关的，还有癌症、抑郁症、四十岁的死亡。这些话题，每一个都可以有诸多的文字来书写。这就是这篇文章的创意之处。

这些话题与每个人的关系不同，每个人的观点也不尽相同。很多事情或许和我们并不直接相关，但可以引发我们的思考，自己对这件事情有看法，就是值得抒写的，因为我们正是从无数件这样的事情中成熟成长的。

离开也是美好，这里的离开，是永远地离开这个世界，永远离开亲人，一种死别。是不是美好，或许并不那么简单定论。

或许吧，对于他人而言，毕竟只是一种世事无常无奈的感慨与感触，而对于当事人而言，逝者已矣，而生者，个中滋味，只有自己知道。

写作评析

这篇文字以朋友讲述的一个特殊事件开始叙述，阐明自己和朋友的不同观点，并说明当事者在这个事件中的发展变化。

语言平实质朴，但能够清晰地表达事件与思想，未尝不是一种风格和尝试。

做生活的有心人，你会获得更多生活的给予。

老鼠肉是什么味道？
——校园食品安全问题的反思

中文143班　徐晴

就在前几天，一条来自家乡的新闻忽然登上了"微博热搜榜"，成了人们热议的话题。而这则新闻并不是什么好消息：山东一高中食堂吃出整只老鼠。新闻中的这所高中，正是我就读高中所在地的另外一所中学。松了一口气，不是我的母校，可随即我的心又揪紧了，还是出大事了。

其实像这种在饭中吃出一些本不应该出现在饭里的东西的情况，在我们当地的学校食堂中已经见怪不怪了。大多数同学的做法就是把那些东西（树叶、铁丝球之类的）挑出来，然后继续吃下去。而若是出现已经死掉的活物（比如苍蝇），自然是吃不下去，另外买一份其他的饭。吃出这些东西的同学也只是告诉其他同学，不要在这里吃饭了，不干净。而其他同学只是听一听，也不怎么在意。毕竟知道了不干净又能怎么办？像这次吃出死老鼠的事情倒是第一次有，事情搞得那么大也是第一次。因为县城不算大，而且又只有两所高中，所以各自发生的事情两所学校的学生基本上都知道。这次的事情，如果没有网络舆论发挥作用，恐怕很快就会不了了之吧！校领导总有"只手遮天"的能力。

新闻的图片中一只灰色的老鼠僵硬地躺在一堆菜的中间，结结实实地刺激到了早就麻木、一直忍气吞声的高中生们。面对危害到自身健康的食品安全问题，而且是这种程度，他们终于不再是以往"忍一时风平浪静"的心理了。在山东，高考压力非常大，尤其在我们这样一个教育、经济都较为落后的地区，高中生们除了与学习、成绩相关的事情，其他的几乎都漠不关心。什么食品安全问题，有好吃的饭、可以吃饱继续学习就行了，至于饭是用什么做的、饭里有什么，都可以忽略不计。正是学生对卫生、食品安全的忽视，以及他们一味屈服、不懂反抗的心理，才使学校方面在食品安全上恣意妄为。只要出的问题不是特别大的，根本没人在意，因为过一段时间甚至只需两天，大家就都不会记得了。

而在这件事情当中，身为主要责任方的某高中却没有出面给出任何解释，在教育局等部门走访后，只得出这样的结论："该餐厅运转正常，唯一做得不到位的是仓库没有设置挡鼠板。""不到位"三个字就解释了出现这一问题的原因，学校似乎也只有设施上"不到位"的责任。这所高中对学生的管理十分严格，规定学生不允许外出用餐，只能在学校的餐厅里吃饭。这一规定的出发点必定是为学生的就餐安全着想，但在没有任何竞争的情况下，学校食堂安逸地做饭，平静地管理，真的是"宽于律己，严于律人"。学校对卫生的管理，看起来仅限于校园、教室、宿舍等需要学生打扫的区域。而对那些诸如厕所、食堂等需要自己派遣员工打扫的地方，向来要求极低，但是这些地方对学生来说却更为重要。学校方面应加强对自身的管理，更新完善基础设施，特别是防鼠防虫等设施，不可疏忽大意，也绝对不可以在有检查时才进行突击清扫。

当地监管部门成立了联合调查组，县食品药品监督局、县教育局、该中学深入调查，表明要彻底查清存在的漏洞。在这种令人震惊的事情发生之后才采取种种措施，却在之前的卫生监督中放松标准，难道不是本末倒置吗？有了这个前车之鉴，现阶段联合调查组不敢怠慢，对全县包括幼儿园在内的所有学校食堂进行拉网式排查，对食堂原材料的购进、加工等程序全方位监督，对发现的问题要求其立即整改。

"要求整改"是一回事，但真的存在问题的学校是否进行整改是另一回事，对于这件事情的后续发展，我不持乐观态度。也许这次又同以往那些情况一样，过段时间就又恢复了平静，而校方并未做出任何实质性举措。不只是学校方面和政府监管需要反思，身为当事人的高中生们也要反思。不可以因为学习而放弃自己的一些权利，更不要习惯于屈服而忘记如何反抗，以至于最终丧失独立之思想。毕竟当你们毕业后回到母校，只想再尝一下食堂的饭菜时，不愿意发现菜里俨然躺着一只死老鼠吧！你会想知道，老鼠肉是什么味道吗？

创意写作引导与评析

创意引导

　　以一则自己家乡的网络负面新闻引起对校园食品安全的思考，是这篇文章的创意所在，体现当代青年对于社会问题的思考和关注，也体现出作者的视野和情怀。身为当代青年大学生，不应只是关注一己之事，还应该关注国家和社会。对于那些不应该出现的丑陋现象敢于发声，敢于批判，才是一种国家主人翁的姿态和青年应该具有的品德。

　　很多时候，我们听到一则负面消息时，也会愤愤不平地议论几句，但不如拿起笔来，写出自己的观点和对策，为社会的良好环境的形成行使自己作为公民的权力，也尽到自己应尽的社会义务。

写作评析

　　杂文或时评，是因为社会中存在某些问题，或对于一些身边的事情有自己的看法而成文。因此，既应该犀利指出问题，阐明自己的观点，也应该给出自己解决问题或应对事件的具体对策，这才是有价值有意义的时评文字。

未成年人保护法，保护的究竟是谁的利益？

中文144班 佟可欣

最近一段时间，校园暴力事件层出不穷，尤其是发生在未成年人身上的暴力事件，校园暴力已经成为一个不可忽视的社会问题。

在校园暴力事件中最为惊人与"出名"的应该是2015年江西永新的校园暴力。最初一起名为"网曝江西永新县女初中生打架"的视频在微博上广泛流传。视频中，多名初中生模样的女生对着另一个下跪的女生连扇耳光，并不停踢打，长达5分钟。这起暴力事件引发了社会舆论对校园暴力问题的关注，人们开始真正注意到这个问题。不幸的是，人们的关注并没有真正扼制这种恶劣行为，究其原因，还是法律制度的过分保护。

未成年人保护法的初衷是保护孩子的利益。但今天，需要关注的已不单单是保护孩子免受成年人的侵害。越来越多的人开始寻找法律的空子，将法律原本的保护变为逃避罪责的手段，甚至报复别人的理由。江西永新事件中仅有一名超过16岁的女生受到制裁，其余人仅仅是批评教育，其余校园暴力也只是学校对施暴者给予处分，他们并未受到应有的惩罚，却给受害者造成了一生的阴影。

2016年的两会中，"校园暴力"这一问题引起了两会代表的强烈关注，他们建言立法遏制校园暴力，由此可见，有关法律的制订已刻不容缓，这种法律，是要实打实地对危害学生的施暴者做出处分，不仅仅是经济处罚，而是接受刑罚，这样才能有效遏制校园暴力行为。

前段时间"三名中国留学生施虐同胞案"在美国开庭审理，当家长用在中国常用的"他还是一个孩子"等言辞来"摆平"在国内看上去非常常见的校园纠纷时，等待这三个孩子的，却是最短 6 年，最长 13 年的监禁。而家长企图拿钱摆平的行为，在美国显然不奏效。透过此案，我们不得不反思"中国式的教育方式"。一句"孩子小，不懂事"就可以敷衍对另一个孩子的伤害；交纳赔偿金就可以使他们免受惩罚，这就是校园暴力频发的社会大背景，因为可以不被处罚，可以用钱摆平，他们对施暴行为不屑一顾。

近年来中国校园犯罪越来越多，低龄化的倾向跟不健全的法律体制脱不了关系。对于校园暴力事件，一定要建立健全处理机制，强化规则，对所有弱势群体给予保护。针对校园暴力，建立一个公开的投诉、调查、审理渠道，可以加强学生的维权和法律意识。另外，在法律上，一定要加快法律条款的修正。未成年人保护法对校园暴力的制约和打击过于落后，处罚偏轻，对于青少年要开始追究刑事责任，不能因为一些无知的理由就纵容这种行为的发生。现在未成年人过于早熟，刑事责任的年龄也应当提前，只有这样，未成年人保护法才可以真正起到保护未成年人的作用。

创意写作引导与评析

创意引导

当大多数身边的同龄人都在关注自己的成长和心情时,能够关注周围的人和社会,能够发现一些比较典型的值得注意的人或社会问题,是非常难能可贵的,这一点就是这篇文章的价值和意义,也是极好的创意和示范。

作为还身处于象牙塔内的当代大学生,虽然我们不能每天都走出校园接触社会,但是庞大而便捷的互联网可以传递给我们社会甚至是世界上最新发生的事情,各方各面的。或许,我们觉得这些事情都离我们很遥远,但一定有一些事情或许有一天就会发生在你的身边。所以在关注自身世界的同时,也要关注身外的世界,对一些事情的是非曲直做出自己的思考和判断,对一些较为公众的问题设想解决的方案……尽管你的想法可能不够成熟,你的方案不够完善,但把自己当作这个世界的主人,你就会用自己的智慧更好地去建设自己生存的土地和家园。

写作评析

由校园暴力到未成年人保护法,由中国到美国,由施暴到对施暴者的制裁,每个事件都会引发我们的深刻思考。而作者把这样的相关事件联系起来进行讨论,并表达出自己对于这个问题的思考所得,表现出一种大气沉静的成年人的思考样态。

典型举例,富有逻辑性的语言,是类似文章非常适宜的表达方式,值得阅读。

肆 于无声处

"于无声处听惊雷",或许,每一个静默的心灵世界自有一番惊涛骇浪,这就是青春心事。"对于世界,我微不足道,而对于我自己,我就是一切。"每个青春身影的心灵世界中,无不蕴涵着丰富的情感与思考。青年的心声,是国家和社会最应该关心的声音,因为他们是国家的未来和民族的希望。我们借此了解他们,能够藉此探寻丰富的心灵世界,塑造富有理想情怀的一代青年。

与高考有关的日子

中文144班　赵云赫

六月初,伴随着燥热的空气和蝉鸣,又一次高考落下帷幕。网络上铺天盖地的新闻话题都与高考有关,有人准考证丢失寻求帮助,有人迟到十五分钟进不去考场,还有对各省作文题目的吐槽。对很多人来说,高考是人生中最重要的节点之一。为它准备的这一年,有迷茫、有挫折、也有进步所带来的成就感。在每个人的人生中,这段经历背后的故事都是不同的。

我对高考有更加深刻的回忆,因为高三时没有考上理想的大学,所以选择复读再奋斗一次。我很感谢父母对我的支持和陪伴,也很怀念那段非常自律的日子,虽然每天从早到晚坚持学习,课排得满满的,连吃饭都要草草解决,但那段日子还是异常珍贵,似乎每个人心中都攒着一股劲,感觉生活充满了希望。高考的那段日子就是自律的日子。

大学以来再也找不回高考时的自律了,当懒散成了习惯,不自律成了生活常态,我却发现自己越来越痛苦。懒散的状态并不能给人带来快乐,王小波说过:人一切的痛苦,本质上都是对自己无能的愤怒。人的一切无能都是因为不够自律。当你懂得自律，那些困难都不算什么，人必须对自己负责。对于成功者来说，自律已经融入了血液和骨髓，成为身体和灵魂的一部分。他们在自律中超越自我，慢慢成就自我。学会自律，坚持自律，唯有自律，才能找到自己存在的价值。

创意写作引导与评析

创意引导

  高考,在每个读书人的一生中,都是十分重要的,而对于高考,我们会记住什么?回忆起什么呢?关于高考的话题,一定是充满诸多感慨的。

  每个人都可以尝试去回忆,去抒写,记下那些曾经拼搏的日子,那些酸甜苦辣,自己的坚强和毅力。这就是本文的创意。

写作评析

  高考前的努力,高考时的紧张,高考后的焦灼,成功来到大学,然后呢?突然发现,大学的自己变得懒散,不自律。幡然醒悟,大学生最需要的是自律。

大学里的一瞬间

中文141班　张丽霞

越长大，越觉得时间珍贵。时间过得很快，不管你是在无所事事、虚度光阴还是惜时如金。时间偷偷从指缝间溜走，轻描淡写地带走一些记忆，但我们总会记住一些美好的瞬间，比如读书、安静和幼稚。

大学里最奢侈的是自由，最难耐的也是自由。大学将近三年，始终还沉浸在被放养的喜悦之中，肆无忌惮地挥霍着时间，即使我们对将来的困苦心知肚明，即使未来是一片迷雾。社团活动、电子游戏、无限大的网络世界，不知不觉占据了我们大多数时间，带给我们欢笑，打发了无聊的时光。但是等你刷了一天的微博，逛了很久的淘宝，打完一把游戏后，你会突然明白，这些事情有意思，却没有意义。你旁观着别人的生活，游戏中的生死是虚拟，真实且唯一的人生却被你丢弃在一边，不被问津。这曾是我最真切的生活状态，空虚和无能为力。

但是，时光漫漫，依旧有那么一些平常的小瞬间埋在你的记忆里，偶然的一个牵扯，记忆如海风扑面而来，让你沉醉其中，自得安逸。

关于读书：有一次假期，学校里的人已经很少了。我坐在图书馆一楼的环形沙发上，阳光透过玻璃屋顶把整个图书馆照得亮堂堂的。偶然间我读到了严歌苓先生的《第九个寡妇》，故事非常精彩，我的思绪跟着王葡萄的悲欢离合而跌宕起伏。我一口气把它读完，等到结尾处，才发现自己的鼻头一酸，随即眼泪就不受控制地流了下来。那眼泪中有对王葡萄的感情，也有对大学生活的蓦然珍视。在我以后的人生中，是否还会有这样一个午后，没有目的，没有限制地读一本书，体会书中人物的情感。那个午后，我眼中的场景，我手中的书，将会积攒在我的人生记忆里，没有非凡意义，只是偶然想起，就觉得当时的自己很幸福。

关于安静：慢跑的习惯是一步步培养出来的，以前最害怕的就是体力运动，现在跑步依旧是慢吞吞的，但是很享受跑步时的心境。操场上总会有一群人围着操场一圈圈跑，速度或慢或快，耳边刮着同样的风。树叶沙沙作响的声音，不细听会误以为是喷泉的水流声。你可以看到天边灿烂的晚霞悄悄隐逸在昏暗的天空中。一圈又一圈，跑过了一个又一个圆，跑步的时候是安静的，思想是放空的，可以想事情，也可以就这样漫无目的地跑。这样的安静也是不可多得的。

关于幼稚：大学的同学来自天南海北，因缘际会聚在一起，更因为一种独特的缘分而成为舍友。初次见面，大家都是腼腆而安静，暂时收敛了自己的天性，把自己最美好的一面展示给对方。时间把友谊的美酒沉淀得更加醇香，我们慢慢熟悉彼此，成为亲人，彼此相亲相爱。一个简单的午后，在宿舍里休息，有人躺在床上读书，有人坐在自己的位置上打电话，有人倚着扶手玩手机。这样的相处方式，互相尊重、互相独立、互相爱护，这也是我大学里难忘的一瞬间。或许许多年后，我们各自散落天涯，见面的机会越来越少，但是偶然想起曾经，就会不由自主地泛起微笑，这将很好。

大学里的一瞬间，青春里的一部分。平淡的时光里，散落着我们的小幸运，不管是欢笑还是泪水，在后来的岁月里都值得我们好好珍藏。

创意写作引导与评析

创意引导

瞬间,是多久?一秒?一分钟?而生命,是由无数个瞬间组成。大学时光,则是人生最美好的青春韶华。在大学里一定有很多美好的一瞬间,很多怦然心动,也一定有很多无奈。但每个人的各不相同,这就是每个人的创意时刻,也是本文作者的创意之处。瞬间有很多,选取哪一个诉诸笔端?

不同的人会有不同的瞬间,但是每个人一定都有自己值得抒写的不同瞬间。正如文中所说,如果你是沉溺于游戏、淘宝、刷存在感,你是否记得曾有难忘的瞬间呢?如果你是在读一本为之动容的书,或者在做你最喜欢做的运动,或者与情意相投的人共处呢?哪一种情形,会是你心动的难忘的瞬间?想一想,写一写,有无数个瞬间,就会是无数篇创意文字。

写作评析

本文结构紧凑,由大学自己曾经虚度光阴,感到空虚和无奈,到幡然醒悟,开始自己快乐而充实的生活。于是,在静谧的洒满阳光的图书馆读一本令人心动的书;在晚霞映衬的操场上和一群陌生却又同样青春的影子慢跑,放空思绪;再或者,在一个无课的午后,和室友一起安静地相处,各做各的事情,相伴而独立;这些都是美好的瞬间,只属于大学的瞬间,值得珍藏的瞬间。

本文倒数第二段开头"关于幼稚"中的"幼稚"一词,此处似乎改为"共处",更为合适些。因为本段文字和幼稚的关系不甚密切,而是写了与大学同宿舍人的相识和相处。因为这个词语是引领段落的关键词语,所以一定要准确恰当,能够统率本段。这是在任何写作中任何时候都需要非常注意的细微却重要之处。

不枉此行的青春

中文144班　何应颖

最近在微博上看到一段有关青春的话：青春的美丽，不是街边流行的名牌时装；青春的旋律，不是吉他弹奏的缠绵忧伤；青春的潇洒，不是臀臀摇摆的忸怩作态；青春的快乐，不是车轮旋转的郊外飞扬。而我认为青春的美丽，是奋斗拼搏的痕迹；青春的旋律，是酸甜苦辣的混合；青春的潇洒，是个性张扬的书写；青春的快乐，是恣意妄为的欢笑。

一年一度的高考又来临了，虽然自己高考已经过了三年，但当初的情景却如昨天发生一般在眼前闪过。"宝剑锋从磨砺出，梅花香自苦寒来。"这是对我高三复读一年来最好的肯定。曾经的我是一个贪玩儿的孩子，对于学习从不曾好好放在心上，不管做什么都任性而为，从来不会考虑后果。然而在第一次高考过后，看到身边的同学、朋友都高高兴兴走向了自己心中的大学，而我每天面对的却是父母忧心的面容。在这种情形下，我第一次有了焦虑的感觉，第一次开始责备自己，第一次开始迷茫了……经过再三的考虑，我选择了复读。那一刻，我真的觉得我长大了，我可以对我自己的行为负责了。复读这一年，我真的体会到了"少壮不努力，老大徒伤悲"。刚开始的时候，我看到周围同学在上课时积极回答老师的问题，而我想回答却不知道怎样回答，当时的心情真的是难以言表。但是这更加激发了我读书的欲望。当时周围的同学看到我狠劲的学习，很是心疼，让我别那么辛苦。其实我的感觉是很充实，并不觉得辛苦。最后的结果我很满意，我来到了我心目中的城市和大学。现在回想起当初拼搏的日子，让我相信有志者事竟成，十年寒窗磨一剑，我真的体会到了通过自己的努力完成一件事是多么有意义，为我美丽的青春留下浓墨重彩的一笔。

时间过得很快，不知不觉间大三的日子已经要结束了，再也不怕遇到把学长学姐当学弟学妹，把学弟学妹当学长学姐的尴尬了。当初踏进大学时的情景还历历在目，我刚来到这所陌生的大学时，有种不真实的感觉。因为大学过多的空闲时间跟高中忙碌的时间形成了强烈的反差，大学倡导自主学习，而我习惯了高中老师给安排学习，这让我顿时失去了方向感，不知所措。后来在跟老师、学姐的沟通中，我慢慢给自己制定了计划，我的生活不再那么漫无目的，不再那么枯燥无味。在这些过程当中，我感受到了自己的成长，自我约束力更强了，学会了去规划。都说大学是社会的一个缩影，对于这一点我很是赞同，它给我们提供了许多实践机会，引领我们一步一步地走向社会。

大学四年感觉时间很长，但是在不经意间，它就会在你指尖中流走。就像朱自清先生说过的那样：洗手的时候，日子从水盆里过去；吃饭的时候，日子从饭碗里过去；默默时，便从凝然的双眼前过去。我察觉它去的匆匆了……是的，我们从现在起，要珍惜我们的青春时光，让我们的大学生活变得更充实，更有意义，让我们的青春不枉此行。

创意写作引导与评析

创意引导

又见青春，又是青春，只是我的青春不是你的，你的也不是我想要的。这就是会有无数篇关于青春文字的根本原因，也是这篇短文的创意所在。

每个青春与每处每时的青春都会不同。你的青春是光鲜靓丽，我的青春是埋头苦读，你的青春是花前月下，我的青春是昂首独行……不论怎样，青春的身影总该是欢快的矫健的，也是最值得抒写的。

这篇文章的创意是将自己的高中与大学生活连缀，思索此中的种种变化，抒发期间的不同感触，表达自己的种种心境。

而不论经历多少迷茫和艰辛，总是要珍惜和努力前行，不辜负自己的青春岁月，不辜负美好的韶华时光。

写作评析

生活中的所见所闻，总会激起相关的种种思绪与感触，由微博到高考，到自己经历的一场大雪和青春岁月，深深思索，最终明白，时光飞逝，可以做的唯有珍惜与拼搏。

文意与文笔流畅，由自己的真实感触入手，读来让人能够产生共鸣。

等风来

中文142班 黄燕青

许多年前,你有一双清澈的双眼,奔跑起来,像是一道春天的闪电。

许多年前你曾是个朴素的少年,爱上山顶的风,就不怕一直追逐。

也许,人这一辈子最大的欣慰,也就是长大后还做着小时候的梦,还是那么热情,那么不顾一切。时间不是记忆倒带,不过是对岁月遗留下的许多梦的沉淀。一句青春的律动,便是对年少的初心的珍重。

凌茜在《不忘初心,方得始终》中说过:"真正有气质的人,从不炫耀自己所拥有的一切,不告诉别人自己读过什么书,去过什么地方,有多少件衣裳,买过多少低调华丽的奢饰品,因为他没有自卑感。埋没在红尘中的我们,哪怕此刻无法踏上征途,那么至少将我们的初心好好地珍藏在心中,不让它因岁月的冲刷而斑驳失色;静静地等到时机到来的那一刻,用一种温暖睿智的气质,对自己进行一种期望,抚慰自己如野狼一般,在外争抢饭碗,看似坚硬的心。"

真正重要的不是完美的结果,而是过程中自我内在的成长与丰盈。在爱与被爱的过程中让生命更丰盈、更充实,最后找到自己生命中属于幸福的那份答案。当陷入低潮,再怎么执着也无法改变现状时,我们必须懂得适时舍弃的艺术，跳脱出那些让我们痛苦不堪的人和事物，才有可能再造生命的另一个春天。

独自站在温暖的阳光下，体会着青春的律动，那模糊的旋律，似正在演奏着一首梦幻的青春舞曲，不胜优美而又伤感。深情凝望，那芬芳的清香轻轻地扑面而来，宛如酝酿多年的高粱酒的醇香，令人心醉。

前半年读了一本书叫《阿弥陀佛么么哒》，这本书是我最喜爱的主持人兼歌手和作家大冰写的。早年间看过他主持的《阳光快车道》，无比喜爱他的主持风格，喜欢这个阳光大男孩的说话方式和处世态度，所以也对他的文字深有感触，他的文字话糙理不糙。这本书没有很细致的文字描写，但朴实的文字更能吸引我的眼球，读完之后给我很大的触动，我竟然被感动了。

选择读这本书的原因很简单，有一天突然收到远方朋友寄来的礼物，打开之后就看到这本书，瞬间被它的书名吸引了，叫做《阿弥陀佛么么哒》。多么有意思的书名！看到就有一种想读的冲动，然后收获惊喜连连。书的封面是一个可爱小男孩在虔诚诵经的画面，再打开首页映入眼帘的便是作者的简介，刚开始我并不知道作者是谁，直到看到作者竟是我喜爱的主持人，内心一阵感动难以言表，只想默默发个说说来记叙我的想法。瞬间对这本书有了极大的兴趣。书的背面以一段文字来概括这本书的内容。它是这么写的："真实的故事自有万钧之力，这本书讲述了12个真实的故事，或许会让你看到那些你永远无法体会的生活，见到那些可能你永远都无法结交的人。不论你年方几何，我都希望这本书于你而言，是一次寻找自我的孤独旅程，亦是一场发现同类的奇妙过程。那些曾温暖过我的，希望也能温暖你。希望读完这本书的你，能善意地对待这个世界，乃至善意地直面自己。愿你我可以带着最微薄的行李和最丰盛的自己在这个世间流浪，忽晴忽雨的江湖，祝你有梦为马，随处可栖。"青春是个美好的字眼，不论过去的生活有多糟，生活其实最初的一面是干净美好的。

西南边陲的小镇，雨季总是来得很早，湿漉漉的水汽早就包裹了小镇的身影。远远的石板路旁一棵桂花树雨滴散落下来，白色的雾气慵懒地铺开。院子里面有一对老人在吃饭，透过雨滴的魅影可以看到他们的场景，老头子面前放了一碗酒，忽远忽近的糯米酒香，软软的。这个季节总是要喝一点酒来排汗，算不上太热但说不出来的潮湿。小镇的背后靠着一座早已经被清晨的雾气挡住半面身姿的小山。老婆子絮絮叨叨地说着什么，傻乎乎的小狗靠着沙发在打盹，这种下雨天确实难得，清闲得想睡觉。两只小瓷碗对立着摆在圆木桌的两端，两双筷子慢吞吞地在两个菜之间划动，一菜一汤放在桌子上。许多年过去了，我依然能记起爷爷奶奶的生活状态，宁静祥和、粗茶淡饭的日子是他们的追求，对这个世界总是那么多善意和温馨。他们也年轻过，有希望，有对未来的期望，或许，现在的生活也就是他们当初的选择和初心。

　　许多人在追逐梦想的道路上吃了许多苦头，有过哭泣，有过欢笑，年少青春的人生不就该如此生活吗？不努力的青春是遗憾的，人们常说，努力的人生不一定有收获，但是不努力的人生一定没有改变。过去是苦还是甜，只有真正经历过才有资格说梦想与追求是什么，至少在生命里它真真切切地来过。滑翔的必要条件是要有风，所以不管有多急，总该等到风来。即使这棵还没开花的小树苗就这样被冬季突如其来的大雪扑倒在地，奄奄一息，最后索性就连土都盖了，与其说是盖过不如说是将它深埋。或许将来有一天重见阳光，它会活过来，我时常在心里期待有这么一天。

　　来年的春季，我给自己定了一个目标，毕竟还得为以后的生活做一些准备，校园里一切都飞速生长着，老槐树开花散满一身绿叶，早上一阵风吹过，从它身旁走过总能闻到满树的花香，感受到希望。

　　许多年前，你有一双清澈的双眼，奔跑起来，像是一道春天的闪电。

　　许多年前，你曾是个朴素的少年，爱上山顶的风，就不怕一直追逐。

创意写作引导与评析

创意引导

"或许会让你看到那些你永远无法体会到生活，见到那些可能你永远都无法结交的人。不论你年方几何，我都希望这本书于你而言，是一次寻找自我的孤独旅程，亦是一场发现同类的奇妙过程。那些曾温暖过我的，希望也能温暖你。希望读完这本书的你，能善意地对待这个世界，乃至善意地直面自己。愿你我可以带着最微薄的行李和最丰盛的自己在这个世间流浪，忽晴忽雨的江湖，祝你有梦为马，随处可栖。"这是大冰对你的期许和祝愿，应该也是每一段创意文字可以带给你的惊喜、善意、美好和勇敢。

等风来，就像闪电一样，耀亮着，划过尘寰，这是一个梦，做一个逐梦少年。

许多年前，许多年后，那个少年，依然在逐风起舞。等风来，陪你一起飞翔，然后，用文字告诉世界，你飞翔的感觉……

写作评析

许多年前的你，许多年后，依然是你。清澈的眼睛，追逐着山顶的风。当我们阅读无数为之心动的文字和经过无数美妙独特的风景，是大冰的么么哒，是爷爷奶奶的粗茶淡饭、相濡以沫。我们都会记得，自己也是如此的痴心在，初心不改。

二十岁

中文142班　张芮宁

我喜欢秋冬，所有沉寂的压抑和萧条在我看来就是最迷人的陈酿，一杯不醉，只是微醺。

而今日，我年方二十，却已经开始怀念了。

开始怀念三年前坐在那个拥挤吵闹的教室里，那里堆满了书本却没有一丝书香气。夏天没有风的空气让所有的一切都变得燥热。我们用还沾着墨迹的小手扶着马上要进入一个新世界的台阶，却丝毫没有注意到这段想要逃离的时光是多么珍贵，珍馐不换，千金一掷。

而如今，我已经二十岁了。

二十岁的我发现了许多事，这些事超越了我的小圈子，超越了我的笔记本，它们逼迫着我点头承认我要为自己负责，逼迫我必须做出我并不愿意面对的选择。

也许有一天当我回想起我的二十岁，会记不清那年到底发生了什么，我的心情到底如何，我身边的人都叫什么名字，可我一定记得这二十年我走过了许多个自己，声嘶力竭的、甘于平凡的、一腔热血的、固执自私的、每一个我都是那样的面目可憎。她们不够完美，不够矜持，不够疯狂，甚至不够善良，可是我还是执着地爱着每一个阶段不愿意回忆起的自己，没有纠结，我就是这样活过的。

二十岁，我开始发现自己根本没办法承受一个人以永久不见的形式完全消失在我的生命里，我不能承受失去，甚至不能做出这样的设想，只等待着那一天的来到让我在崩溃的情绪中熟悉这样的离别方式。

二十岁，我敢于为了爱情背叛整个世界，我有些犹豫地拿起了这把以前一直不屑、叫做爱情的匕首保护自己。我爱一个人，我甘愿不顾后果地竭尽全力，也甘愿被我的世界嘲笑和抛弃。

二十岁，我开始喜欢自己，喜欢现在的自己和过去根本不堪回首的自己，也开始试着喜欢那些和我并不投缘，甚至和整个世界都不投缘的人。我开始说感谢，在不满我心意的时候仍说感谢。我觉得我很伟大，我觉得他们更伟大。

二十岁，在某一天睡醒起来的时候，我似乎摸到了自己的棱角，它经常划伤我，它没有保护我，有了它之后我过得并不愉快，但我已经开始坦然接受别人对我的恨意。所以，我已经离不开它了。

这是一个没有办法复制的二十岁，我觉得它和所有名人的故事一样惊天动地、精彩纷呈，和所有的传奇比起来毫不逊色。它让我对我未来的遇见和发生充满期待，让我落于平凡却仍旧甘之如饴。我不愿重来，更不愿意改动这二十年里所发生的一切，包括所有的尴尬、眼泪和憎恨。

漫长的几十年，从出生到消亡，我们遇见了那么多对的、错的、执念的、悸动的、热情的、冰河的、值得回忆的、不愿提起的、无法忘却的、不能记起的、爱与不爱的。我们拥有最温暖的现实，却一直在爱慕着残酷的梦想；我们听得见现实里的风、掉落的灰尘、人声嘈杂中爱人的名字，却无法听见自己血液里起伏的脉搏。我们会说人生苦短我们没办法去爱想爱的人，我们会说相见恨晚再遇见已经是下一个故事。我们将梦想摔碎时，那片刻把它当做对曾经拥有的报答，便不再害怕。

如果再次选择，我还会选择生在这个秋冬之交的季节。

所谓的寒冷，只是让我如同热血一样的青春洒尽，留下妖娆自在的蒸汽；而别人所说的多事之秋，却只不过让我有故事可以说。

二十岁快乐！

安好，勿念。

创意写作引导与评析

创意引导

也许,你已经过了你的二十岁;也许,你的二十岁还没到;其实,不止是二十岁,每一岁都是值得记忆和书写的。你的一年级,你的初中第一天,你的十八岁,只要这一年对于你来说有某个特殊的意义。

二十岁时,那些关于回忆,关于爱情,关于离别,关于自己,关于理想的所有对于自己无比重要和珍贵,而对于别人或许只是碎碎念的一切,都那样模糊而清晰。写一个年龄,或者在某一岁的某些瞬间你的思绪,就是这篇《二十岁》的创意所在。每个人的二十岁有每个人的故事。

少年的纯真,青年的迷茫,中年的四十不惑,老年的饱经沧桑,哪一刻,不珍贵?哪一刻,不是刻骨铭心?只要你,在认真地生活着。

写作评析

这篇散文因为写二十岁时自己的思绪,所以看起来比较跳跃。但每一种思绪,都属于这个特别的年龄,都具有代表性。所谓的"形散神不散",便是如此。

旋转于青春中的花季

中文144班 马赛楠

有人说，青春是人生一道洒满阳光的风景，是一首用热情和智慧唱响的赞歌。有人说，青春是用奋斗写成的彩带，是人生中一段难以磨灭的插曲。这样看来，我认为大学就是书写青春的笔墨，描绘出未来，书写着青春的花季。

我的大学生活开始于2014年9月。从收到大学通知书那一刻起，就意味着懵懂的岁月已悄然逝去，纯真无邪已定格。我们的青春如霓虹灯般绚烂，却逃不过那繁华背后的落寞，从懂得什么是微笑背后的忧伤那一刻起，我们便踏上那条名叫"青春"的未知路。在度过了炼狱般的高中生活，驻足大学的校园，一时间，激动、迷茫、好奇等各种感觉迎面扑来，真的可以用两个字来形容：缭乱。这里的一切是刚刚迈出高中校园的我们不曾体会到的，很新鲜，很意外，也很吸引人。

大学，是一个奔跑的岁月。它不再像高中那样三点一线了，业余时间要比上课的时间多，为了赶走无聊，我们不得不到处奔跑，参加学生会、社团，来丰富我们的大学生活。奔跑中我们会接触更多的人，接触原本没有接触过的东西，还可以接触社会。因此在这个奔跑的岁月里我们也在不断地成长，不断地丰富自我。

青春的故事有过浪漫、唯美、时尚。我向往无拘无束的生活，我渴望做自己想要做的一切，我希望我的思绪能无边无际地"闯荡"，我期待我能在广阔的空间里自由地翱翔，在大学里，我可以实现我青春的梦想，热爱自己的热爱，快乐自己的快乐，听从自己的内心。在这个让人嫉妒又羡慕的青春里，没有期待中的那份惊喜，没有童话中可以让灰姑娘逆袭的水晶鞋，没有那可以接受无数鲜花与掌声的舞台。我们平凡如旧，我们有的，只是那颗火焰般热情洋溢的心。不是不想活得潇洒自在，不是不想叛逆、放任，不是不想不顾一切疯狂地追寻，只是在梦想与现实交锋的那一瞬间，我看到了它们的差距，我明白了我还没有取得那通向自由的通行证。于是，我选择了现实，选择在这个大学里面绽放自己，毕竟我更趋向于现实的温暖。

大学是一首歌，青春则是一部曲，跌宕起伏，或伤感，或欢喜，朦朦胧胧，却回味无穷。我们每个人都在很用心地诠释这首歌，谱写属于自己完美的那部曲。在青春的旋律中，我们就是主角，曾经的叛逆与疯狂，曾经的辛酸与眼泪，曾经的感动与梦想，都已随风而逝，留下的是值得珍藏一生的回忆。

创意写作引导与评析

创意引导

"旋转",是一种舞者的姿态。有一句流行的话语:"每一个不曾起舞的日子都是对生命的辜负。"生命需要舞蹈,青春更需要,这才是青年应有的状态。

旋转于青春的花季,是作者的独特创意,传递给我们另一种青春。

奔跑的青春,旋转的青春,迷茫的青春……无论怎样的青春,都是充满希望和未知的,只要你愿意去抓住,它就是属于你的,独一无二的。因为你的独一无二。

写作评析

经历了从中学到大学的转换,也走进了人生最美好的青春岁月。大学里所有的种种都是未知的,就像未曾经历过的青春;又是充满新奇的,就像青春的感觉。用朴素的文字表达自己在这样一个独特岁月的种种境遇和感受、经历和际遇,就是最值得珍藏的记忆。

旋转,是一种完全的展示,也是一种拼搏的状态,是一种向梦的执着与跋涉,是一种不停歇的脚步声……

感恩你很幸福

中文141班　张盼

当生活不尽如人意，你去抱怨你所遇见的一切时，换个角度去思考，你会发现生活过得不如你的人多得是，任何事物都需要有个参照物来对比。

出生平凡，父母物质上给予我的虽不多，但最起码家庭幸福和睦，从小是在父母爱的庇护下长大。小时候和大家一样，读书、玩乐，没有也似乎不懂得所谓争强好胜、攀比附会。因为你的圈子和你是一样的，大家处于同一水平线，你也没有什么可比的。渐渐地长大了，进了比较好的高中，认识了更多的人，就开始有了一些看似奇奇怪怪却又正常的想法。心里开始有了落差，有了这种所谓的比较心理。当然，这些也只是自己心里默默、偷偷地想，没有告诉父母，也没有向他人抱怨。

现如今，随着自己阅历的增加、思想的提升，这样的想法渐渐消失。回想当初的想法也很是幼稚，现在的我感恩我很幸福。

我很幸福，也很感恩。至少，我的亲人、朋友都还在；至少，他们陪伴我长大，使我不是一个缺少爱的孩子，让我的爱是完整的；至少，当我开心、难过时，我可以给我家人和朋友打电话分享或倾诉。有多少孩子，他们一出生就没有了亲人，或者在他们成长的过程中伴随着亲人的离开。记得在某次开会中，要求每个人读一下家庭资料，前面的每个人听着家庭都是完整的，但到了某个同学那里突然只剩母亲一个人的资料，像断代的历史，我的心咯噔一下。

父母对子女的爱是毫无保留的，他们总是把所拥有的最好的都给我们。可我们在成长过程中，不知多少人变成了自己曾经讨厌的那个人。我们渴望简单，却又把一些事情弄得太过于复杂；我们渴望纯真，自己却又变得庸俗不堪；我们渴望原始的快乐，却又丢掉了自己快乐的欲望、最初的心。

我很幸福，也很感恩。从小到大，父母给了我很多自主权，培养了我自尊、独立。有一朋友与相恋两年的男朋友分手，分手原因只因女方家长不同意，一方面觉得男方家庭条件一般，另一方面是因为男方有脚伤。大学里的恋爱本应该是简简单单、没有太多目的、不需要考虑太多，只要彼此相爱。毕竟我们还没有步入社会，毕竟我们还没有到谈婚论嫁的地步。意外的是，朋友的母亲竟以如果不分手就断绝母女关系这样的话来威胁，总觉得这种离奇的剧情应当是发生在影视剧里面的。

年少的我们都渴望有一份美好的爱情，这时的爱情似雪般纯洁。不要觉得自己不会遇到真爱，然后就随便将就。请始终坚信，只要你足够优秀，你与你的那个他终会浪漫相遇。现在需要做的，就是让自己变得优秀一点，一个人的时间或许会孤独，却是你最好的增值期。

我很幸福，也很感恩。至少现在的自己是健康、平安的，至少我还存活在这个世界上。你对生命的渴望有多强，只有在濒临死亡之际才会感觉到。某次爬山的途中，看见一位盲人老爷爷，年近花甲，手里拿着一根木棍慢慢地摸索着下台阶，前后左右。我在想，如果我是他，我有勇气做到这样吗？他的世界里只有黑白，没有彩色。不害怕黑暗，不知道前方的路，靠着一种熟悉、一种本能，也可以勇敢、坚强地迈出下一步。

一个人不论拥有多少财富，身体不好、没有亲人朋友，再多都是无用。一个健康的身体是你的资本、无价的财富。幸福不是说你有多少钱，你有多大的房子。与爱的人在一起，不怕房屋简陋，不怕刮风下雨，更不畏困苦磨难，重点是陪在你身边的那个人是谁，一切在于你的心境。

  人的欲望是一个无底洞，当你拥有一个的时候，你还会想要拥有第二个。有的欲望是阳光，有的欲望则是毒药。不论你拥有什么，都应当懂得知足、懂得感恩。知足方可常乐、感恩方可幸福。

创意写作引导与评析

创意引导

　　感恩，幸福，是两个很美好的字眼。每个人有每个人的境遇，大概没有人是一帆风顺的，但有的人总是觉得自己运气不好，事事不顺利；有的人却能为小小的收获欢欣鼓舞，继续向前。

　　"我来自偶然，像一颗尘土，有谁看出我的脆弱，我来自何方，我情归何处，谁在下一刻呼唤我，天地虽宽，这条路却难走，我看遍这人间坎坷辛苦，我还有多少爱，我还有多少泪，要苍天知道，我不认输。"这是一颗感恩的心，也是让我有勇气做我自己的坚强宣言，"感恩的心，感谢命运，花开花落，我一样会珍惜"。让我们感恩，让我们拼搏，让我们珍惜，而这一切，会成就我们的幸福。

　　《感恩你很幸福》，这篇文章大概就是这样一个懂得感恩与珍惜的心意的表达。这样的创意不仅是好的文字，更是绝好的思想启迪。亲人安好健康，人说"有人爱，有事做，有所期待"的生活就是幸福的，所以，人人都应该是幸福的。

　　无论眼前的路多么黑暗，只要我们怀着希望向前，总会看到黎明的曙光。你感到幸福吗？你认为最值得感恩的是什么？问问自己，告诉自己，或者不妨写出来，也告诉我们……

写作评析

　　本文采用第二人称，就像与读者面对面在谈心一样，告诉读者自己对于幸福的理解，对于感恩的肯定，以及对于爱情、对于希望等的种种想法与观念。由此看，第二人称的运用同样可以是一种很好的叙述视角。只要运用恰当，就能起到很好的效果。这也正是本文的优长之处。

　　当你懂得感恩，你会感受到你生活中幸福的点点滴滴的存在；当你懂得感恩，你会明白，是凄风冷雨让你更懂得珍惜暖风和煦、春色明媚的那份光阴……

人生没有如果

中文144班 高婵

动过心、流过泪、怨恨过、放弃过，可这路上总要有虚情假意来教你长大，而另有两肋插刀陪伴你成长。听着熟悉的音乐，看着熟悉的画面。我们不过是在按部就班地生活着，每个人都过得不容易。不是每个人都喜欢伤感，不是每个人都喜欢叹气，它不针对哪个人，只不过是解压的一种方式，深深地叹口气心里会轻松很多，每个人都有喜欢或爱的人。没有人逼你做任何事，也逼不了的，只有自己心甘情愿地去做。

蔡康永说过，15岁觉得游泳难，放弃游泳，到18岁遇到一个你喜欢的人约你去游泳，你只好说"我不会耶"；18岁觉得英文难，放弃英文，28岁出现一个很棒但要会英文的工作，你只好说"我不会耶"。人生前期越嫌麻烦，越懒得学，后来就越可能错过让你动心的人和事，错过新风景。

我们总是抱怨生活，总是觉得那些小事过于麻烦和烦琐。当别人成就满满的时候，我们在心里羡慕嫉妒恨，却早已失去了同他人竞争的资格。朋友约你去看电影，你说太过遥远；朋友拉你去游泳健身，你说好麻烦呀；朋友说一起学跳舞吧，你说我最怕麻烦了。结果不怕麻烦的都发现，这些事情真的好像都是自己喜欢的。

  人生没有如果，本来有很多发现自己喜欢什么的机会，但是因为怕麻烦，你都拒绝了。最后还要抱怨说："我连个喜欢的事都没有。"如果要羡慕，不仅要羡慕他们能找到自己喜欢的事。其实最牛的是，最后他们的喜欢真的变成了工作，靠自己喜欢的事情养活自己。

  我有一个同学，他特别喜欢唱歌，没有人支持他，他一个人坚持了下去。在成功前不知道遭受了多少苦，没有放弃是最重要的，将喜欢的事情做成了事业，并且取得了成功。

  我们不需要把这些喜欢像那些人一样做成专业，最起码可以让自己快乐。那很多喜欢的事情，真的是从不怕麻烦开始的。我们不需要把每一件喜欢的事情都做到极致，但是在这个浮躁的社会，有一件喜欢的事情是那么重要。你可以爱做饭、爱美甲，甚至爱收拾屋子，不管爱什么，烦躁的时候，你能用这件喜欢的事情安抚自己。没有什么能比自己讨好自己更快乐了。

  如果你喜欢购物，喜欢打扮自己的外表，那么也请充实一下自己的内心世界，多读几本书，多陶冶一下情操。我们可以在工作中独当一面，也能烧得几个拿手小菜；能够为伴侣作出适当的牺牲，也会为自己保持读书学习的热情；可以穿着礼服和高跟鞋得体地出席一场聚会，也能够穿上运动鞋在清晨跑上五公里……就这样，让我们停止对上天的埋怨，心安理得地接受自己的平凡，保持内心的质量，把外在维持在最好的状态，做一个勤奋善良乐于分享的人，这才是一个不漂亮的人应该有的美丽。

  岁月安好，大抵是这样的吧，懂得用读书去丰盈内心，用智慧和理智讲话，对朋友乐善好施，保持健康的运动规律。用欣欣向荣的人生告诉我们，美丽若在岁月中长存，完善内在是比美化外在更持久的方式。任何一种相貌，都来自灵魂的修行，我相信读书的力量，相信奋斗的力量，相信善良的力量，就像我相信，那未知的未来中一定会有更美的自己。人生没有如果，我们且行且珍惜。

创意写作引导与评析

创意引导

"人生没有如果,"传递出的是一种积极努力、珍惜当下的情怀和思想。如果每个人都知道"人生没有如果",大概就会珍惜每一次机会和拥有,就会少很多遗憾。虽然只是简简单单一句话,却是创意写作的好思路。每个人都需要在成长中慢慢领悟,慢慢成熟。

你懒惰,你任性,你抱怨,你不珍惜,所有对于你有意义的终将离你而去。机遇不再,时光不再,那时的人不再,所以要有自己喜欢的事情,还要有用心去做的毅力和行动。

写作评析

对人生对成长的领悟,由一句句的话语组成。如果这些话语只是在你的脑海中闪现,或许你会记住,而大多数你会忘了。所以,每一句自己的思考所得,都应记下来,就像这篇文章,淡淡的句子,每一句却都是自己对生活的细微感悟。

从名人到普通人,每个人的人生轨迹或许都可以给你一种启迪,让你少受挫折和失败。人生没有如果,但是我们可以从他人的生命中看到自己的如果。

相遇，青春

中文143班　王爱洁

我们一直认为岁月很长很长，一直认为属于我们的青春依然灿烂，总有一天，我们会相见，会慢慢倾诉，会促膝长谈。可是，有那么一天，我们各奔东西，不再联系，每个人有自己的天地，自己的生活，甚至自己的交往，不再回忆和搜寻曾经的热情与美好。不是不想，而是我们找不到什么样的途径与方式来怀念来梦想。于是，只能将那份深深的怀念放入心底，在日复一日的岁月里为之添香，为之动容，直到有一天，我梦见了我的同学、我的竞争对手，那个淡定又优秀无比的同桌。醒时，便再无法入睡，我知道，我深深怀念着我那懵懂的青葱岁月。

在理想的肆意挥洒间，我不知不觉变成了学校最"老"的人。为了前途我们专注于实习，专注于考研，忙得昏天黑地，忙的一塌糊涂，忘记了好朋友的生日，也忘记了自己的生活。心底有一个清楚的声音告诉我，这不是我想要的。我绝不能容忍那些陪我走过青春的笑脸在记忆里逐渐模糊，渐行渐远。几个人，曾爱过，讨厌过，一个回忆，一个伤疤，一个故事，就这样缠缠绕绕，时断时续地联结了整个青春。我们每个人都在努力想成为一个值得被信任被爱的人，但那些青涩时光里青涩的人是不是也该成为枯燥路上的风景？

　　第二天，我逃课去见了青春里的小伙伴，怕车太快，太早见到我现在的改变，太慢又怕有说不完的话。终于，我下车时看到了早已等候我的好友，仲叶。时光如水，竟是这样匆匆又易逝，虽然早已经离开了本该属于这个年纪的学校，但他还是一如既往的可爱、呆萌，还是高高的个子，还是光洁的额头，还是一说话就微微翘起的嘴角，带着微笑的样子，只是多了些成熟。我极力平静又淡定，我说，好久不见！仲叶上下打量着我，调侃道：你看看你，这么多年了还没长个。我说是不是永远像个精灵一样的俏皮。他说学校这个小温室把你照顾得很好嘛。然后便是星星点点的笑声，涩涩的，像是一种无法触及的卑微与辛酸。我红着脸说，是啊，一点没变。而我在心里却说，是啊，没变，三年前，我不是公主，三年后依然不是。虽然我是这般幸运，享受着大学，万事无缺。

　　我们说起了中学时代的种种往事、趣事、老师、同学，情窦初开，还有很多很多……我们谈着，笑着，甚至笑出了泪，谦也来了，他与华永远是这样的幽默可爱，中学时候，他们俩就是形影不离的好朋友，而今依然是无间的密友。华有着无人可比的冷幽默，让我们笑个不停，而谦忽然很有感情地说了一句，让我们都为之而动容，我常常因你们而感动，不需要天天相聚，但是永远是最亲近最无间的人，一个电话，一次相见，永远温暖，永远无间！

　　是啊，永远无间的亲密，我们温暖相依。整整一天我看看这个，看看那个，心中充满了感慨。华是善良的，仲叶是可爱的，而谦是什么呢？我却找不出什么词来形容。但是，我知道，在我的心里，他一直是温暖，是依靠，是优秀，是那个我不开心时第一时间跑来安慰我的人。我们没有去暗恋，去做一根长长的青藤，我们坦荡地怀念，坦荡地思念，像青色藤蔓上开出白色的花，纵然纠葛看上去也清晰明艳。像天暗下来独自点亮的一盏烛火，雨后天晴出现的彩虹，忧伤而美。那种美好不是这个物欲横流的世界所能感知的，我们更不可能去破坏什么，去表达什么。又有什么能表达呢？我们自己都知道那不是爱情，不是相思，却比爱情更美好，更动人。如果一生都可以这般憧憬着，可以这样美好地想象着，有什么不好？你，我，她，谁没有？除了珍藏，你又舍得做什么呢？有了这样的美好念想，我们会平静地接受世事安然，会依然安心这市井繁华。

　　终于，我们需要起身告别了，谦说：不对，你是不是长高了？我调皮地往他面前一站，却正好碰触到了他暖暖的胸膛，就那么一刻，在同学面前，我们轻轻地却用心地拥抱了一下，仿佛很久，而那一刻，我的心中已是泪水点点，我知道，这一生，这一刻，我与我的懵懂青春再度相见相离。仍是你天涯我海角，你南下我北往。

　　只是，明日天涯必有我思忆追随。我憎恨离别，但是，如果离别会让你想念牵挂，我愿意离开。还有，是不得已的离开。只为了我们早已铺设的人生前途，风雨兼程！

　　谁复留君住？叹人生，几番离合，便成迟暮，最忆西窗同剪烛，却话巴山夜雨！愿明日启程，你必是一帆平安；愿，我们的青春永远这般可爱！

创意写作引导与评析

创意引导

　　相遇的，是千千万万个人；青春，是美好却又缠络不清的懵懂与纯真，正如张爱玲的《爱》中所说，没有早一步，没有晚一步，恰好赶上了，那也没有别的话：原来你也在这里。这就是遇见，这就是缘。

　　想念一个人，就去见Ta；爱一个人，就告诉Ta。只有活在真实中的自己，才是最真实的生命与最美好的岁月，流年荏苒，你在，我在。这就是《相遇，青春》的创意所在。记下我们的年华，我们的爱恨，我们的思念，我们的无瑕，我们的不经意，我们回不去的岁月，挥不去的思绪……

写作评析

　　因为一个梦，记起一个人，就去见他，以及与他一起的那些老友。我们都长大了，但我们还是原来的我们。那些不变的情谊，那些过往，都会珍藏在记忆里，随着我们的行走而撒向四面八方，天下没有不散的宴，散了再聚，聚了再散，告别是为了更好的相逢。相遇，是你们，是你我的青春。

　　语言的流畅，情感的细腻抒写，成就一篇温暖清新的小文。

用青春谱一曲梦想

中文142班　李蕴菲

　　时光荏苒，不知不觉间我的大学生活将过去四分之三，和大多数应届毕业生一样，对即将步入社会这条充满未知、布满荆棘的道路感到丝丝茫然无措。刚刚过去的高考犹如一块巨石沉入海底般，激起圈圈波浪后便恢复了之前的平静。我不禁回想起那一年盛夏时分的高考，心中惆怅之感油然而生，它是那么近又那么远，原来在我挥霍青春的时候，它已从指缝中悄然溜走，如同徐志摩所写那般，轻轻地来又轻轻地走，不带走一片云彩。

　　也许，现在的他们就和当初的我们一样，头扎在书堆里做着数不完的题，满堂灌输的填鸭式教学把人压得几乎喘不过气。是啊，犹如千军万马过独木桥的高考往往就能这样逼迫人发掘自己的潜力。而在这个时候，老生常谈的青春与梦想却更显得迷人，令人神往。老师会鼓励你，你的青春就是拼搏奋斗，你的梦想就是考上大学，你的未来就是成就人生。这也的确激励了许多人，不过，我们的青春梦想就仅仅只有如此吗？

　　所谓青春，是对我们这个年纪拥有的激情和热烈最贴切的诠释。在每个人漫长而又短暂的一生中，青春岁月是最叫人难忘的，不仅是因为它是我们每个人最浪漫最激情的美丽年华，也因为它记录了我们最真实最刻苦的拼搏历程。有人说，青春是人生一道洒满阳光的风景，是一首用热情和积极谱写的赞歌；有人说，青春是用奋斗描绘出的彩带，是人生中一段难以磨灭的插曲。我们怀揣着对大学的向往，洒下青春的汗水，努力拼搏，成就自己的未来之梦。

所谓梦想，是青春的翅膀，更是我们身在象牙塔里那一束照射进来的亮光。十二年的寒窗苦读，十二载的披荆斩棘，承载着太多的理想。你的所见所感、所思所想，都伴随着你成长。当我们真正经历了之后，我们可以大声呐喊，大学不是幻想，更不是妄想，而是我们伟大的梦想。我始终坚信一句话：有志者事竟成。那些为梦想而努力、为坚持而刻骨铭心的日子到现在还依稀记得。刚踏入大学校门时的青涩模样，当时的自己多么单纯天真，却又对一切充满求知欲，激情昂扬无所畏惧。通过自己的努力实现目标之后的那种成就感，这一辈子都不会忘记，那种心脏被充满的感觉是那么的和谐自然，那么的热血沸腾。

青春和梦想，二者可分可合。大学生活就好似一张白纸，等着我们用智慧和双手去为它描绘出七彩的青春，让自己放飞伟大的梦想。轻松洒脱的大学生活，轻松自如的学习模式，这些都是高三紧张烦闷学习时最好的调味剂。而进入了大学之后，很多时候因为时间没有合理安排而无所事事，特别是我们大一的一年，我们难免浪费了大量的时间止步不前或当做高考后的休息，而任意放纵自己、荒废至今而学业无成。现在的我们是否该停下肆意追求的脚步，静静聆听自己内心的声音，真正该追求的，不应是更有价值更有意义的东西吗？大学生活眨眼间就会过去，我们将会面对许多困难与挑战，留给我们玩乐的时间不多，奋斗的时间很多，这些我们必须好好把握。也许现在的你还在迷茫，不知道自己想要的未来是怎样的。如果仍然不清楚自己想要拥有什么，不如去远方游走，看看世界，看看身边的事物，感受它们，领悟它们，或许你会有意想不到的收获。

我们现在所缺少的是一个人生目标，缺少的是一份坚持。当初的我们为了跨过高考这道门槛，拼尽全力，不抛弃不放弃，现在的我们同样也能做到。少一分懒惰，多一分拼搏，你的人生会因此而变得与众不同。

我们的大学不是用来挥霍、虚度光阴的，而是用来成就最好的自己，为自己的人生之路铺筑一条通向成功的捷径。还记得我们年少时的梦吗？趁着年轻，着眼当下，不忘初心，用青春之水沏一杯清润可口的人生之茶。为了我们最初的梦想，燃烧我们的青春，让我们的人生发出绚烂之光吧！

创意写作引导与评析

创意引导

　　"青春"的样子，是拼搏，是绚丽，是迷茫……我们都在赞美青春，可青春不只是用来赞美的，更不是用来挥霍的，正像我们的少年和老年，是我们必须经过且最可以自己做主的。少年老年有种种心智和身体的限制，而青春的限制是什么？或许，是一颗心。你想有什么样的青春，就可以朝什么样的方向走，只要你足够勇敢，有足够的决心和毅力。

　　这篇文章的创意是，再一次提起把"青春"和"梦想"联系在一起的话题。所有的我们，正值青春；所有的我们，都有梦想；而我们最该思考的，是怎样走在实现梦想的路上……

写作评析

　　寒窗十二载，我们终于挤过独木桥，来到大学。却不期大学四年，像梦境一样，一眨眼，就要结束了，似乎很多想做的该做的还没有做。"我们现在所缺少的是一个人生目标，缺少的是一份坚持。"如果一个人在要走出大学校门的时候，还在寻找自己人生的目标，是不是值得思考？

　　或许大学毕业了还依然懵懂，或许已经坚定前行，无论怎样都要有一个梦，都要记得前行。这是这段质朴的文字流露出来的青春心声。

青春无悔,坚守初心

中文142班　邓改玲

憎憎处子心,茫茫人生路。行时万千惑,勿扰初始心。

人生百态,莫过于成功时激动不已、喜极而泣,失败时不可置信、绝望莫名,回忆时后悔懊恼、捶胸顿足。冥冥之中,似是如一,究其始终,无外乎不同的选择呈现的结果而已。

青春逐梦,行始发端。每个人降于世间,都自带了一双幻想的翅膀,也许藏于脑中,也许隐于心底。庄子敢于天马行空的幻想,因此大鹏的翅膀宽阔如云,可扶摇而上九万里天;阿凡达的幻想穿越时空,于是魅影的翅膀可抗导弹;近代仁人志士、爱国先烈幻想中华民族崛起、中国开天辟地,因而有了中国崛起于世界、中华儿女顶天立地的盛世之况;而我的梦想就是生而无愧于己、逝而无愧于民,让自己的人生价值得以体现,实际就是做些有意义的事,既能帮助别人,有时(又使)自己的心灵得以升华。

我的梦想是平凡的,但却难以简单实现,现实屡次折断我梦想的双翼,使我的梦想无所依托。

小时候就为了这份梦想而行,成为别人眼中的"傻瓜"。在别人遇到困难时尽自己所能：同学们缺纸笔时，积极拿出我的与别人分享；同学课程没弄懂时，放下自己的学习时间去给他们讲解，却在休息时间苦学自己不懂的或没时间学的，只为了每个同学都跟上进度，一起进步；看见周围美丽的环境被垃圾所污染时，总是跑去做不属于自己的清理工作，或者去捡一些小垃圾，顺便废物利用，用可使用的垃圾创造一些简单的小饰品，来装扮教室，以达到废物利用，以至于常常出现在同学眼中的是一个捡垃圾的小女孩。为此，父母因我常把文具借给同学说我"败家"，小伙伴因我把时间给了别人，而自己需要抽时间才能完成学业而说我是"傻瓜"，因常以捡垃圾的形象出现而常被顽皮的小朋友称为"小乞丐"，这就是我为追求梦想所经历的路。

长大了，在青春的路上为梦想而追逐，似乎变得更加艰难。青春飞扬，潇洒自如，似乎这对青春的诠释更是我对自己的另类解释吧。我的青春是飞扬的、不羁的，但又是充满荆棘的。小时候的路，我仍旧在走，只不过变得更大范围了而已，我把借同学文具变为了帮助同学建立目标，把帮贫困同学勤工俭学完成目标变成针对全校学生以帮助同学走出困境、追逐梦想为宗旨的大型社团；将自己帮助他人讲解、自己课后学习，改为让同学们在校园互帮互助、共同进步，并且自己也抓时间学习综合性的知识，以提高全面素质，带动一股学习知识、开阔境界、全面发展的学习风气；将自己维护环境发展为带动周围的人一起维护环境、争取人人努力实现无垃圾的文明生态环境，并且发扬爱护动植物的风格，创造人和动物一家亲、人与自然和谐相处的大氛围。这些，当然不是一帆风顺的，梦想的路上总是充满荆棘，无论是帮助同学，还是爱护环境，总是有人嘲讽我多管闲事、异想天开，并且就算有理解我的人，但相应支持我的梦想的却没有几个人，这一切都是那么困难，无论是人、事，还是周围大的社会环境，都无法达到和谐统一的境况，需要更大的努力，但我终究会成功。

这就是我们的青春，充满了荆棘，需要我们去坚持。或许当我们追逐梦想的时候，一开始有人嘲讽、有人鄙夷、有人不屑、有人不理解，但当他成功的时候，却是会引来所有人的认可、对其刮目相看。虽然梦想是需要用泪水和汗水去坚持的，但努力是青春永远无悔的印证。

　　无悔青春，不忘初心。在青春的路上不要迷茫，当你遇见困境的时候，时常想想"我为何而出发"。在这里你会找到力量。许多人常常回想青春，觉得后悔无比，他们的青春可以归结为"穷"。那么我想告诉他们：如果你穷，那是因为你没有逐梦的决心；如果你穷，那是因为你没有正视自己的放弃；如果你穷，那是因为你没有为坚持初心而努力！而"富"，是因为别人付出了想象不到的努力，他们在青春的道路上挥洒汗水，坚持最初的梦想，体现了自己的价值，走过了无悔的青春。

　　无悔青春，不忘初心！干涸的大地总会迎到雨水的滋润，干枯的小草总会重新焕发生机，濒临死亡的人总能感受到世界的美好。鲜花、夸赞和掌声总是天才和成功者的专属，但成功的人总是在逆境、挫折和失败中造就的，他们在逆境中总是能坦然面对、不忘初心、坚持本心，诠释着我的青春我做主的意境。

　　艰难险阻阻征程，坚持不懈逐梦想。青春何能忆无悔，不忘初心赢青春！

创意写作引导与评析

创意引导

"青春无悔,坚守初心",大概是每个怀着理想与志向的当代大学生的共同心声。青春,美好而易逝;初心,珍贵而易失。作为有梦想和希冀的青年,虽然每个人具体的理想和志向不同,如何实现理想和志向的路径不同,但每个人的这份初心一定是共有的,而一份坚守也必须是共有的。

青春能否无悔?初心是否坚持?这篇文章的创意是以初心为文,呼唤当代青年的每颗初心,每份坚守,汇成一曲时代的青春之歌。

写作评析

这篇文章以诗始,以诗结,形式新颖,虽然诗歌词句还可以再锤炼,但正如文章题目"坚守初心",就一定会有所得,有所成。走在"傻瓜"、"败家"、"小乞丐"的路上,从小学到大学,义无反顾,从"穷"的青春变成"富"的青春,正是因为有这颗坚守的初心。期待每个青年为之鼓舞,也为之喝彩。

文章某些行文还显得不够凝练,如下面一句,可做些修改:"实际就是做些有意义的事,既能帮助别人,有时自己的心灵得以升华。"可改为:"做些有意义的事,既帮助别人,又使自己的心灵得以升华。"

行文字句的凝练简洁其实不难,只要能够静心,即使只修改一遍,也会有很大不同。

擦肩而过

中文142班　张晶贻

落红凋谢的那一刻，便注定与秋风擦肩而过；云朵飘过的那一刻，便注定与水珠擦肩而过。人海茫茫，时光匆匆，或许转身的某一瞬间，就这样擦肩而过，有些人如命中注定，只是你漫长生命旅途中的一个不会泛起任何波澜的过客……

闲来无事，觉得自己很久没看见绿色了，甚是思念，便推过院子里的自行车，想骑上它去看看那思念的绿色，尘土蛛网附在上面，扑面而来的是一股苦涩而又浓烈的烟气，就像刚刚尘封结束。

骑上自行车，沿着静谧的小路独自前行着。一路上，看着渐变的风景与色彩，心里埋怨着，埋怨绿色为什么这么少，埋怨为何看不见自己想要的，那日日夜夜所期盼的，就这样这条路到尽头了。没有回过头，或许是不想给自己再重来的机会，又痴念着那抹绿色，责怪自己为什么不能驻足欣赏那几缕残存的绿色，叹息自己没有勇气去追逐那满是绿色的人间。

惋惜、懊恼、责怪——涌上心头，五味瓶打翻在心里，很不是滋味。可结束的终究结束，错过的终归错过。

就这样,甚是思念的那片绿色、那抹绿色错过了,或许伊始存有一点抱怨的时候,便注定我与这绿色擦肩而过。

推车离开,想过再重走一遍,可明知这片绿色不是自己想要的,再走下去又有何意义呢?还是没有那么喜欢,还是不能欣赏,还是会五味杂陈。

当天边那颗星出现,你可知又开始想念,有多少思念只能遥遥相望,就像月光洒向海面,这个世间,短暂的相遇却念念不忘,再寻,多少恍惚的时候,仿佛看见你的身影,转身却又不见。

人海川流,擦肩而过,无处安放……

创意写作引导与评析

创意引导

"擦肩而过"是一个匆忙又隐含着疑惑的意象,也是一个充满故事的意象,是一个隐约透着一丝伤感的意象。谁与谁的擦肩?是否还可以蓦然回首?这是一个可以讲述很多故事的意象,这就是作者的创意之处。

处处皆有文章,而你的,是否隐含着一种未知,能够引起读者的阅读好奇?使读者想一睹为快?"擦肩而过",便是可以做到的独特意象之一。虽然有千万个故事可讲,但我依然想听,这一个伤感的、疑惑的、未知的、充满无限可能性的故事。

或许,你也有过一次记忆深刻的擦肩而过,一起分享,一起思想吧。

写作评析

擦肩而过的,是风与花,是云和雨,是我与你,是"我"未曾驻足却再也不见的一抹绿。或许,可以蓦然回首,可如果你确定,这其实并不是你想要的那抹,或许宁可错过。而错过,不论在不在意,终究是无所得,无所得也便是失落,还需要向前,继续寻找,或者你不得不向前,继续寻找。作者表达出了一种纠缠在心里的无奈和伤感,传情达意,细致入微,可以感同身受,即是好文字。

很多时候,我们并不能左右一些事情,所以,遇事一定要三思而行,不要轻易接纳,也不要轻易错过,是这篇短文给我们的最好启迪。

即使终是错过,也要抬起头,继续向前,无处安放的,是一份情,是一颗心,要寻求一种可以安放的情愫,一种一往无前的勇气和信心。

江山多少年，少年亦如是

中文141　徐静乾

中国"有礼仪之大谓之华，有服章之美谓之夏"，故称中国为"华夏"。华夏几千年走来，一路看过鲲化为鹏，扶摇而上；看过汉家有女，云胡不喜；看过贞观武曌，车辚马萧；看过宝塔九重，江山万里。只是没有人记得看过她而已，但"华夏"二字非仅存于过去，非仅存于历史。

今天，我不愿意坐视端午节成为韩国的非物质文化遗产；不想接受汉字书法在日本的受重视程度超过中国这个事实；更不想听到年轻人借口迎合潮流而对传统文化全盘否定。其他国家抢夺掠占本属于我们的文化确实是令人发指，但更过分的是我们自己并不重视自己的文化，反而要靠其他被华夏文明影响到的国家去宣传，在此情况下我们指责韩国时都有些底气不足。所以我提起笔，写下"华夏"二字，只是想迎回我们的文明到最初的属于她的地方。

我记得曾经有个怪异的青年名叫嵇康，他临刑前，弹奏了一曲绝响，那宽袍博带在风中飞扬，他用了最优雅的姿态面对死亡。几千年过去，依旧有余音绕梁，留给后人的，不止是曲谱，还有他的傲骨。这傲骨既是文人特质，又长贯数千年历史，最终成为民族精神气节的一部分。

所谓傲骨，借古人的话就是"虽体解吾犹未变兮，岂余心之可惩"，是"人固有一死，或重于泰山，或轻于鸿毛"，是"人生自古谁无死，留取丹心照汗青"，是"我自横刀向天笑，去留肝胆两昆仑"，是"不吃嗟来之食"，是"安能摧眉折腰事权贵"……他们或爱国或重义或视死如归或自尊自重，也就是这些声音同汇成一曲《广陵散》，共昭傲骨。

可是，当下提起"傲骨"肯定会被嘲笑。的确，如果你说"傲骨"无用，我并不能驳得你体无完肤哑口无言，毕竟如嵇康一身傲骨宁折不弯到最后也是零落一死，"傲骨"有时非但不能予你想要的，还会令你与这个世界格格不入。可我仍然要说，虽然世殊事异，但人无论在何时心中都应该有所坚守，就是有些事不该做他决不会做，而有些事应该做他就非得做，万物莫能强迫，莫能阻拦。不是都要身死体解才是"傲骨"，它是在心底的那份无人能够撼动的坚持，也只是那份坚持。心生一念，蔓至全身骨骸直至撑起脊梁而后宁折不弯，这就是今天的"傲骨"，而每个面对千万人阻挡仍坚守自己的选择、自己的坚持的人，都是有傲骨的人。

"亦余心之所善兮，虽九死其犹未悔。"华夏在，傲骨也一直都在，但被忽视被遗忘的那部分一直在尘埃里。

近来有人说，中国土豪的新标准是敢扶大爷大妈、敢点青岛大虾。我跟大多数人一样，之前怎么都想不到有一天出门看到老人摔倒要先拍照录像然后再扶，点青岛大虾之前要反复确认是38元一斤还是一只，还要随时准备录像录音。不是人们草木皆兵还是太过矫情，善良与信任仍在，只是被现实恐吓打压后想要努力保护自己，只能小心翼翼如履薄冰。

而所谓的礼仪之邦去了哪里？曾经的我们讲"老吾老以及人之老，幼吾幼以及人之幼"，讲"得黄金百斤，不如得季布一诺"，讲"己所不欲，勿施于人"，甚至讲夫妻间"相敬如宾，举案齐眉"，迎接宾客要"宾至如归"……这些在今天看来都成了要求过高的礼仪准则，致使传统中如此细致到方方面面的礼仪蒙尘。我渴望的就是，有一天，我们可以拾起自己的礼仪文化，撑起民族的脊梁。最起码国人走出国门时可以撑起形象，而不用再面对那些特意用汉语标出的写给中国人看的提示警告语。

"高山仰止，景行行止。虽不能至，然心向往之。"傲骨，一则注重内涵的积累，二则坚守节操、维护正义。注重内涵的积蓄是内在修养问题。我们虽然不能再回到古代，但能够触碰并传承古人留给我们的文明，并在此基础上注重内涵的积累。德一如高山人景仰，德一如大道人遵循，这是我们应该做的也是我们能做的。

《少年中国说》中说，中国"纵有千古，横有八荒"，说少年"前途似海，来日方长"，对中国和少年的期许都非常高。确实中国历史上一代代杰出的少年存在于"纵有千古"中的不同时间和"横有八荒"中的不同地点，所以人们说江山代有才人出，数风流人物，还看今朝。

而江山错落，人间星火，吐纳着千年壮阔。"少年中国与天不老，中国少年与国无疆。"也正是我心所愿的江山多少年，少年亦如是。

"此心若得一株雪，人世何处不清明。"

创意写作引导与评析

创意引导

是江山,亦是少年;是傲骨,亦是传承;是华夏,亦是文化;是鞭挞,亦是弘扬。敬仰高山,少年如是,何愁江山不妩媚?!

这篇文字纵横捭阖,跨越千古,从华夏文明到当下的诚信,从嵇康的傲骨到今天的民族脊梁,小小少年,在呼唤着同伴要承担起华夏文明弘扬传承的家国大义,思接千载,大气恢弘,后生可畏。

如此文字,创意在少年意气,创意在挥斥方遒,创意在殷殷热望,创意在古今融通。愿每个青春年华的华夏儿女都能够有如此少年"数风流人物,还看今朝"的雄心大志,为民族与国家的发展奋力拼搏。

创意是奇思妙想,创意亦是肩担道义,创意更是少年强则国强!

写作评析

这篇散文最大的特点是有诸多的古代诗词语句的引用,但与所表达的思想浑然一体,引用虽多却不觉累赘,合适恰当,知识与文字功力可窥见一斑。

作者视域所见情怀所感,既有令人骄傲的地方,也有令人汗颜痛惜的地方,"此心若得一株雪,人世何处不清明","虽不能至,心向往之",是华夏儿女的殷切衷心。全文酣畅淋漓,摇曳大气,情怀激荡,值得一读、一品、一思。

给明天的我

中文141班　祁鑫

亲爱的小鑫鑫：

原谅我用这么酥这么酥的称呼来称呼你，不知道明年你是否会看到这封信，也不知道你看到这封信的时候会是什么表情，但是我希望你知道，此时此刻的我是纠结的，我有太多的话想对你说，但是不知道从何说起。

说起来啊，明年的这个时候，你应该已经毕业了吧，不知道有没有考上理想的学校，是否选好了未来的方向，是像此刻的我一样，坐在铺满阳光的桌子前冥思苦想，还是已经奔向盼望已久的远方，希望到时你可以给我一个满意的回答。

另外，我想对你说，多找点时间陪陪家人吧，掐指一算，你已经二十二岁了，马上就要奔三的年龄，也应该自立了，把你的小性子收一收，帮做做家务，孝顺父母。

其次，努力赚钱吧，经济独立的你才是长大的你。努力赚钱才可以买买买、浪浪浪、粉爱豆、买周边，今年落了一场重要的演唱会，明年要记得补上哦。

还有，多交几个好朋友吧，趁着我们还涉世未深，单纯可爱。与"小瓶子"的友谊要走过另一个十年，二十年，直至一生一世的久远。

最后，要做一个更好的自己！

你最最亲爱的

创意写作引导与评析

创意引导

写一封信，给谁呢？自己！还是明天的自己。这个"明天"是什么时候呢？不是第二天，而是未来，写一封信给未来的自己，或者某个重要时刻的自己，你曾经有没有过这样新奇的创意呢？

明天，是一个让人充满期待的字眼，而明天的你我是由今天的你我决定的。不同的人，不同的明天，就是不同的创意文字。所以，也来写一封给明天的自己的信吧，或是自己有个满意的工作的那一天，或是遇见爱的人的那一天，或是……

总之，每一个明天都会有憧憬，也都会有故事发生，讲出来就是好创意。此时此刻，写出的是文字，而创意的是你的未来，你的明天。

写作评析

这封写给明天的自己的信非常短，只有短短不足400字，但却有很丰富的内容，如果所提到的都能做到的话：考上理想的学校，或找到理想的工作，多陪陪父母，多赚钱来成全自己的爱好，多交真诚的朋友，与挚友的友谊天长地久……对于明天的自己，今天的这封信是一种激励和鞭策，也是绝好的设计。当然，还可以给自己写无数封信，因为自己还有数万个明天。

穿越时空的演讲

中文143班　胡周阳

（纪念牺牲的远征军将士，牢记历史，勿忘国耻，穿越时空做一场募捐演讲。回顾这段刻骨铭心的历史时刻，让我们每个人牢记过去，铭记这场战争，珍爱和平。）

过往历朝历代，每逢狼烟四起，枪口逼境，不同民族必定会男丁挽弓扛枪，妇孺缝衣送粮，为护卫家国倾心尽力，同生共死。这次大战在即，我们应该效仿古人，为远征军做力所能及之事，要与子弟兵同甘共苦，哪怕只能运运柴草搬搬弹药，抬抬伤兵，我们也要尽一份绵薄之力，但能苟且偷生，大家都知道我远征军现在正在厉兵秣马，筹备出境，与日寇决战。但国破经年，百业俱废，国库空虚。国，乃安身立命之息壤；兵，是我血肉相连的子弟。摩顶放踵，剔骨削肉，责无旁贷，思来想去唯有集众人之力，共同筹措资金，方能助我战场的远征军战士一臂之力！但凡还是我华夏儿女、神州子民、有良知的中国人，就应当视死如归，绝不做亡国奴。人生在世有不可做之事，有可做之事，也有必可做之事，相助远征军将士，便是我等之必做之大事也！为此，无论是农民、工人，还是达官贵人、社会贤达，都是国之精英，社会栋梁，爱国之心胜过我。故，借今天的场地，敢请诸位，慷慨解囊，大义出资，共同鼎力，相助远征军将士，入缅作战，大获全胜。

为救亡图存，打败日寇，有钱的出钱，有力的出力，哪怕为远征军将士增添一件军衣、一双布鞋也是好的；如有实力送飞机大炮，自然是求之不得。

救亡图存，打败日寇，还我河山；救亡图存，打败日寇，还我河山！（高呼）

救亡图存，打败日寇，还我河山；救亡图存，打败日寇，还我河山！（高呼）

救亡图存，打败日寇，还我河山；救亡图存，打败日寇，还我河山！（高呼）

创意写作引导与评析

创意引导

　　这是一篇十分新颖的创意作品。在当下盛行穿越的时代,作者将时间拉回到远征军时代,并设身处地进行一次募捐演讲,仅此,就是一种极有价值的创意。

　　当很多人已经不知道远征军为何物的时代,这样的一篇演讲稿会让我们记起或去探寻那场战争和战争中逝去的生命,体现出一个当代青年的历史感与责任感。

　　当下的"穿越"写作,很多是个体一己之身的命运故事的穿越,藉穿越而表达自己的愿望。而这篇文章的可贵之处是,借此唤起对于一个值得记忆的历史事件与一群值得敬仰的英雄烈士的追忆与缅怀。这是当代青年中较为缺少的阔大胸怀与视野。当我们身处安逸时,我们更应该记得那些为当下的安逸付出生命、流血牺牲的烈士与忠魂。

写作评析

　　这篇演讲除了别出心裁地以历史中的事件和人物身份出场,语言风格上十分符合演讲的时代氛围与时代语言,同时在结构上浑然一体,能够因果呼应,一气呵成,是不可多得的创意之作,也是一篇优秀的演讲文稿。

南冠

中文142班　杨雪涵

我穿过这条街,来到另一条街。

棕红色的出租车飞驰而过,路人纷纷低下头,以查看自己的衣着是否体面依旧。这是个小城,小到人们不愿将它视为一个城市。朋友说,曾有人问她,这里是不是一片沙漠。那些被主街道上高楼大厦挡住的老旧建筑,再也无法藏匿。它们是丑陋的老妪,却穿着最时尚的衣裙——各种装修精美的店铺分布在一楼,与抬头就能看到的脱皮墙壁形成了一种强烈的视觉冲击。阳光弥散在空气中,温暖而耀眼。我踩着棉靴,踏过路上半融化的积雪,水花溅起的声音清晰入耳。

小城很简单,只有一条最繁华的大街,所有商场都在那里。我最喜欢这条街,因为它让这座城看起来繁华极了,甚至会有那么一瞬间觉得到了上海。为数不多的几家有情调的咖啡厅,我和闺蜜约了在这里见面。

不知道什么时候,我们的对话渐渐从铅笔橡皮直尺谈到了梦想梦想梦想。我们在对话中,无数次叹气和沉默。梦想是一回事,达成梦想又是另一回事;适合是一回事,能攀爬上去又是另一回事。

"那你呢?是要真的做个作家?"

她轻笑："什么作家，充其量是个写手，如果我不被饿死的话。"是的，她骨子里有着对文字的疯狂热爱。我突然想到我那些被撕毁的手稿躺在垃圾桶里的样子。那时我们似乎看到它们在漫天飞舞着，像雪花一样落在地上，似乎被束缚了手脚，动弹不得。闺蜜不敢反抗她盛怒的母亲，哪怕她毁了她三年的心血。理由很简单，她认为在她应该为学业拼尽全力的漫长日子里，这些会成为阻碍她成功的障碍。

"换个话题吧，别总提这些不开心的。"我抿了一口奶茶。

"对，换个话题。"她点点头，掏出手机，"看看微博上有没有什么有意思的。"

每当拿出手机的时候，我总会想起乔布斯，那个让我仰视的人。我钦佩他的执着和勇敢，更加羡慕他的成功。他说过他愿意用他所有的科技去换取和苏格拉底的一个下午。但是，他做不到。时间不可逆，无论怎样，也始终换不来时间的倒流。

有些人甘愿臣服在现实的脚下，按照被扭曲得笔直的道路上安然前行；有些人不情愿被束缚，不甘心放弃，在天然而崎岖的路上艰难地匍匐前进；还有些人，他们不敢反抗现实的威慑，同样又不甘心放弃梦想，所以他们在笔直的道路上以其曲折的步法攀爬，难以走远，更难以发光。我就是这最后一种人，不肯屈服又不敢反抗。我们都沉默了。有些话题一旦提起就难免沉重。梦总是美好的，然而在路上却有着太多太多的阻碍，钳制住我们的手脚，甚至思想。梦之于我，可能永远都只是梦；现实之于我，或许只会因厌倦而残破不堪。

"西陆蝉声唱，南冠客思深。"

创意写作引导与评析

创意引导

《在狱咏蝉》

唐·骆宾王

西陆蝉声唱,南冠客思深。

不堪玄鬓影,来对白头吟。

露重飞难进,风多响易沉。

无人信高洁,谁为表予心?

读完这首古诗,或许此刻你会理解作者文章题名《南冠》的寓意了吧?正如作者文中所说,"不敢反抗现实的威慑,同样又不甘心放弃梦想",岂非正如"南冠客"?这篇文章由数个简单场景与几句对话,写出了一代青年寻求兴趣与梦想的艰辛困阻。自由身却似"南冠"心。发掘自己内心最真实的情绪,亦是同龄人典型的现实困境,再将其外化为最贴切的意象,正是本文的最佳创意所在。是创意,亦是强烈的抗议。为自己争取走向梦想的权利,也是每个青年应该予以行使的权利,众志成城,或许就会有所改变。

梦想被折翼,怎能振翅高飞?不仅让人想到了鲁迅先生的《风筝》,这似一篇向应试教育高声呐喊"还我风筝"!这声呐喊,应该唤醒我们每个为师者、为父母者、为教育者,都应为此深思!

如果你不知道唐代的骆宾王,或许你就不知道这首《在狱咏蝉》,那么你就不知道何谓"南冠"?所以,读书;所以,思考;随之而来的,是创意与创新。

写作评析

寓意深刻的标题，简洁的语言，简笔勾勒的场景，跌宕的思绪，将"南冠"的意象融注于字里行间，使这篇小文具有一种无形的震撼力。

"梦想梦想梦想"，一连三个，不是笔误，是有意，是一束逆向应试教育的光，穿越铜墙铁壁，带来开阔光明。但愿，这不再只是一个梦想。

伍　原来你也在这里

"于千万人之中，遇见你所要遇见的人，于千万年之中，时间的无涯的荒野里，没有早一步，也没有晚一步，刚巧赶上了，那也没有别的话可说，唯有轻轻地问一声：噢，你也在这里？"张爱玲的散文《爱》中的这段文字，或许就是世间千千万万的爱的一种……

相见，抑或不见

中文142班　赵雪娇

选择还是一如既往的多，如今的选择已经变成一种纠结。其实一切的一切都是源于自己内心的不确定，是不确定还是不自信，好像没有明显的界限。这件事源于一场无聊的争论，说到争论就不得不提那个非常有缘分的好朋友。

那是一个下午，忙碌之后，有一个人因为有些事情在模拟招聘的最后时刻赶来，他径直走了过来，看得出来他有些着急和紧张，脚步很急，虽然天已经凉了，但是他头上的汗珠一颗一颗地泛着光亮。他坐下之后，我来给他进行了简单的面试，但是由于有些无聊，便想找个人聊天，然后他就很幸运地成了跟我聊天的对象，在我的带动之下，我们聊了很多与面试无关的话题，之后就很自然地相互留下了联系方式。慢慢地我们成了无话不谈的好朋友，虽然见面的时间不是很多，但是网络聊天的频次还是很高的。那个争论就是在我们熟悉之后，我得知他有一个和他年龄相仿的弟弟，忘记因为是什么我们展开了一个奇怪的争论，那就是在没有备注的情况下，他弟弟是否会通过我的好友申请，因为他说他弟弟不会加不认识的人，但出乎意料的是他弟弟通过了我的好友申请，之后等我们渐渐熟悉之后，偶然间我问起了这件事情，我才发现原来我是多么的愚蠢。因为他在电脑上可以查到共同好友，他发现我们之间的共同好友是他哥，因此便通过了，当时赢了之后真的是好开心，但是得知此事之后，我才发现只有我这么傻。

从和他弟弟第一次聊天之后，我们便一发不可收拾，我发现我们之间有很多相同的地方，有一种老朋友之间的熟悉感，慢慢地我们成了"聊友"，从宇宙星河到内心世界，由于不同地域的关系，交际圈基本上没有交叉，唯一的一个交叉点就是他哥哥，但是我们从"相识"到"熟悉"这一切好像都是背着他哥哥暗中进行的。所有的所有，我们都可以敞开心扉，有着说不完的话。也许在生活中，我们都会需要有这样一个熟悉的陌生人，虽然熟悉，但是很难有交集。似乎我们渐渐长大之后，我们和亲人的关系慢慢疏远，也许是我们不像小时候那样善于表达情感，也许是我们感觉自己已长大可以去肆无忌惮地挥霍，但这些都只是也许。我们更愿意和不那么熟悉的人去谈心，或许这也是我们想把不熟悉的人变成熟悉的人的一种手段，但有时也只是一种情感诉求。

我们之间的聊天越来越频繁，一点点的小事我们都可以说很久，我们之间似乎有着说不完的话题，就算是沉默也不会感觉那么尴尬，好像是另一个世界的自己在和自己对话。所有的心事都可以向他吐露，所有的不开心都可以跟他倾诉。时间让我们之间产生了依赖感，是那种情感无处安放的依赖还是已经成了一种习惯，我自己也已经不太明白，只知道我们现在是无话不说的好朋友。

随着我们聊天的深入，我们也想过见面，但是碍于现实因素，我们目前无法完成，然而内心却有些小庆幸，只能等待毕业之后，大家或许可以见上一见，但是心里面却忐忑，想见却又不敢相见，怕我们的美好只存在于我们想象中的世界，我们之间用文字编织的故事在现实中会不会变了味道？也许，见面之后我们又成了陌生人，两人相看无言，如果是这样，那么这一切确实有些可怕。我认为我不想去冒险，至少现在不想。我们就做着这种熟悉而又陌生的朋友，这样似乎也挺好。都说相见不如怀念，我只想道相见也许不如不见，让怀念成为懂得。

创意写作引导与评析

创意引导

"选择还是一如既往的多,如今的选择已经变成一种纠结。"看到这句话,就想到了一个好友一直不变的QQ签名:"纠结,其实是幸福的状态。纠结,说明还有选择的空间,还有追求的目标,还有不甘于现状的勇气和思考的能力。"似乎,好友的这句签名就是对这篇文章的这句开场白的最好回应。

有人说,应该努力去争取你想要的一切;有人说,不是你的争也争不来。大概没有谁能够告诉我们这两句话哪句是真理,抑或都不是。真理,大概还是在我们每个人的心里。于是,无数次选择,需要扪心自问:我想要什么?是不是这个?

这篇文章的创意是写出了当代青年甚至每一个人都会面对的一个问题:选择。选择专业,选择爱情,选择工作,选择人生的方向……是呵,要去选择必须选择能够选择,有选择是很纠结的事情,也是一件很幸福的事情,它会带来诸多的可能性和未来,只是你要用心思考,做出最好的选择。

你的生活中那次最对的或者最遗憾的或者最难忘的选择是什么?分享出来,或许,你认为最遗憾的那个选择,在别人看来,恰恰是最明智的呢……

写作评析

从哥哥到弟弟,从陌生到无话不谈,从网络到现实,相见抑或不见,人生充满了偶然,也是必然。见或不见,无限可能,其实也很简单,想见就见,不想见就不见。每一次选择,都必须承担一个结果,不论想要还是不想要，都要面对。是的，要足够自信，足够坚定，足够勇敢。

虽然是情感文字，但是字字句句都很朴素，像在叙说一个故事。所以，每个讲述都独具魅力，并无定型，文如其人，无论合不合适，都是你的情感你的诉说。

写给我喜欢的你

中文141班　安琪

×同学你好：

　　我是人文学部中文专业2014级的一个女生。为什么会有这么一封信，我其实也不知道。只是，身体里仿佛有一只不安分的怪物在驱使着我所有的动作想法，而我就这样着了魔似的、鬼使神差般抓起笔写下了这份充满我全部情感的情……啊不！是信！

　　自从那一次在操场上遇见你，我的心里脑海里从此就闯入了一个你。那是一个阳光明媚的下午，下课后回宿舍经过南区操场的我第一次见到了笑容如阳光般灿烂的你。你正在操场上打篮球。你穿了一件白色的球衣，和一双蓝色的球鞋。在你一个持球突破上篮得分后，你无意间的那抹灿烂的微笑让你就此闯入了我的世界。随后，球入筐后滚了出来，而这颗小小的球就像是猜中了我心意般神奇地向愣在原地的我滚来。于是，场上所有人都向我投来了渴望的目光意图让我捡球。可我却像安装了信号屏蔽塔似的视他们渴望的目光而不见，而是愣在原地呆呆地看着你，就那么看着，一秒……两秒……不知过了几秒后，他们喊叫着示意我帮忙捡球时，我才从刚才的愣神中惊觉，然后捧起脚边的篮球——那颗可能将你我联系在一起的小小的球向你走去，在你面前将球双手奉上。这时，也不知从哪儿冲出一个身穿球衣的男生一把拿过球，叫嚷了句"谢了啊，同学！"就回到场地上了。你看到球被拿回去了，也就转过身去准备上场了。走了两步，你突然转过身来对我说："谢谢你哦！"伴随着的是一个你甜甜而暖暖的招牌式微笑。我承认，那一刻，我就像被暖暖的、黄灿灿的阳光洒满全身般幸福。或许是此刻的一个微笑，我，喜欢上你了，这个阳光的大男孩。

之后在校园里的每一个角落，我都很巧地能遇到你，并且同样就从人群中将你锁定，仿佛在你周围总比别人多围了一圈金光似的，总是那么显眼又格外出众。

我遇到你，在校园的博学楼前，你赶着匆匆的步伐与同学畅聊着去上课；在图书馆的沙发上，你一个人安静地翻着一本NBA球星的杂志，是库里，与我喜欢的球星一样，该怎么和你形容那一刻我内心的激动与澎湃；我遇到你，又在我们第一次相遇的操场上……在这数不清次数的重逢中，我总是默默地注视着你，眼神不离开一秒。我想，有一种情愫可能生长在我的身体里并一天一天地长大，直到今天我鼓起勇气写下这么一封几经思想斗争后的信。至于为什么写这封信，我就不知道了。大概……只是想向你做个自我介绍吧！

你好，我叫安琪！

创意写作引导与评析

创意引导

有一种恋，叫暗恋；有一种情，叫一见钟情。或许什么都不是，而只是"于千万人之间，遇见你要遇见的人。于千万年之中，时间无涯的荒野里，没有早一步，也没有晚一步，遇上了也只能轻轻地说一句：哦，你也在这里？"如此淡淡，而张爱玲竟说这是爱。而爱，就要大声说出来。作者说这篇短信是"充满我全部情感的情……啊不！是信！"欲语还休。为什么写这封信呢？"大概……只是想向你做个自我介绍吧！""你好，我叫安琪！"我们在期待，一个爱情故事的开始……

本文的创意在于捕捉自己的一次短暂邂逅而成文，这次邂逅之所以要写下来，是因为它唤醒了人生中最美好的一种情愫：爱恋。其实，人的一生会有无数让你怦然心动的瞬间，只要你有足够的耐心期待和深情慧眼，你的第一次一见如故，你的第一次一见钟情，或人，或物，或花……创意无边界，你的青春，会深情如许！

安琪，一个美丽又美好的名字，也正是这封信的最完美的签名！

写作评析

如此情感与描写同样细腻的一篇文字，恍若一种喃喃私语，而作者却在分享给你给我。有爱，"怎么可以不勇敢？"但，这里，却还在淡淡的，随缘。阳光是明亮的，温暖的，就像"你"的微笑带来的感觉一样，就像你的人带来的感觉一样，让"我"迷恋，念念不已。

文字是素朴的，情感却是奢华的，愿我们用素朴的文字，分享自己奢华的心中深情！

你离去的背影，寂寞了身后的我

中文144班 汤秘

　　凄清的寒风，萧索了深秋的温暖；别离的风尘，垒筑了满城的愁楼；你的离去，寂寞了身后的我。

　　你的离去，让我的不舍历尽了人间的劫难，让我满城的眷恋，挣不脱别离的枷锁。你荒诞的诺言，蒙蔽了我的挚诚，蹉跎了我一生的执着。时光的荏苒，让缘聚又缘散，让相识成了别离的诅咒。

　　别离的脚步声，颤动了我的每一根经脉；树叶的响动，压抑了荒芜的惆怅。你可知，驻足在寒风里的那颗心，早已凝冻成冰，需要温暖来消释；漂泊在孤独的城市里，唯有寒影伴我栉风沐雨、陪我咀嚼生活的艰辛。

　　跋涉的征程中，留下的是东非大裂谷的创伤，留下的是撒哈拉的荒芜，留下的是北极圈里的冰寒。一切想望都是海市蜃楼，而我，却固执于不敢相信自己的眼睛。

　　不知道寒冬腊月冰封了我多少孤独的想念与你的不屑一顾，也不知道呼啸的狂风吹散了我多少惆怅的泪水与你的海誓山盟。只知道，这一刻，你的离去，酸了我的鼻子，模糊了我的瞳孔，空白了我的内心，凄凉了我的世界。离殇似大海般静水流深,最深的海里你看不到浪花。

　　自相识的那一刻,我成了爱情的俘虏,相思成了别离的铰链,禁锢我的锦瑟年华。离殇剖析着我焦灼的内心,让我踯躅独行,踏遍了红尘的沧桑与薄凉。

　　这也许是维纳斯给予我的诅咒,你挽留我时,我流连于相守,而寒月冷风之下,我伫立在你曾经挽留我的脚印望着你离开。

创意写作引导与评析

创意引导

你与我，背影与身后，离去与寂寞，可以令人脑补出一幅伤感的画面，没有理由也没有前奏，有的只是你的决绝，与我的无奈和不舍。这样的场景，是许多爱情故事结局原型的一种，是爱人离去时此时此刻的眼中景、心中情。

孤独与伤痛，寒蝉凄切，无语凝噎。如此的场景与心情，是千万个如此场景与心情基调，是一段刻骨铭心的爱情结束时的共同情愫，是一种关于爱情描述的创意启迪。

在你离去后，我依然垂首而泣，与同样情形中的决绝转身、昂首走开不同。所以，不同的人，同样的分手道别也会有不同的心境和姿态。你有你离去的理由，我有我眷恋的情怀，不同的视角，不同的心境，可以有不同的文字，不同的描写。

一份创意，万千情愫。

写作评析

这段小文，自始至终都在渲染一种伤痛的心情，无论是白描还是比喻，外形的孤独与内心的伤痛，弥漫在字里行间。

作者驾驭语言的能力极强，描述与形容的能力也极好，这是在无数次的文字书写与大量的阅读中才会获得的提升。

你的样子

中文141班　展翔

2008年北京奥运会、2008年汶川大地震、2008年初一八班遇到你，日子走过了三千多个日日夜夜，它是快的，没有留给我们多余的时间再去感受年少的热烈苦楚。

西北的夏天还没有如今这么热，裹着校服跟你一起回家的日子也都历历在目，后来我们无数次坐下来怀念那段安静绵长的岁月。你天生长了两颗小虎牙也天生不爱笑，我总是觉得青春里的我们都善意满满，都阳光可爱，所以我无数次对上你的眼睛，然后咧开一圈又一圈的笑纹，那两颗小虎牙啊也随之闪着温柔的光。

前六年里胳膊肘再伸长一公分，我们就能碰得到；而后的这几年，火车要十个小时、飞机要九十分钟，我选了大海你选了迷彩，九年的友情在某一个节点处毫无防备地撞出爱情的火苗，然后相爱变成了顺理成章的事。这个世界每天都有太多的遗憾，我一直觉得能遇见已经是不可思议了，而你却用九年的陪伴给我续了另一个温柔的未来。你来了，同我一样蹦蹦跳跳地走进生命更深处，你还是会腼腆害羞，还是不善言辞，还是阳光温暖，还是喜欢我，只是这次你肩上扛起了国家。

你跑过的无数个五公里，站过的无数班岗，爬过的无数次障碍，打过的无数次靶，都是我想要去了解的另一种生活，我是迷恋你的，迷恋你身上的英气和那日复一日疲惫生活下的赤诚。我是为你骄傲的，骄傲你可以扛过一个又一个的苦难继续前行，不忘初心。你是更好的你，我是更好的我们，九年的成长不是一星半点，毛头小子如今已然是铮铮男子汉了。

五英寸的手机屏幕连着两颗思念的心，隔着屏幕的爱情固然心酸，可是有多少抱怨就有多少甘愿，想跟你一起吃早饭午饭晚饭，下雨有你送伞生日有你拥抱，一起学习一起游泳，冬天吃烤红薯夏天喝西瓜汁，窝在一起看电影吃外卖，拽你去逛街包给你手也给你，去拉萨去花莲去北海去漠河，如果这些都不行那就看着你也好啊！可看着也太过奢侈，因为你是军人啊，有什么办法，路是走得难了点，可我还是想跟你在一起啊！有幸陪伴彼此从青涩到成熟，真的是最美好不过了，我崇拜你像个英雄，你疼爱我像个孩子，不管我多么平庸可总觉得对你的爱很美。

最怕想你的时候了，控制不住思念的日子实在难熬也确实甘愿，你属于国家也属于我，我承认会羡慕天天相见的人，但也不觉有什么遗憾，你只是做了一份特殊的工作，有了一个异于常人的身份，这种不一样从来都不是感情的噱头，我们只是千千万万平凡爱情中的一粟，不过是见一面吃顿饭看场电影这些看似平常又容易的事多了几分难能可贵，也总是有听起来不那么靠谱的因素阻断见面的路，还好我们坚定地相爱着。从你穿上军装的那一刻起，我便习惯了从夏天期盼到冬天，也只是为了见上那么几天甚至几个小时。奇怪的是从来不觉辛苦，大概是知道未来还长，还有无数个日日夜夜你要守着我守着国家，你原则之下展现的所有温柔最让人贪恋。

君子于役不知其期，我想你也等你。

创意写作引导与评析

创意引导

你的样子，脑补"你的帅气你的独特你的与众不同的样子"，然而，却不是，你的样子是个军人的样子，是"我"爱的样子。这是一封情真意切的情书。爱，是圣洁的；爱，是高贵的；爱一个人，就敢向全世界宣布"我爱你"。所以，这封呢喃的情话便成为展现在你我眼中的文字，感人而美好，充满了爱也充满了骄傲。

所以，好的创意是离不开深挚的情怀与真诚的情感的，不只是有稀奇古怪的想法就是创意，真实深厚的情感是最宝贵的创意。只是，或许，很多人深埋了这份情感。

难以想象一个二十岁的年轻人对你说：我的前20年没有可以写下来的事。真的么？扪心自问，你没哭过还是没笑过？没烦恼过还是没纠结过？没无奈过还是没失落过？没幸福过还是没遗憾过？所有的情绪和情感都不会凭空而来，都会跟随一个个事件而来，讲出来就是故事，写下来就是创意文字，所以，静下来，从你记得的第一次开始……

写作评析

一生，如果是80年，就是近三万天，而三千多的日夜，走在爱一个遥远的可念而不可即的人的路上，该是怎样的思绪万千？从相识到熟悉到相恋到相守，一生是爱的行动的誓言。"两情若是长久时，又岂在朝朝暮暮。"秦观的《鹊桥仙》，大概就是这种深情与真爱的写照。"君子于役不知其期，我想你也等你。"不是海誓山盟更胜海誓山盟。"愿天下有情人皆成眷属"，王实甫的元杂剧《西厢记》中这句美好的祝愿，跨越六七百年的时空，依然回响在呼唤真挚爱情的今天。

因为，当下，要宝马还是要竹马？是一个现实的叩问。

陆 谁言寸草心

古往今来，世人常常吟诵"慈母手中线，游子身上衣"的细微与温暖，而深沉的父爱则更多是在一个人渐渐长大之后，才能深深体会到它的厚重，在心间体味，在笔端流露，成就这样一篇篇表达父爱的文字。

祖父的茶园

中文143班 邹妮

南方春末夏初是采茶的好时节，所以一到春末，祖父的院里总是飘着股淡淡的茶味儿。记忆中祖父喜欢在午后泡上一壶新茶，和祖母在阴凉里听着树上入夏的聒噪，悠悠睡去。那时不懂这样的恬静，总是缠着祖父编蚱蜢玩，祖父拗不过，只好起身拿着弯刀去屋后的竹林，祖母在一旁笑，我也咯咯地笑。

我到祖父家不过八岁，父母因为生意忙无暇照顾我，便送我到乡下祖父家去念书，方便他们照料。祖父家有个大院子，门前是宽敞的院坝，院坝前是个菜园子，屋后种着一大片竹林。一入院，满眼的绿，不管是嫩绿、浅绿，还是深绿、墨绿，都绿得沁人。青藤混着茶香扑面而来，期间夹带着一丝苦味，风打着旋儿调皮地钻入鼻孔，逗得我痒痒地忍不住打了个喷嚏。祖母早已在门口，连忙引我进去。

吃完饭，我正无趣，从外面风风火火闯进来一个少年，脸上不知在哪里蹭的灰，头上斜带着顶大草帽，裤脚一只卷到小腿，一只放到脚踝，鞋也早看不出本来的颜色，大嗓门一出，红脸颊两边滚下几颗汗珠："妮子，走，我们采茶去。"

"啊……是小舅……"我很是兴奋。脑中立即跳出许多词来：野兔、斑鸠、泥鳅、酸浆果……

来人是幺祖父家的儿子，小名唤作阳阳，母亲每每提起他的"坏事"——今天上山打野兔，明天下田摸泥鳅，知道他是个顶有趣的人，从此念念不忘见"本尊"。去年在祖父家过年，慢慢熟识了，我私底下常不尊辈分叫他小绵羊，他竟也不生气。后来祖母"琢磨"家谱，听来些老辈的事儿：祖父的父亲有两房媳妇，祖父是大房所生，本来还有一个姨祖母，只是赶上了穷困的年代，饿死在了祖母背上。幺祖父是二房生的，因是最后一个孩子，小辈们便叫他幺祖父。幺祖父有两个孩子，大儿子就是阳阳，比我小一岁，小女儿唤作小香，年仅三岁。

"你这皮猴儿，一天到哪里去野？"祖母递给他茶缸，他仰头呼噜几声半缸水就见底了。

"大妈妈，我采茶哩。"他抹抹嘴，黑亮的眼弯起来，露出一口牙。

祖父不知从哪里翻出一个茶篓，又将一顶宽帽扣在我头上，"去吧。"得到允许，他便过来拉我的手，我欢喜地跟着出门。

沿着羊肠小道向西，绕过尽头的小土坡，眼前就是茶园了。祖父的茶园不大，四四方方，用今天的眼光看，算不上园子，只是老辈多喜"圆"，"园"与"圆"同音，又加上若叫了其他的，如茶田、茶地，似乎就是对茶的不敬，也便叫茶园了。茶园里也不全是茶树，茶垄与茶垄间隔着一定的距离，空出来的地方种着其他作物，别人家的茶园也这样，大家都很默契。路埂上下错落，连成一片又界限分明。

"二栓，婶叫你回家煮料喂猪哎……"路埂上不知谁冲着茶坡上喊了一声，茶垄间冒出个脑袋回应，接着一阵窸窣声，钻出个精瘦的小子，三两下就蹿到大路上去了。

进了茶园，小舅细细地教我看茶、采茶，一本正经的小大人模样。过了半晌，茶尖仅铺满碗口大的篓底，两人都觉得有些乏了，坐在茶树下小憩。

小舅眨着眼问我，"嚼过白茅吗？"

"没嚼过……"我又问,"白茅是什么?"

他不搭话,跳下田埂,不一会儿手里抓着把草根爬上来,在我眼前晃悠。等将外面的灰壳剥去,露出白生生的茅根,随手捻起一根,放入嘴里嚼着,又细细地剥了一根递给我,我也学着放进嘴里咀嚼,一股清甜带着几丝土气在口中蔓延。

"怎么样?"

"甜的,但有股子土味。"

"有土味才好咧,土内生黄金。"说完,他又快速剥了一根叼在嘴边。

不一会儿,两人面前堆起了草根渣子,小舅忽然像发现了什么新大陆似的,两眼放光,鼻子一耸一耸地嗅着,我明白准有趣事了,不动声色地跟在后面。后来我们在泥土包里挖到了三朵鸡枞菌,有一朵开得无比灿烂,小舅说他就是寻着香味儿找去的,那天晚上,我喝到了用鸡枞菌做的无比美味的鲜鸡枞菌汤。

两年一晃而过,像顺水行舟般直流而下,我又回到城里上学。我很是不舍,走的那天偷偷躲在门后哭了许久,小舅也很难过,递给我一包刚摘的酥李子,一直送我们到村口。之后与小舅见面便少了,上了初中,越发没了机会。只听父母说他初中未满就没有再念书了,回到家里帮着大人做事,再大点,够了年纪,进军营当兵去了。一年也难见一次,等他有假期回家,我又开始"之乎者也",总是错过,终于还是断了消息。

祖父的茶园依旧,院里也仍飘着茶香。我也变得爱起茶来,只是不嚼白茅了,那鲜鸡枞菌汤此后也再没喝过。

创意写作引导与评析

创意引导

　　本文题名《祖父的茶园》,所记却并非仅是茶园中事,读来似乎有鲁迅先生《社戏》中乡下看戏部分的韵味。就像《社戏》的乐趣不在看戏,茶园的乐趣不在采茶,却在茶园之外的人与事。小舅的憨实淳朴、祖父家的绿竹掩映、白茅根、鸡枞菌,都是一份难以忘怀的记忆。

　　又或许,每个人有每个人的成长与命运轨迹,就像小舅的辍学、从军,就像"我"的读书、求学。只是怀念难以改变。

　　这篇《祖父的茶园》的创意在于跳出茶园,将那些陈年往事在茶香弥散中渲染出来,别有一种淳朴、真挚的青翠韵味。

　　或许,你会被其唤起你的记忆,你的茶园、菜园、田地、果园、那些老友、那些往事……

写作评析

　　写景,状物,摹人,都能够细腻形象,惟妙惟肖,或许是那些往事的印迹太过深刻,或许是因了一双细致观察的眼睛和细腻体察的心灵。这篇关于茶园的文字写得生趣盎然,灵动活泼,让人读来如临其境,如闻茶香,如见其人。

外婆

　　中文143班　常李瑶

　　打记事起，和我最亲的人便是外婆。

　　记忆里是她永远挎着篮子、扛着锄头匆匆忙忙去田里劳作的情景，一双小脚撑着单薄的身躯，一边走一边和午后门口纳凉的老太太们打招呼，额头的皱纹深深浅浅，说话的时候也没有笑，转过头来嘴里嘟囔一两句，念叨的总是田里又新生了杂草。那时候不及她高的我，穿着绣花的绒布鞋，扎两个小辫儿，屁颠屁颠地跟在她身后，心心念念的总是那些刚熟透的瓜果。

　　"朵儿，来把这些草抱出去，扔地头儿上……"她用锄头锄掉了新生的杂草，一堆一堆地放在一起，头也不抬地喊我。"啊，来啦，来啦……"从树上刚蹿下来的我，将两颗樱桃塞进嘴里应着她，顺手将裤兜提了提。这样的场景我不止经历过一次。从麦田到果园，每一块地里，都有她劳作的身影和自言自语的唠叨；从樱桃到西瓜，每一块田里，都有我偷吃的身影和断断续续的应答。这样的记忆在脑海里挥之不去，每每回头，祖孙二人一前一后的身影似乎是一道光，勾勒出我童年的岁月，照亮我未知的路途。幸福难过，五味杂陈。

　　外婆是一个闲不住的老太太，我总是稍不留神就找不到她了。小时候经常是我睡觉醒来的时候找不到她，一开始她会坐在院坝纳鞋底，我一哭她就应着："在呢，在呢"，后来她忙的时候就是外公坐在院子里抽着旱烟等我。我一个人坐在老房子里破旧的沙发上，像个小大人一样跷着二郎腿，对着电视里的动画片嘻嘻哈哈，然后突然转头她就不见了，我大喊一声外婆，她应着，我就知道她在门口的小菜园里捣鼓着那些菜。但很多时候是晚上太阳都落山了，我满村子里哭着喊外婆，哭着哭着她就回来了。她就是闲不住，家里的每一块田地都被她收拾得干干净净，每个季节有每个季节的瓜果，每个季节有每个季节的蔬菜。后来我长大一些也会问她奇怪的问题：

"外婆，你看人家城里人每天不用干活儿，如果让你做城里人你换不？"

"换啥咧，我就爱干活儿，天天闲着啥也不干闷得慌……"

外婆收拾着她小菜园子里的菜，头也不抬地回我。

外婆做饭很好吃。我们陕西人爱吃面食，经常是外婆做一周的面食，但每天不重样。我小时候就觉得她很厉害，切土豆丝永远那么细，擀面条永远那么长。以至于后来妈妈做的饭我总是挑剔。舅舅、小姨都喜欢吃外婆做的饭，外公更甚，除了外婆好像别人谁都伺候不了他。

小时候我的布鞋永远是村子里最好看的，还有花花的衣裳。外婆会做衣服，小时候我的衣服都是她在缝纫机上一针一线做出来的。鞋子上绣的花活灵活现。听邻居的奶奶说："你外婆当姑娘那会儿，绣的鞋垫放院子里晾晒能引蝴蝶呢！"外婆听这话的时候，嘴角有挡不住的喜悦，"不行啦，现在眼睛都不行啦。"是啊，后来外婆眼睛不太好了，可是她还是绣了好多鞋垫放在柜子里，总说："给你出嫁备着哩！我等不到那时候了……"听这话的时候，我总是鼻子酸酸的，然后噘着嘴说："瞎说，你要长命百岁呢。"

淘气如我也已出落成亭亭玉立的大姑娘，后来总是聚少离多。一开始是在镇上念初中，每个星期回去一次看外婆，当然那时候所有的寒暑假我都可以挥霍，跟着外婆去过好多片山林，吃过好多叫不出名字的野果，我和小羊儿一起在山坡上撒欢，外婆坐在旁边纳鞋底，夕阳照在她脸上，她永远是看着我笑。这是我的清平湾，青草山坡，牛羊成群，还有最重要的人。

再往后，我去了县城上高中，经常是一个月或者好几个月才能见一次外婆，在学校我在每个季节总会断断续续收到有人放在保安室给我的东西：樱桃，草莓，苹果，还有一些别的吃的，她坐不了车，这些都是她托人给我带来的。我知道她肯定一大早就去果园里摘了新鲜的水果，那些别的吃的都是舅舅们买给她吃的。每次收到这些东西，我都偷偷躲在宿舍哭一场，那些无法控制的情绪里是满满的心酸。我似乎在每一次泪水溢出眼眶的时候，都看到外婆在门口的大树下眼巴巴地望着我回家。可是她从来不说，电话里永远是让我好好学习。再后来我又离她远了，去离家很远的地方上大学，总是半年或者一年才能回一次家，每次打电话她都问"啥时候放假呀，放假回来不……"我能想象到电话那头空荡荡的老房子里她得到我的回应时脸上的喜悦，可是我总是不确定。

外婆今年69岁了，外公很早便离开了我们，因为疾病。大舅在三年前也离开了我们，因为意外。外婆是在舅舅离开后迅速变老的，几乎是一夜间白了头发。她这几年是咬牙熬日子，我常常听见她一个人叹气，叫舅舅的名字，然后自言自语，我无法抚平她内心的痛，我只能尽我所能给她陪伴。然而生活总是无奈，聚少离多的日子，外婆总在我看不见的时候渐渐老去，我好怕，好怕很多个未知的日子后，留给我一个泪眼模糊的雨天。

人生总是这般矛盾，以前身边的人总是告诉自己，要考大学，要去大城市，而我也以为外面的世界很美，可是当我走到现在，我的人生还没走到一半的时候，我已经开始怀念当初的时光了。就像安黎所言："从小黄土坡上出生，放羊砍柴，向往城市高楼大厦，后来去了西安，功名皆有，反而更想到那面坡上砍柴放羊……"那是我的城，城里住着我最亲最爱的人，我固执地不让任何人走进，我愿以最真挚的心祈祷：时光啊，你慢些吧！

创意写作引导与评析

创意引导

"外婆",简简单单的文字,简简单单的称呼,却是无限温暖与慈爱的象征。无数个勤快善良巧手的外婆,撑起了一个家,一片天空。她们把一生的光阴和劳作都默默奉献给那个家庭的儿女,看着孩子们一个个像鸟儿一样离家展翅飞翔,却只能心心念念地期待亲人的归来,哪怕只是短短一天。如果不幸又逢白发人送黑发人,就像文中的外婆,就更让人心疼心酸……

外婆或奶奶,是在我们每个人的生命中都可以写出无数个故事的人,这就是这篇小文的创意所在。那些最温馨的记忆和时光,分享为文字,给世界……

写作评析

好文字,不需要华丽的辞藻,只要深情如许,情真意切,就如这篇抒写外婆的文字,朴素的文字,简单的叙述,却是感人至深,令人悄然动容,甚至潸然。

所谓"创作总根于爱",但愿我们每个人都爱自己,爱身边的每个人,爱这个世界的美好,我们就会有很多动人的文字流淌笔端。

父亲

中文143班　杜欣潼

相传幸福是一个美丽的玻璃球，跌碎散落在世间每个角落，有的人拾到的多些，有的人拾到的少些，我愿将我的分点给你，让你比我更幸福。

你——我的父亲，一个陪伴我走过二十多年的男人，你对我的爱是表面平静实则波涛汹涌，看似平淡实则深沉。

爷爷奶奶告诉我，在你们那个年代，每个家庭的老人仍然被"重男轻女"的思想所影响，我们家虽然算是比较开明的，但是爷爷还是不能完全从这种思想中走出来，而父亲却没有，他说：男孩女孩都一样，女孩也许会更好一些，不像他小时候那么贪玩、调皮。也许是父亲的想法被老天所感动，所以我生下来的那天，他比任何人都要开心，因为我真的是一个小姑娘。

我依然清楚地记得我每一次出门的场景。

五岁的第一次出门，那是去上幼儿园。你说，懂事的孩子就应该去学校和别的小朋友一起，跟着老师在学校里学习故事，学习儿歌，这样才是一个真正懂事的孩子，我记下了。那是你第一次送我，你说，这是我第一次出门，应该有家长的陪伴，给我亲情的力量。那个时候，我没有害怕，很快走进了教室。

八岁的第一次出门，我到了上小学的年龄，你不再送我。你说，我已经长大了，作为一个大孩子，可以自己做自己的事情。说这话的时候，你的表情非常严肃，我意识到这不是和父亲闹脾气的时候，我要变得独立。

十二岁的第一次出门，你教会了我骑自行车。代替步行上学之后，这样的上学方法让我感到非常兴奋，我以为你会很开心地让我自己上学，但是我却从你的表情中读到了一丝忧心。出门之前，你再三叮嘱我，让我慢点骑，过马路看红绿灯，更要时时刻刻看道路上的汽车，一定要走非机动车道。我记得你说了好多好多，让我认识到安全对我们来说是多么的重要。

十六岁的第一次出门，我考入了自己理想的高中。但因距家太远，你说要亲自送我，我说没关系，我可以坐车自己去，只是行李太多，我一个人拿太费劲。你坚决地告诉我你要开车送我，我记得你那时的眼神，充满坚定，让我感受到了你对我真切的爱。

二十岁的第一次出门，三年繁重的高中生活终于结束，崭新的大学生活到来。父亲送我到车站，临别上车之际，还在唠叨个不停："在学校好好上课，别惹事，天气凉了，多穿点……"这一类的句子，我都不知听了多少次，耳朵都起茧子了，但是父亲还是一直在重复。

当汽车开动了，父亲还在萧瑟的秋风中，挥着手，看着车子离开的方向，目光是那么的坚定，直到再也看不到，消失在父亲的视线里。不知怎的，情不自禁地，我的眼睛湿润了，刚刚的那副画面，一直在我的眼前回荡，父亲的唠叨声也一直萦绕在耳际……

我想起了我每一次出门的画面，父亲都以一种不同的方式对我，我终于明白那是在教育我，培育我，让我在成长的道路上慢慢学会自立，慢慢学会自强。当想起父亲送我时，为我扛行李时的背影，我的心情凌乱了。以前一直以为父亲有着宽厚的臂膀，永远都是那么的厚实，然而我错了！父亲的背影在风中是那么瘦小，好像弱不禁风一样，父亲的头上好像添了几缕白发，并且好像也有秃顶了，我才知道原来父亲老了，父亲真的老了！

父亲，我以为我永远不会为你写这种潸然泪下的文字，因为你不懂我就像我不懂你一样。然而，我错了。你对我的爱真切而深沉，而我对你的爱又何尝不是呢！感谢这么多年你对我的耐心和教导，我用我的青春来享受你对我的爱，然而你却为我失去你的风采，换来的却是年华老去。

你的一生有多长，这其实是一个没有答案的问题，只有亲身经历了才知道，在我看来，其实并不长，因为当我们懂事了后，时间就会变得特别快。

感谢您——父亲，在我成长的道路上一直不断地帮我收集幸福的玻璃球。父爱如山，高大而巍峨，让我望而生怯不敢攀登；父爱如天，粗犷而深远，让我仰而心怜不敢长啸；父爱如河，细长而不断，让我淌不敢涉足。父爱是深邃的、伟大的、纯洁而无以回报的，然而父爱又是苦涩的、难懂的、忧郁而不可企及的、其实伟大的父爱就在身边。

创意写作引导与评析

创意引导

  关于父亲的话题,每个人都会有无数个事件可讲,而要讲哪一件,却并不是一个容易选择的事情。不可记流水账,也不可空空抒情。

  本文的创意之处,是借自己成长中几个特别时刻的每一次"出门"的情景,来讲述父爱如山。能够在一次次的"出门"画面强化中凸显不同时候父爱的表现,不失为一种十分巧妙的选材创意。这提醒我们可以把成长中每个特别的画面收集起来,来表达亲情、爱情、友情,都会是很好的创意之作。

写作评析

  有点类似龙应台的《目送》中谈到的在一次次渐行渐远的目送中强化人间亲情,本文在一次次离家中强化了父爱的无私、伟大,以及看着父亲的逐渐衰老而产生的感伤。由浅入深,循序渐进。

  值得注意的是,文中末尾一段中阴影部分词语的使用是否恰当?读者可以自己来思考判断一下。

顾尔，复尔

中文143班　袁佳敏

我们总以一种孤独而绝望的方式反抗着。

"把这件衣服套上，今天变天了。""我不要，这件衣服这么丑！"

"你这道题做错了，应该这样做……""怎么可能，老师就是这样教的！"

"快，早点起来，我们去跑步锻炼身体啊！""今天是周末好吗，我要睡懒觉！"

有的时候，人真是生而无味。我们总以为自己是最好的，自己做什么都是正确的。不知道从哪里偷来的勇气，不折磨外人，偏偏全部施加在了父母身上。

会在各种节假日变着法儿地讨要礼物，会因为父母没有满足过度的要求而冷眼相待，会不耐烦地对他们的关心恶言相向，却又会对他们举出课间闲聊时其他同学与父母争吵的例子，然后说"你们看，我比他们乖多了吧"。

我们总在煽情的时候缅怀自己对父母犯下的过错，捶胸顿足地告诉自己以后不能再这样了，却在其他的每个时候都忘记了自己曾经许诺的誓言。

"他为你们遮风挡雨，抵抗全世界，默默地忍受你们闹脾气，为什么？他希望你们有未来……有自己的人生。"

这是《摔跤吧！爸爸》里面的一句经典台词，是剧中一个要被嫁给老头子的年轻女孩说的。这部影片里的爸爸曾经是一名十分优秀的摔跤选手，后来为了工作和生活而放弃了摔跤。他将这个曾经的梦想又寄托在了自己未出生的儿子身上，却不想连着生了四个皆是女儿。印度偏远乡村是非常重男轻女的，在大多数人心中，女孩从生下来以后，就该天天做家务、做饭，等到成年以后就嫁出去，不给家里添累赘。然而，这个爸爸却将自己的梦想寄托在了女儿们身上，他让她们穿上男孩子的短袖短裤，剪掉长发，带着她们跑步锻炼，教她们提升力量，让她们和男孩儿摔跤。两个女孩儿反抗过，因着她们觉得自己的爸爸剥夺了她们安逸美好的童年，让身边的所有人都嘲笑她们。直到参加了那个年轻女孩和老头的婚礼之后，年轻女孩悲伤而绝望地对她们说了那句话。

从此以后，她们改变了自己的命运。

然而，我想说的不是女孩们的天赋与反抗，也不是她们的改变和坚持，而是她们的爸爸。你永远不知道父母可以为你做到什么份上，直到父母真正做到了。

"明早五点准备好。"

剧里的爸爸可以为了女儿每天坚持五点起床陪她们一起锻炼，可以去低声下气地求别人想要借钱买摔跤专用垫，可以为了陪女儿一起比赛而放弃稳定的工作，可以为了让女儿重整旗鼓而搬来在学校外生活，可以一遍一遍地看女儿比赛的视频并记下每分每秒的动作得失。甚至，为了让女儿们能够继续学业，拥有站上世界赛场的机会，他站在校长和老师面前说："她们只做错了一件事，那就是她们有一个疯狂的父亲。"

你永远都不知道父母到底能为你做到什么份上。"你想要天上的星星，我都可以去给你摘。"这虽是少时的一句戏语，但他们就像是超人一样，总会为你带来生命的所有神奇。

很神奇的，你是他们的子女，而不是别人；很神奇的，他们在你出生之前就为你创造好了稳定而温馨的家庭环境；很神奇的，他们极有耐心和爱心地将一个小肉团培养成跟他们一样的大人；很神奇的，十几年如一日，他们早出晚归，偶尔的抱怨也不会让你知道。

总有一天，你会知道那件很丑的外套是曾经爸爸送给妈妈的第一件衣服。

总有一天，你会知道妈妈中考时考得很好，所以考上了中专，当时的人大多数只能上高中。

总有一天，你会知道不怎么高大的爸爸曾经在学校跑过两万米，并且全程坚持了下来。

他们所有的可爱都留在了曾经。

上了大学以后，拥有了一部自己的手机，是当时的最新型号。而父母的手机，从来都是广告上从不曾宣传过的型号。前段时间，爸爸的手机实在坏得不行了，妈妈给他买了个新的，型号比我用的新。爸爸悄悄地给我发信息说："我的手机实在用不了了，都开不了机了，等你回来咱俩换，你用好的。"

想到每到夏天，糖拌西红柿便是饭桌上的首选，我很喜欢最后的西红柿汁，吃到最后，它也总会被留给我；爸爸高血压，我们便给他做洋葱拌木耳，我吃不惯生的洋葱，爸爸一言不发地只吃洋葱，将木耳留给我；每次坐火车回学校都是晚上九点的车，妈妈要目送着我进站后才披着月光坐上回家的车。

所谓父母子女一场，不是"不必追"，而是"一直在"。

"父兮生我，母兮鞠我，拊我畜我，长我育我，顾我复我，出入腹我。"一点一点，父母为我们创造生命的奇迹；一点一点，父母为我们画下生命的轨迹；一点一点，他们渐渐老去。

"如今你得了国家冠军，也要去国家体育学院，而我已垂垂老矣。"影片中的这句话，让我一时之间百感交集。

身边一个朋友说："能听到这句话真幸福，我都已经没有听到这句话的机会了。"

什么时候才能让父母安然地享受生活？

什么时候才能不会出现给你买漂亮的衣服，自己却常年黑灰色工作服？说着你又长胖了该减肥了，又为晚餐加上更丰盛的菜肴？一边唠唠叨叨嫌弃你在家碍眼，一边又打破自己长时间以来形成的生活作息来陪在你身边？

什么时候才能让父母安然地享受生活？垂垂老矣吗？他们是山，但他们为了你可以变成无边无垠的大地。

他们所有的期待都留在了未来。可是等到了未来，他们却早已垂垂老矣。

我们还要以什么方式反抗呢？我们以为的孤独而绝望，不过是在曙光之前本该承受的苦难。而父母，只是想要我们的生活里拥有曙光。

我们还要反抗什么呢？我们以为的英勇无畏的斗争，不过是为父母的垂老而添加的催化剂。而他们，只在乎我们的曙光，不在乎自己的垂老。

回过头来，这一切不过只是我们自己的不懂事而已，别无其他。

时光，时光慢些吧！

我们总要长大，做父母的山，滋润春天的风和照亮世界的光。

顾尔复尔，出入腹尔。

创意写作引导与评析

创意引导

"谁言寸草心,报得三春晖",是一种永远的憾然,但所谓的"代沟"也是一种不可忽略的存在。正如鲁迅先生在《我们怎样做父亲》中所开启的追问,每个儿女也应该扪心自问,我们应该怎样做儿女?对于这一叩问,或许有不同的答案,但它同"我们怎样做父亲"一样重要。

本文的创意之处就是以一部电影《摔跤吧,爸爸》对自己的触动引起一个关于父母子女之间的话题。诚然,父母的养育之恩不能不报,但每一个人都是这个世界上独立的个体,每个人的人生道路应该由自己选择,事实呢?

写作评析

"我们总以一种孤独而绝望的方式反抗着。"这是一种何等不愉悦的感受,而这种感受描述的竟然是子女对待父母的态度以及父母给自己的感受,何其无奈!而最终以"顾尔复尔,出入腹尔"做结,又是怎样的深情如许。

所谓的父子母女一场,不是"不必追",而是"一直在"!如何在?或许是:我们的懂事,父母的理解。

孔雀东南飞

中文142班　魏丹娜

晓兰躺在床上，看着窗外灰蒙蒙的天空，不知不觉间泪水早已溢满了眼眶。透过模糊了的双眼，她看到院外的那三棵树，也看到了以前的种种……

四年以前，她还是一个很开朗的女孩子，一个农村的女孩，她有疼爱她的父母，有懂事的妹妹晓青，12岁的她在镇子里上初中，成绩很不错，左邻右舍都以她为榜样来教育孩子。在她看来，自己是最幸福的人了。

四年之前的生活是平静的，平静得令人心安。那个时候院子里只有两棵树，都是梧桐树。一棵高一点，粗一点；而另一棵比较矮小，细长。这是村子里的习俗，当家里有一个孩子降生后，父母或者家里的其他长辈就会在院子里种下一棵梧桐树，来表示对这个孩子的祝福。晓兰家的树是爸爸为她和妹妹种下的，而晓兰与爸爸的关系最好，平时她有什么话都会与爸爸说，在她心中，爸爸是这个世界上最好的人了，会疼着她。她还记得小时候爸爸在夏天的夜晚陪她看星星，她哭的时候会哄她。小时候，院子里还只有一棵树的时候，她和爸爸一起悉心照看着那棵树……后来她7岁时有了小妹妹，晓兰是欣喜的，那种欣喜丝毫不亚于自己的爸爸妈妈，甚至自动自发地要为可爱的妹妹起名字，爸爸妈妈拗不过她，最终以晓青的名字结束了。后来晓兰还兴冲冲地和爸爸一起栽下了属于妹妹的梧桐树树苗。晓兰每每抱着妹妹，就有一种自豪感，晓兰抱着那还不足她一半的小人儿，哄着她睡觉，让她看属于她们的树，给她解释哪一棵是她的，虽然晓兰明白她可能听不懂，妈妈也这样告诉过她，但是她还是乐此不疲。晓兰很好地做了姐姐的这一角色，作为一个农村的孩子，她毫无怨言，甚至是高兴地照顾着亲妹妹。那一棵树有了另一棵树的陪伴，树旁的身影也变成了三个人，不过更多的时候是两个女孩子，脸上满满的都是阳光灿烂的笑容。

晓兰看着妹妹一点一点地长大，当她上初中时，妹妹开始上小学了，晓兰忽然有一种"吾家有女初长成"的感觉。上初中是在镇子上，离家远，所以晓兰迫不得已住校了，因此周六成了晓兰最喜欢的一天。因为在这一天她可以看见爸爸妈妈、妹妹的笑脸，可以带着妹妹去玩，给妹妹讲作业，当妹妹投以一种崇拜的眼光时，晓兰就觉得当姐姐是一件非常幸福的事情。晓兰在上初中以后更加庆幸了，因为她有小妹，与有弟弟或妹妹的同学相比，晓兰觉得自己的妹妹是异常听话懂事的，不像男孩子一样调皮；晓兰更觉得，生在农村，自己的爸爸妈妈并没有重男轻女，不像叔叔伯伯们那样一定要个男孩子。有了这个想法，晓兰更加懂事，努力让自己未来更加有用一些。

天，更加阴沉了，似乎要下雨了，窗外的三棵树在风中摇摆着，似乎在宣泄着什么。晓兰哭得累了，眼前的景色依旧模糊着，点点泪水还在不断地滴落着，期间爸爸妈妈进来了一次，看到晓兰的样子，没有说什么，叹了口气，关上门出去了。

晓兰没有言语地看着他们离开，是什么时候，她和父母之间连只言片语都没有了？是那个时候，是四年之前，是她看到那个男孩的那一天，原本应该是她觉得最美好的一天，那天是周六，是她可以见到爸爸妈妈、妹妹的一天……

那一天，晴空万里，她兴奋地跑回家，想给爸爸妈妈看看她的学习成果。迈进家门，空气中却弥漫着一种熟悉又陌生的味道，她放慢脚步，走进屋中，看见和小叔住在一起的奶奶，奶奶怀里还抱着一个小孩，确切地说是一名婴儿，和小时候的妹妹一样小,爸爸妈妈不在,她有些茫然,有好多疑问,可是她顿了一下,只问:"奶奶,这是谁家的娃儿?"

"这以后就是咱家的了,"奶奶没看晓兰,晓兰愣了,"一个小弟弟,你不想要吗",奶奶接着说。

这对于晓兰来说无疑是一个巨雷,在她心里炸开了层层涟漪。因为晓兰知道,这个孩子与她绝对没有一点血缘关系,她从来没见妈妈大着肚子,是抱来的?从哪里?难道她担心的事情最终还是发生了吗?晓兰突然很伤心,她以为自己的爸爸妈妈是不同的,原来只是她想多了?晓兰只是苦笑,有些想哭,她看着那个孩子,最终没有说话,走了出去。她想,她需要一点时间去接受这个对她来说残酷的现实。

晓兰蹲在屋门口,下意识地看向梧桐树的方向,那里已经变成三棵了,有一棵新栽的树苗,两棵变成了并排的三棵梧桐树。晓兰看着刺眼的阳光,忽然觉得好讽刺,她一直引以为傲的四口之家就这样结束了吗?晓兰低下头,不知道自己该做什么,像一个被遗弃的孤儿,无助、恐慌。

直到一片阴影盖住了那让她觉得冰冷的阳光。晓兰知道,那是她最喜欢的爸爸,可是她现在却没有勇气去抬头看爸爸的脸,她怕她会不顾一切地哭出来,她只能保持沉默。

"咋了?坐在这里干吗?"爸爸的声音一如往常。

"没事,"晓兰的声音有些许哽咽,"爸,那个孩子……"

"以后他就是你弟弟。你……"爸爸奇怪地看着低着头的晓兰,却没有看出什么。

"爸,我有点累了,去睡会儿。"说完这句话,晓兰快速走到属于自己的偏屋里,关上门,终于忍不住哭了,把自己裹在被子里,任由泪水流下,她从小就是乖孩子,不会发脾气,只能自己这样发泄。她听见那个屋子里爸爸妈妈和奶奶的笑声,对那个孩子的夸赞声,晓兰的眼泪却流得更加汹涌。

晚上,晓兰平静了一下心情,该面对的最终都逃不过,不是吗?回到爸爸妈妈的屋子里,晚饭已经做好了。她不知道该说些什么,就默默地坐下吃饭。爸爸妈妈没有说话,那个孩子已经睡了,这顿饭吃得格外平静,连好动的晓青都因为这怪异的气氛而安静地吃着自己的饭。

村子里的夜晚没有城市的光亮与喧嚣,可是却令晓兰感到格外安心。在晓兰看来,这里的星星永远守护着这里朴实的农民,所以晓兰很喜欢家乡的夜晚。晓兰爬上房顶,坐在她永恒的位置——她和爸爸一起坐过的地方。曾几何时,她还和爸爸一起看星星,这样想着,泪水又忍不住落了下来。

"闺女,你咋了?有什么话就说。"一阵响声从梯子那边传过来,伴随着的是爸爸那浓厚的家乡口音。

"没事啊,只是有点闷。"晓兰胡乱擦了一下脸,好庆幸这是晚上。

"就你那点心思,你这丫头啊,从小就什么都憋在心里,可从来都瞒不了我。爸爸知道你为了什么。"爸爸叹了口气,望着晓兰。

"我想知道为什么,为什么重男轻女?在我心中,爸你从来都不是这样的。"晓兰最终说出了口,不过心还是好难受。

"我们没有啊,"爸爸听到了晓兰声音的沉闷,接着说,"我和你妈是为了你和晓青着想……"

"和我们有关系吗?别拿我当借口!不就是为了养老吗?男孩子有什么好?他能做到的我也能做到!"晓兰几乎是吼着说完的这句话,眼眶中再也装不下那多余的泪水,第一次,她这样跟爸爸说话……

爸爸愣了一下,看着晓兰,"我和你妈只是希望给你们留个娘家,咱家都是闺女,你俩都要嫁出去的,万一我跟你妈不在了,你们要是受婆家欺负了,连个帮衬的人都没有。"

"那我大不了不嫁人!"晓兰不知道,爸爸说的这些话到底是不是在哄她,可是,她知道,在农村有个男孩是必然的。像在叔叔家,生了两个男孩子,不惜冒着被罚款的危险。晓兰真是不懂,男孩儿究竟比女孩儿强在哪儿?

"傻闺女,哪有不嫁人的。你现在说这样的傻话,以后就不会这样想了。"

爸爸粗糙的大手摸了摸晓兰的头。

晓兰没有再说话，只看着夜空，想着爸妈和她的以往，这个家庭发生的一切，最终想到了那个孩子，他很可爱，如果他没有来自己家，或者是邻家的小弟弟，她或许会很喜欢他的。因为从小带着妹妹的关系，她还是很喜欢小孩子的。

天，黑了，一片寂静。躺在床上的晓兰终于打破了这段让她几乎绝望的回忆，听着雨滴敲在窗户上的声音，累了一天的她终于睡了过去……

梦中，一个可爱的小男孩，总喜欢跟在晓兰的后面，尽管晓兰不搭理他，他还是迈着蹒跚的步伐向晓兰和晓青走去，晓青还小，不知道姐姐不喜欢他，晓青只知道，她现在也是一个姐姐了，要照顾弟弟，像姐姐照顾她一样。那个小男孩有点怕晓兰，可是又愿意跟在她后面，像个小尾巴一样。晓兰不得不承认，他是很受人们喜欢的，可是晓兰偏执地不喜欢他，认为他太调皮了，心眼儿太多，让全家人围着他转，她讨厌他，可是晓兰却忘了，他还是一个三四岁的小孩子啊！碍于爸妈的面子，她还是尽量做一个乖孩子，不让父母伤心，她偶尔会流露出讨厌的情绪，不理会那个小男孩对她的示好。梦中，那个小男孩来这里的种种事情回放着：他的牙牙学语、他叫的第一声姐姐、不顾她对他的不理不睬反而对她很好，像跟屁虫一样的他似乎没有那么讨厌……

晓兰最终被这个梦惊醒了，不，这不是梦，这是以前经历过的生活。是她错了吗？四年以来，她因为这件事情变了好多，不再那么活泼了。晓兰经常把爸爸妈妈的劳累算在他身上，晓兰经常想，没有这个孩子，爸爸妈妈或许可以轻松一点，不必为这个家操劳那么多，毕竟她和晓青不是幼小的孩子了，可以自己照顾自己，可以帮忙做一些家务，而他却什么都做不了，只会添乱。看着爸爸妈妈日益斑白的头发，她心里更难受。所以晓兰表面上把他当做弟弟，其实内心还是接受不了他。

自己有错吗？今天晓兰再一次为这件事和爸妈争执了，她也不清楚，自己是真的讨厌那个孩子，还是不想接受这个事实，晓兰心里知道，今天的事情她也没有单纯冲着那个孩子，可能只是心里压抑久了，太难受了，便成了这样。其实，她也不想，很怀念以前那个和睦的家庭，一家人经常很开心地在一起，尽管家里不富裕，可是晓兰觉得这已经足够了。

经过四年以来的磨合，晓兰很清楚，她没有那么讨厌那个男孩子了，只是心里还有那种没有血缘关系的感觉的抵制而已。一个小孩子，或许他也是无辜的，他什么都没有做错却被迫离开亲生父母的身边，自己真的错了？那么爸爸妈妈呢？还是真的像爸爸当年说的那样，只是为了自己和妹妹着想？这里面的原因自己真的是想不通，这些年自己的变化，晓兰也很清楚，她再也不像以前的自己了，变得沉默寡言，变得很压抑……可是晓兰真的不知道，以后该怎样面对爸妈，面对那个孩子，面对她以后的生活……

或许，她改变了，以前的自己……渐渐地，困意袭来，似乎有决定的她睡了过去。

第二天，被刺眼的光亮闹醒，不情愿地睁开眼睛，迷糊中看到一个小小的人影，晓兰知道是他，看着小小的他，觉得自己昨晚的决定是对的。她四年来的别扭，让全家人有了不敢提及的话题，害怕引起不安的气氛。晓兰醒了醒神，坐起来，问他："有什么事？"语气尽量柔和，就像小时候对妹妹一样。

床前的小孩子愣了一下，马上咧开了嘴，高兴地说："姐姐，外面没雨了，有阳光呢，树绿绿的，好看。"五岁半的他连话都说不太完整，却知道姐姐的语气没有以前生硬了，这让他感到高兴。

晓兰看着兴奋的孩子，原来他一直知道自己的情绪变化吗？这时，妹妹也进来了，蹦蹦跳跳地，很高兴的样子，"姐，我们快出去，外面有彩虹呢！"晓青去扯她，一并拉着旁边幼小的人。

他们走出屋子，果然，雨后的天空格外的明净，空气也很新鲜。一道彩虹挂在天空，那道彩虹的位置在他们的角度看来正好在那三棵梧桐树的后面，晓兰看着那三棵梧桐树，想起昨晚的决定，拉着身旁的两个人慢慢地走了过去。那三颗树不知道是爸爸栽种的原因，还是其他什么原因，竟相互交错生长在了一起，不同的大小，却很容易地交叉着，像是在彼此扶持着……

蓦然,晓兰看着这一场景,想起了一句话:"孔雀东南飞,五里一徘徊。枝枝相覆盖,叶叶相交通。"他们是不是就像这树一样,没有血缘关系,却早已习惯了对方的存在。尽管她知道这句话的本意不能用在这里,可是……

"姐姐,你在说什么啊?"身旁的两个人一起不解地问道,原来她不知不觉就把那句话说了出来,他们自然不懂晓兰在说些什么。晓兰看着他们,笑了笑,说:"没什么,只是觉得我们的树今天很漂亮呢,而且也长高了许多。"两个人奇怪地看向树,有吗?他们怎么没觉得呢。两个人看看树,又看看自家的姐姐,一脸的莫名其妙。

晓兰看着他们,笑了,回头看到爸爸妈妈站在屋门口看着他们,眼中有惊讶又惊喜的情绪流露出来。阳光暖暖的,很舒服,枝枝相覆盖,叶叶相交通,她终于可以释怀了,看到了以前的家……

孔雀东南飞,无关血缘亲。枝枝相覆盖,叶叶相交通。

创意写作引导与评析

创意引导

"孔雀东南飞",在这里,无关那个古老而凄美的爱情故事,而是只关亲情。并排着大小不等的三棵梧桐树,象征着两个亲姐妹和一个领养的小男孩。

爸爸说,领养小男孩是"为了你们嫁出去后有个娘家",一个很温暖的理由。

四年的光阴,朝夕相伴,当三棵梧桐树"枝枝相覆盖,叶叶相交通"的时候,姐弟三个一起,看到了彩虹。

这篇散文的最好创意是借用古典名句"孔雀东南飞"的翻写,展示出一种不同于原文蕴涵的另一种世间珍贵的情感——并无血缘的亲情与手足之情,这是一种非常值得学习的创意,一种民族文化精华的转换与传承。

世间那些特别的拥有,并非每个人都喜欢,但也并非每个人都拥有,或许有一种缘,属于你的,躲不开。

这里,读者感受到的,是父爱,是手足之情。

写作评析

三棵梧桐树,一棵棵出现,慢慢长大,就像是姐弟三个,一个个出现,慢慢长大,最终"枝枝相覆盖,叶叶相交通"。最终,一家人,一起,笑着看彩虹。

5000字的长文章,却写得有条不紊,文笔流畅细腻。因为融入真情实感,所以读来感人至深,引人细细品读,回味悠长。

背影

中文 141 班　郝春露

"喂，女儿，吃饭了吗？今天学习忙吗？一定要照顾好自己，千万不要生病了啊。"爸爸的电话每天就像闹钟一样定时响起，而我在电话这头却总是冷淡地回应："嗯，好，我知道了。"有时还会不耐烦地抱怨两句："爸，你不用每天给我打电话，我都这么大了丢不了。"

直到这次寒假回家之前，我丝毫没有对自己的行为感到惭愧。

客厅的电视沙沙地响着，透过微弱的电视光看到爸爸的鬓角已经花白，几条皱纹像干枯的树藤深深地嵌在眼角旁，在我印象中那双宽厚有力的手竟也有了老年斑。爸爸打开他的小药箱，因为血糖高，那啤酒肚上不知道挨了多少针。他拿针的手明显也已经有些抖了，动作也不再像以前那么利索了。我的眼泪瞬间像奔腾的洪水涌出眼眶，关起房门，躲在被窝里放声大哭。

我的任性给他带来多少伤害，而他却从未抱怨，永远默默付出。早上因为要睡懒觉而不愿意起床吃早饭，可是桌上永远都会有一张字条："宝贝，早饭在锅里，记得起来之后吃了。"我总嫌弃他管得太多，可他却永远笑着说："在爸爸这儿，你永远都是小孩。"晚上出去玩，超过十点钟，他的夺命连环Call真的让我很无奈，甚至有一次对他大发脾气，对着电话里的他大吼道："我都这么大了，你能不能不要再管我了。"他没有说话，只是默默地挂了我的电话，可当我回家的时候看到他卧室的灯依然亮着，我知道他还是担心我。

眼泪止不住地流，二十几年，我从未对他说过一句："爸爸，我爱你"，总是嫌弃他管的太多不给我自由，但当我真的感觉他已经开始渐渐变老的时候，我心里如翻腾的江水，希望时间就停在现在，不要再继续向前，不要带走他年轻的容貌、强健的身体。

听到爸爸响彻整个房子的呼噜声。

有你真好。

又是离别，在机场爸爸开始一如既往的叮嘱，而这次我选择了认真的倾听。

道别后，爸爸转身离去，留下他虽然有点驼背但是依旧霸气的背影和我的两行清泪。

"爸爸，我爱你！"

创意写作引导与评析

创意引导

背影,看到题目,任何读过中学的读者都会想起朱自清先生的散文名篇《背影》,会想这大概是一篇写父亲或父爱的文章吧?果然,是写父亲。那么,这篇《背影》和朱自清先生的《背影》有什么不同之处吗?当然有所不同。

父亲不同,时代不同,儿女不同,境遇不同,心情不同……也就是说,每个父亲和儿女都有别人没有的故事可讲,且故事个个可以动人。这就是本文的创意所在。

以名家散文名篇的篇名作为题目,吸引读者探究这位父亲的背影,具体描写又与朱自清的《背影》截然不同。父爱如山,山各不同。你的父亲的背影如何?或者母亲,或者奶奶,或者爷爷……与每个亲人的分别时刻,再回首,均是一个让人无法忘记的背影。

写作评析

本文结构与朱自清的《背影》不同,先是描写总是嫌父亲唠叨,然后突然有一天发现父亲老了,其实,是自己长大了。于是,再一次父亲送站时,自己面对父亲的背影,思绪万千……

文虽短,深情在,好的散文,应有如此的深情与凝练。

送一只柯基给你

中文143班　丁可

曾经以为，生命中最糟糕的事就是孤独终老。其实不是，最糟糕的是不能与那些为你感到孤独的人一起终老。

——题记

老杨在院子里烤羊肉。

他在里屋看书，看的是王朔为纪念梁左出的一本合集《笑忘书》。合上书，他来到外屋的纱网门前，透过墨绿色的纱网，他看着老杨。

老杨当过兵，1969年生人，背却还是板直的。老杨在他眼中是相当"男人"的，有担当又孝顺，真的是撑起一家的超人。老杨为人仗义、耿直又幽默，相处起来使人觉得很轻松，但他又总能在这轻松之下，看到老杨另一面的严厉与内敛。

春天已经过去了大半，中原地区的气温也升得很快，老杨这会儿在院子里正烤肉烤得"火热"。他知道是因为他好久未回，这次回来，难得能陪老杨吃顿肉、喝喝酒，老杨高兴，为儿子支起小方炉，露一露拿手活。他看着烟雾缭绕间的老杨，带着那顶有五角星的旧军帽，窝在小凳子上，周围摆着黄油红肉和辣椒面，从肩胛骨到后背被汗透成了一个心形。他开始感觉自己的鼻子像被呛着似的发酸，老杨的身影在他眼中被浸了水，变得模糊虚幻，被网纱间的小方格隔成了一个个色块，就像小时候趴在电视显示屏上看到的那些色块一样，也像夜晚相机里没有聚焦清楚的灯光，迷离、绚丽。

低头看看手中的《笑忘书》，第一篇就是梁左的女儿梁青儿回忆父亲的散文。父亲为出国的女儿送行，却是父女俩最后的告别，文中多是梁青儿在父亲去世十三年后回忆的一些父亲生前的零散画面，似梦非梦。

文章前的插页只写着两句话——"如果我能使一颗心免于哀伤，我将不虚此生。"这是狄金森的诗。他感到心里很闷，回去坐在书桌前，脑子里止不住地蹦出来一些有关老杨的事。

他7岁之前，老杨这哥们还年轻，戾气很重。童年时，他对老杨是很怕的，稍有不慎就会被拿皮带抽屁股，有时上班为了防止捣蛋的他乱跑，老杨经常把他一个人锁在家里，让他与一大瓶碳酸饮料作伴，直到现在他对碳酸饮料还唯恐避之不及。

也许老杨秉持的教育观是"棍棒底下出孝子"吧？不过年轻的老杨对他的管教确实有些独断专权，"年轻"的他更是不懂去体味父爱的深沉。每次挨揍，他也怨过也气过，可令他最难以释怀的一次是老杨弄丢了他的小伙伴。

小时候的他不喜欢一个人待在楼上的单元房里，唯一陪伴他的是老杨战友送来的一只柯基小狗，叫欢豆，是他从小养大的。这小狗实在漂亮，黄色，但胸前是一片白色的毛，额前有一块菱形的白毛，后脖颈上也有似白色水彩画出的一道，四个小爪子和尾巴尖尖也是白色的，感觉精致得像造物主特意设计的似的。小小的他总像个小大人一样照顾着欢豆的起居饮食，他们常一起赖在地板上，有时又追着跳上沙发，他抓到它了，抱它在怀里，开心的小脸笑成一团，用鼻子去蹭它的脸。

遗憾的是，有一天他放学回来，他没有再听到欢豆的叫声，老杨说他下楼锁车子，没留意欢豆跟了出来，结果被人抱走了。他像一头愤怒的小牛，无所畏惧，歇斯底里地大哭，跳到老杨身上撒泼。老杨被这小家伙的反应吓到了，怔了怔，但一会倔脾气就上来了，"这小子还没完没了了！"于是撂下他就揍，他咬牙死撑，瞪着泪眼和老杨较量。老杨看到他的那个小眼神，心里有些疼，嘴角抽了抽，有些话想说没说出口，扭头就走。

他永远记得那个夜晚，他不知道老杨怎么度过的，但是他在客厅蹲了一晚，哭了半夜，迷迷糊糊地睡了过去，一整夜都梦到欢豆在挠门，他知道欢豆在等他开门，可他就是起不了身，泪流不止。

18岁，他要离家去外地的部队了。从14岁叛逆期开始，他和老杨的关系就一直很紧张，老杨倔，他也倔，一切行为的目的都变成了对抗老杨，学习的事情更是不用提。但是进到部队后，他做的是文职工作，反而有了心力和时间去读书，然后自己写字。他在生命里，看到了一片新的世界。后来，他退伍了，留在了那边，进了一个工作室，写写文章，发在大大小小的公众号里，挨过骂，受过饿，但很少回家。

"哎，老板，多来点羊肉，我儿子说每次在外面吃火锅的羊肉卷都吃不过瘾，最喜欢在家吃我做的火锅，能放开了肚子吃。"那是他21岁生日的前一天，老杨拿出了家里的老北京碳炉铜锅，去市场上买了各种菜和肉。

第二天一大早，他就起来开始准备各种火锅底料和蘸料。老杨切羊肉真的是一绝，拿在手里又滑又黏的生肉却能被他切得像机器刨出来的。当万事俱备，只差切羊肉时，才发现羊肉不小心被放在了冰箱的冷藏区，一大块肉已经被冻成了冰块，只能放在温水里化冻。急得老杨频频看表，担心误了饭时，因为之前说好的，儿子今天要回家。最后，老杨还是提前给他打了个电话。

"啥时候到啊，我这羊肉有了点问题，还没切呢。"

"我今天不回去了，爸，我稿子没过，工作室里急着再要一篇。"

"多长时间没回来了！不知道有个家了是不！没良心的。"老杨脾气一下上来了。

"你能不能别添乱了！我一屁股的事你能帮我什么？"刚挨过老板训的他，听到老杨的大嗓门就忍不住撂了电话。

嘟嘟的电话音，让老杨一下颓在了椅子上，看着水池里泡的一大块肉，不知道做什么了。

后来，他还是回去了一趟。跟老杨去了老家的一片果园，还照了许多合照。在回去的火车上，他躺在狭小的车厢卧铺上，无聊地翻看着手机里的照片，和老杨一起的合照被划了出来，看着照片里的老杨，他愣了。随后，他把这张合照传给了女朋友，他说："照片里的男人好老，这一定不是我家老杨，我心中的老杨还是那个我14岁时，能把我拎起来揍我的暴脾气大小伙子。"等了好一会儿，对方都没有来什么消息，他不知道自己想等她说什么，安慰的话么？

"回家吧，我们。"女孩就回了这几个字和一张截图，截图是老杨的空间内容，他们父子之间都没有添加好友，也不知道她是从哪加的老杨。老杨的空间里只有一条动态，晒了穿军装的父子，那是他和他，时间是他18岁入伍那天。

"我从遥远的地方来看你，要说许多故事给你听。尽管有天我们会变老，老得可能模糊了眼睛。路遥远，路遥远。我不再让你孤单。"耳机里的音乐播到了《好声音》里任伯儒翻唱的《不再让你孤单》，沙哑沧桑的声音唱出了他脑子里的老杨。

"时光似隐匿的激流，我们看不见，但那里却有波涛暗涌。曾经的我们已被这时光倾倒，静默在岁月里，细数着岁月的年轮。"他在备忘录上写下这句话，"该成熟了，也该回去了。"他想。

"马上就好了，你也不知道帮帮我！"老杨喊他来吃羊肉串的声音打乱了他的回忆，放下手里的书，走到院子里，刚想接过老杨手里的扇子扇火，大院门就被推开了。原来是李叔，怀里竟然抱了一只柯基。还没等他反应过来，老杨就冲过去抱来了小狗，笑呵呵地走来跟他说："我又托你李叔给你找了一只小狗，就是没你那只漂亮，嘿嘿，这次你回去，把它带走！一直想着再给你买一条，就是怕你没时间喂，嘿嘿……"

看着这只双色柯基,他真的说不出话来了。原来他一直对抗的老杨,以为最不理解他的老杨,都知道,都记得。顿了顿,他抱过小狗,说:"爸,我不走了。我回来陪你。"老杨好像眼红了,可他的老杨明明是个铁汉子啊,所以,也许,他只是烤肉红了眼。

"哈哈!回来好啊!回来好!"老杨在饭桌上喝得兴起,敲着桌子说着,"你聪明啊!在哪都能成事!我还记得你14岁的时候,我答应你进步一百分就给你买个手机,哈哈,你小子还真行啊……"

他已经有些醉了,眼神迷了,仰头喝了一杯啤酒,清凉透心,像有一阵风吹进脖颈,吹到心里。他又想到了多年以前,小小的他倒坐在老杨电瓶车后座上,举着风车,凉风徐徐,风车呜呜,他很幸福。

马克·吐温曾说:"当我7岁时,我感到父亲是天底下最聪明的人;当我14岁时,我感到父亲是天底下最不通情达理的人。"

现在,他21岁了,他要陪着他的老杨,喝酒,吃肉。

创意写作引导与评析

创意引导

那些使我们感动到潸然的文字,是因为它让我们看到了温暖和爱。这篇《送一只柯基给你》,写出了父子之间无言却浓浓的深情。

每一个父亲,在儿子渐渐长大的过程中,或许常会有一种从高大的无所不能的英雄沦为不通情理的暴君,然后到鬓角爬满银丝的颤巍巍的老人的过程,而在这个过程中,作为儿女,从最初的依赖到少年的反叛到老年的陪伴与懂得,也常常需要岁月的锤炼。或许,在某种程度上,懂得珍惜与感恩,也是一种成熟和长大吧。

这篇散文的创意在于将二十多年的岁月剪辑成一幕幕画面,画面中铺满了父亲深深却又无言的爱。"我"与女友的理解与陪伴,也是"父亲"最大的幸福。

世间的父子各有各的相处方式,各有各的相处故事,但爱是相通的。

写作评析

在一个眼前的场景中回想,拉回许多年前的一个场景,最终又被眼前的场景拉回,并留下无限悠长的回味,是一种类似电影蒙太奇的效果,也是本文的结构创意。

"老杨"是谁?是"他"的"老杨",是他21岁时要陪着喝酒吃肉的"老杨"。不一样的叙述视角与称谓,开创一种独特的传情达意的视角和风格。

选取那些跨越几十年的故事,表达一种跨越几十年的误会和某一刻的释然,才知道,很多爱是只会深埋在心底,而不曾表达的。作者也意在用这样一种穿越时空的误会到明了的过程,表达一种曾经的隔膜和无言的深爱。

一只小小的柯基,是一种深深的爱和理解的传递者。

出丧

中文142班　何文莉

　　我被一阵哭喊声吵醒，我已经好几天没有好好休息了，起床气再加上嘈杂的声响，让我觉得十分烦躁。当我意识到这种嘈杂的原因时，恐惧侵袭了我的大脑。我穿上鞋匆忙跑向客厅，我看到母亲手足无措地哭着四处走动，嘴里还在不停地念叨着什么；我最讨厌的舅娘拿着电话大嗓门吼着，"快来呀，人走了"。然后，我看到了他，了无气息地躺在了那个早就准备好的门板上。我有点发蒙，不知道要干什么，该怎么办。我听见有人对我说让我去拉着他的手，和他说说话。我跪着，捧起他那只已经再也合不拢的手，还是温热的，或许他只是休克了！我想告诉他们，他可能还能抢救回来的！可是我的喉咙好像出问题了，无法出声。我又听见，有人说，不要把眼泪滴到他的身上，这样他会走得不安心的。我一抹脸，才察觉，他们指的是我的眼泪。

　　之后好像又来了很多人，有人要给他穿寿衣，我仍然牵着那只渐渐变凉的手，我要看着他们。他们一点都不温柔！像对待一个死人一样对待他。我很生气，我使劲想说话，想让他们知道我的愤怒。我说："轻点！"我叔叔看了我一眼，没有说话。

要把他抬到灵堂去，男丁不够用，我是他唯一的女儿，要给他捧"引路灯"，没办法去帮忙，请来跑丧事的人看见实在没有办法，虽然嫌晦气，却也好心地帮忙抬去了灵堂。我走在前面，一下楼就听见鞭炮的声音，晚上出来遛弯的小区居民直愣愣地看着我。跑丧的人去帮忙抬门板了，没有人告诉我我该怎么做，我该做什么。我看着华灯初上的繁华夜市，看着走远的"门板"，我不知道该怎么处理手里的"油灯"，像断了线的风筝一般无措，着急，可是没人帮我，他们都离我远远的。我一咬牙，将"油灯"直接扔进了垃圾桶，不管旁人怪异的脸色和目光，跑去追上了他们。

到了灵堂，入殓之后，他们让我跪在灵柩前给他烧纸。他们说，你现在给他烧得越多，他才能得到的越多，要不然他在下面没钱花。我很努力地给他烧纸。我感觉到又来了很多人，他们走到我身边，和我说了什么话，可能是在劝我，可能是在安慰我。我听不清，也看不见。后来有人把我架起来，放到椅子上，劝我别哭了，我知道那是我大伯和叔叔。

我和他们坐在一块，哭一会，停一会。后来也没人再劝我。我慢慢地冷静了些，我看见大伯和叔叔，在他们兄弟的灵堂前和那些人说说笑笑，像什么都没有发生一样，我就哭不出来了。我又去跪着给父亲烧纸，没一会他们又把我拉去之前的位置坐着。我没事可干，我就想我妈怎么样了，她不被允许来灵堂，她一个人在家里能应付那些三姑六婆吗？可是我暂时还不能离开。我要守着灵堂，守着他。

凌晨了，除了最"亲近"的人，其他人都离开了。大伯他们在灵堂支起了一张桌子，打牌、聊天、嗑瓜子，以此来度过这个难熬的夜晚。我突然很难受，但是又哭不出来。我想离开这。我借着回家取厚衣服的名义离开，我想我需要回去看看我母亲。我以为我已经能应付家里的情况了，结果我进门，就看见那个变得有些神神叨叨的双目红肿、面容憔悴的女人，我差点崩溃。她被那群人围在中间，她们不停地问着说着她丈夫是个多好多善良的人，感叹着怎么好人就没有好命！还有一些年轻的媳妇坐在一旁讨论化妆品和衣服。我想起了祥林嫂，我多害怕她也变成那样，我就剩她了，我不想再被抛下。我挤进去，搂着她，瞪视周围的女人，把她带进卧室，给她一个可以放心哭泣的空间。我希望她能快点清醒过来，我一个人撑不了多久，我希望有个人能和我相互扶持。

等她"清醒"过来之后，我陪着她送走了那些"热心"的女人，让她好好休息，因为接下来的三天都是一场硬仗。我一个人回到了灵堂，以前很害怕走夜路，可是今天却觉得这短短的几百米，是我今天晚上最轻松的时间。

办一场丧事很复杂，有很多步骤，可是我都不知道，我能做的就是听从跑丧人的安排。我大概知道我必须在灵堂守满三个通宵，每隔一定时间就要去烧纸。而在灵堂，每天都有不同的安排。

第一天晚上是亲友哀悼。

第二天白天是超度，跑丧人披上袈裟，穿得像唐僧一样。我手捧着三支香，跟在他后面，不停地走不停地走，走得太累了，就偷偷用香烧他的袈裟，烫出一个个小圆点，以此泄愤。即使被发现了，也只是被他瞪一眼，没有什么严重的后果，这大大助长了我的气焰。当天晚上请了一个"歌舞团"来表演，因为据说是人越多越热闹越好。第一个节目是催泪的哭丧。我不能理解，他的亲生女儿就在旁边，为何要请一个不相干的女人来哭丧。我想冲上去，打掉她扶着灵柩的手，捂住她干嚎的嘴，扯掉她身上披的麻布。他有我呢，不用你！可我还是没有勇气上去，我怕坏了他的灵堂。接下来的表演内容就稍显低俗，虽然没有脱衣舞，却也衣着暴露，吸引了不少农民工来围观。

第三天一早我就要送他去火葬场。他那么大一个人，曾为我撑起一片天的人，就屈就在那么一个小盒子里，我难受。接下来就是出殡、埋葬、立碑，最后是宴席，请一些七七八八的人吃饭，答谢……

这就是一个健康、鲜活的人，先因病变得孱弱，然后变成了一具冰冷的尸体，最后成了关在匣子里的一捧灰的全过程。

而我只是一个旁观者，也是一个参与者。

创意写作引导与评析

创意引导

不是每个人在少年时期要去面对与亲人的生离死别,而作者经历了这一切。这篇文字把在为父亲出丧的过程中自己的情感、心理、旁人的言行,描绘得淋漓尽致,尽管不是用十分清晰的语言,但却表达得极为深刻。

千言万语只能无语。

懂得珍惜!

生者坚强,逝者安息。

那些生命中刻骨铭心却又慌乱无措的一瞬,一定是给你巨大的震撼和影响的瞬间,人生不会多,所以不会忘记。或许,可以告诉这个世界你的那份震撼,哪怕一次。

写作评析

"这就是一个健康、鲜活的人,先因病变得羸弱,然后变成了一具冰冷的尸体,最后成了关在匣子里的一捧灰的全过程。"

"而我只是一个旁观者,也是一个参与者。"

生活中有多少无奈和无助,最终只能相向无语。依然是鲁迅先生所说的"创作总根于爱",因为爱,所以可以让读者共潸然。

唯其经历过,才如此真实动人,所以,写那些烙印在你心灵上的,留下深刻印痕的经历,那样的文字是你最宝贵的记忆,也是他人最期待的情感与文字的分享与分担。

巢

汉外141班　何雨佳

"巢"作栖身的地方，寓意为家。

——题记

"巢"多用来形容鸟类或动物的居所，而由此引申出"家"的含义，也似乎是把人比作了那忙碌的鸟儿。归巢是鸟儿的天性，回家亦是人类的本能。不论遇到了多大的困难，一句"回家吧"总能抚慰受伤的心灵，支撑着我们前进。家在人们心中是最后的港湾，有着永远无法取代的地位。

在参观学校博物馆时，两幅名为《巢》的画作给我留下了很深的印象。作者把大连大学比作巢，每个连大的师生都是巢里的一分子。再联想到新文楼和新理楼里鸟巢的塑像，不禁生出了一种连大人的归属感和自豪感。与此同时，巢即家的想法也浮上了我的心头。

鸟归巢，人回家，是无比自然又平常的一件事。因为它平常，所以很少有人注意到它。因为它自然，所以每个人都会脱口而出。事实上正是这些微小又日常的事情，才容易在我们不经意间扎根生长。当你注意到它时才惊觉它已经根深千里，融进血肉里了。

家作为一个生活符号已经深深印刻在了每个人的认知中，作为一个符号，它与我们的生活息息相关，紧密相连。或喜或悲，总有一些记忆是和家相联系的。这些记忆又将"家"无限美化，为它添上颜色。暖黄的色调，放满物品略显逼仄的屋子，这大概是绝大多数人关于家的记忆吧。

作为家庭意识浓厚的中国人，我们对家的依恋和向往更是强烈许多。年年春运的报道就从侧面表明了中国人对回家的重视，跨越万水千山只为与家人相聚。我想会有如此强烈的归家愿望的原因是家中有牵挂的人，正如离巢的鸟被巢中小鸟的声声呼唤唤回了巢。

在家中等待的人和那些记忆才将原本只是居所的房子变成了温暖的家。有人无限地扩大了房子在"家"中的比例，变成唯房是图的房奴。殊不知，家人和记忆才是构成"家"的最重要因素。否则，房子只是冰凉的宾馆，让人生不出半点温暖和依恋。

在有些人看来，家的定义并不局限于一处。它可以是一个地区、一条街、一个城市，甚至是一个国家。只要让人产生归属感的地方即可称之为家。它甚至可以是一个非具体固定事物的存在。国外吃到的中餐，他乡听到的乡音，这些都能让我们产生"回家了"的感觉，我们能说它不是家吗？

在我看来，一个安定的居所固然重要，但我们并不应仅局限于此，在房子里发生的故事和等在房子里的人才是最值得我们珍惜的。否则，房子只不过是一个摆设，更谈不上家。

巢即家，鸟儿归巢，人们回家。何谓家，吾心归处是吾家！

创意写作引导与评析

创意引导

  这篇小文让人想起作家张爱玲所书写的"普通人的传奇"。世间万物，或许都是普通而传奇的。一个小小的"巢"，就会让人心生无限遐想。鸟儿可以自由飞翔天际，但也需要归巢休憩，人可以天地四海遨游，但更需要疲倦时有个可以安睡的家园。就像风雨飘摇茫茫暗夜大海上的一叶孤舟，家，就是那盏灯塔所在。

  由"巢"而"家"，由鸟而人，由游历而向往安稳，这份关于"巢"的创意，由两幅小小的画作而起，却引出关于故乡与他乡、行与止、家与国等的思考，启迪丰富，创意深远，可以作为创意写作最好的一个缘起。

写作评析

  本文关于"巢"与"家"、鸟与人、行与止的思考既丰富又深刻，意蕴丰满。但行文的线索不明晰，文章读来缺乏一气呵成、浑然一体之感。若由按照"巢"的画作—巢的意象家的思考—国的思考等这样的一条线索来行文抒写，则会显得更加清晰明了，令人难忘。

  有些语言或可修改得更为凝练、雅致。如："在我看来，一个安定的居所固然重要，但我们并不应仅局限于此，在房子里发生的故事和等在房子里的人才是最值得我们珍惜的。否则，房子只不过是一个摆设，更谈不上家。"一段，或可改为：

  "在我看来，一个安定的居所固然重要，但并不止于此，房子里发生的事和等在房子里的人，才是最重要的。否则，房子只不过是一个冰冷的建筑，谈不上是家。"

柒　桃花潭水

"桃花潭水深千尺，不及汪伦送我情。"友谊，是每个人在亲情、爱情之外的另一种温暖情怀，挚友情浓，尤其对于在外求学的莘莘学子而言，远离父母，爱情尚未到来，友情是日常生活中最重要的情感了。似亲人的关怀，似恋人的温暖，给求学中的孤独心灵以陪伴和鼓励。

那个女孩

中文142班 殷俊铷

今天是2017年6月13日,农历五月十九,我最好的朋友的生日。

"听说,陪伴是最长情的告白。这世上,想好好陪伴你的人,除我以外再无其他。若有其他,一定没我好。我可是你的小太阳呐。多庆幸一路有你,一直有你。你是世界上另一个我,是生命里的不可或缺。鸣,生日快乐。"

这段话我发在朋友圈里。是告白?感慨?抑或二者都有。有人说,朋友就是你在人生的某一段路途中遇到的人,你们相携走过这段路,在下个路口挥手告别,意即"过客"。但鸣不是。她是要与我走过一生,白发苍苍也要一起跳广场舞的人,我们志趣相投,可谓知己。

女生的友情大概都来得很奇怪。也许是有共同喜欢的偶像,也许是有共同讨厌的敌人。而我和鸣的友情则始于高中的一场"救命"。彼时的我交友不慎,明明是我倾心相待的朋友,却在背后诋毁我。那段时间,周围的人听了她的挑唆,几乎都不搭理我。青春期的女生本就敏感,孤立无援的境况更使我痛苦不已,我开始把自己藏起来,像一只蜗牛,连触角也不敢伸出来。鸣就是在这个时候走进了我的心里:她对周围的人讲我是一个怎样怎样好的姑娘。没错,我自认为的好朋友在旁人面前讲我的坏话，而与我交情平平的鸣在背后为我澄清。那种感觉，就像是几近渴死的人看到了一汪清泉。我立刻抓住了她，抓住了我的"救命"稻草。我再也不要活在他人异样的眼光中。

后面的故事，就是我们逐渐了解，相互依赖、陪伴，走到现在，将近五年。

也不是没有疏远的时候。具体什么原因，好像是我误会了她，我记不清楚了。但当时她的心酸和后来我的愧疚，始终萦绕心头，挥之不去。我们不冷不热的关系维持了一年之久，我终于鼓起勇气向她认错，两人和解，冰释前嫌。

宋人方岳有诗云："不如意事常八九，可与语人无二三。"人生不如意事十有八九，我有鸣可语二三。我一直都觉得她是世界上的另一个我。志同道合，志趣相投，我们如此相似；一个敏感细腻，一个豪放不羁，我们又是如此不同。她是这世上最懂我的人，懂我的委屈；我也是这世上最懂她的人，懂她的坚强。

这一生有你，足矣！

创意写作引导与评析

创意引导

那个女孩,用当下流行的语言来称呼,大概就是作者心中的闺蜜吧。

人生得一知己足矣。得之,我幸;不得,我命。所以,本文作者是幸运和幸福的,因为有"鸣"。

本文的创意之处就是写自己最熟悉的人,以"那个女孩"为题,虽然普通,但却是可以写出千差万别的。不用多,选取典型的两三件事,就能够让人感同身受,让你所描述的人栩栩如生,跃然纸上。

因为最熟悉,所以有很多事情可写。

同时,也因为有很多事情可写,就要进行甄别选择,找出最能代表其特点的事件来写,同类的事件选取一个细致描写,如果需要其他的可以一笔带过,这就是所谓的详略得当。这样才能给人留下深刻的印象,并且能够让人有所思考与感悟。

写作评析

文章因为那个女孩的生日而起,到两个人性格的相似与互补结束,且作者表明,有鸣这样的一位朋友,一生足矣,说出了鸣在"我"心目中的重要地位。如此行文,一气呵成,一份友谊跌宕在字里行间,所谓形散神不散。

共你

中文143班　林丹

冬至的一场大雪把武汉近几年来的热闹气氛压制得毫无翻身的可能。天河机场在灯光点缀的背景下泛着银质的灰色，里面行走的人就像一个个齿轮，在这栋大楼"机器"里奔忙着，有条不紊，行色匆匆。

我也是这"齿轮"中的一个。那年的我就这样拖着笨重的行李箱，一步一步蹒跚地走向机场门口，心里想着，又得一个人坐大巴回去了。

这时，一个粉色瘦小的身影站在自动门的另外一边，冲我欢快地挥动着手臂。她身后是武汉郊外的夜景，夜幕沉沉，灯光点点。

这是上大学的第二年寒假，我第一次从外地回家，家人没打算来接，于是她来了，我从高中就认识的闺蜜，阿初。

还记得高中刚刚认识的时候，我坐在她斜后面，盯着她反光的眼镜片发呆，那个时候就觉得，这个小姑娘真好看啊，要是能当我的朋友就好了。

后来机缘巧合，某一天下午大家都去吃饭了，只有我和她两个人在教室，于是我鼓起勇气主动打招呼："嘿，同学，晚上不吃饭吗？"

然后两个人一起吃了很长一段时间的泡面，在教室吃，在食堂吃，在操场吃，在球场吃，于是就建立起了革命友谊。后来她回忆起来总会说，咱们当年靠泡面建立起来的友谊啊……

一起吃泡面的那段时间，她给我介绍了Super Junior。那个时候正是追星的年纪，我和她整天在吃泡面的时候看视频，学习舞蹈，在网上也加了一些群，有了一些志同道合的小伙伴，不知道从什么时候开始，她就成了我最好的朋友。

我们有同样的朋友圈，有同样的爱好，甚至说话语气都类似，很多网上的朋友都分辨不出我们来。但是现实生活里我们又不像双胞胎，只是经常在一起玩，她是艺术生，我是文化生，怎么说也有很多不同，比如她去学画画了，我在学校上课；她去艺考了，我在学校上课。到了高三，更是没几天能看到她。

就算是这样，她也会晚上和我短信聊一会，我说我复习的苦闷，她说她艺考的艰难。

记忆里，直到高考之后父母才允许我和朋友出去玩，那段时间我和她走遍了整个黄石，两个人在东边买了奶茶，去西边的电影院看电影，早上去体委晨跑，晚上在文化宫散步。

甚至还想在同一座城市上大学，最后当然是没有如愿。我们一个留在了南方，一个飞到了北方。冬天我给她拍东北的雪景，夏天她给我看南方的烈日，就好像从来都没有分开过一样。

后来，上了大学我开始沉迷游戏，她也是一路带着我，升级砍怪。我们又认识了许多新人，他们在游戏里挥霍自己的人生，走自己的剑侠之路，有相遇有相识有相知有分离，每一个人我们都笑脸相迎，再落寞送走，就好像游戏里说的那样，我和她仿佛走过了青山，走过了绿水，最后在山巅上，并肩看一出日落。

"想啥呢？"一只手在我跟前晃来晃去。

我缓过神来，任由她挽着左手，一起走出了机场。

就像歌里唱的、诗里写的：想来从年少一路到古稀，青天共白月，我共你。

创意写作引导与评析

创意引导

少年友人，便是长大后的故人。或是青梅竹马，抑或两小无猜。本文的创意所在是以《共你》为题，借机场接机相见的瞬间回忆来写与好友之间的情谊，虽然短短一瞬，却又思绪万千，给人一种欲说还休、意犹未尽的感觉。

恰同学少年，是最美的时光，和好友一起值得记忆的事情很多，而拣出哪一件来讲述，却需要用心思考。本文并没有详细描绘朋友的肖像及性格，而是以"共你"为主题，着重记述相伴时光，正如所言"陪伴是更长情的告白"，这是另一种美好。淡淡的时光，淡淡的流年，好友相伴，岁月无痕。

写作评析

漫天大雪的冰冷与粉衣瘦小的闺蜜机场相接的温暖形成反差，而"我"在看见闺蜜的这一瞬间，情绪变换，思绪却倏忽回到五年前的相识，一路的相伴，今天的机场相迎和思绪的被唤回，似乎沧海桑田经年已久，又似乎转眼一瞬历历如昨，将深情寓于淡淡的字里行间，展示一种温暖和美好。

环境的映衬，心情的变换，思绪的流转，一句"想啥呢？"拉回思绪。语言流畅，情感语言浑然一体。或许，我们就需要这样淡淡的文字，留住情谊。

那三个可口的吃货

中文142班 宇文雯

"不管日后路怎么走，彼此老友角色似旧。"

曾经梦寐以求的大学生活已经过去两个月了，各种社团活动和比赛的忙碌之余，充斥着异乡风味的食堂带给我的不适应让我有一种不真实的感觉，就好像我的大学只是一场梦，下一秒我醒来，发现自己还在高三的那个夏天，抱怨着成堆的作业和坏掉的风扇，吃着风味小吃，和损友们侃大山……但我知道这样的时光不会再有了，只会在脑海中反复回忆这些年我所遇见的你们，还有我们一起记住的味道。

就像在电影院按顺序排队入场，我在高中三年先后认识了三个吃货姑娘。有意思的是，她们三个并不认识，但都和我成了最好的朋友。我们有着共同的美味回忆。

小牛排是我上高中第一个认识的同学。我还记得高中开学前军训的时候，教官要求学生们按照身高站队，我一眼就看到了站在我身边和我一样高的小牛排。知道为什么我一眼就注意到她了吗？她那时候就像是刚刚从波兰集中营出来一样！异常美丽、皮肤苍白、瘦骨嶙峋。是真的。这就是我对她的第一印象。我同情地对小牛排说:"同学,我知道食堂在哪。"直到今天,我都没有告诉她这句话的意思。也许就是这句只有我懂的玩笑话,让我们很快熟络起来。熟悉之后我才发现小牛排才不是一个不食人间烟火、皮肤苍白的吸血鬼,她就是一个干吃不胖让人嫉妒到死的瘦子!而且是一个典型的资深吃货。碍于穆斯林的饮食禁忌,我们每一次扫货地点都是各种新开的有小资情调的西餐厅,她大快朵颐、津津有味、眉开眼笑,我只能望食兴叹,一边骂着她的嘚瑟,一边又被她感染也跟着大口吃起来。如果用一种我们都喜欢的食物来形容她,我觉得应该是"小牛排"吧:看上去令人垂涎,吃进嘴软烂醇香。她有着令人注目的面孔,但却单纯可爱,只有走近她才能感受到她的好。西餐中有让人眩目的餐前开胃菜,有让人食性大发的重口味披萨,也有温暖人心的奶酪浓汤。我们身边的人也是形形色色,正所谓人各有所爱,我就是喜欢小牛排的低调范儿。

  咸眯溜是我分班之后的同桌。如果向别人问起她,你会听到别人毫不犹豫地说:"高冷学霸!"她曾经创造过同时夺得文理状元的奇迹,做出理转文再转理壮举的原因,在咸眯溜口中只不过是因为文科数学太简单,全国理化生竞赛单科金牌……种种霸气的头衔让当时的我不敢靠近她,直到她上课偷听韩流音乐被我发现。我们喜欢着同一个组合。没想到爱迪生的"成功等于1%的天才加上99%的努力"理论是错误的,在咸眯溜这里,恐怕闭着眼睛听课都能考第一吧?回归主题,咸眯溜的吃货潜质是在跑食堂的途中被我发现的。所谓跑食堂,是指上午最后一节课铃响学生们飞奔到食堂,这是广大高中生的必备技能。我发现咸眯溜不仅跑食堂技术娴熟,还能在慌乱之中挑选出当天最美味的菜打到自己盘子里。到饭店点菜也是这样,她第一次去就能点出该餐厅最特色好吃的菜。究其原因,咸眯溜自己归结为"天赋"。在我看来,一个合格的吃货只能吃是不够的,还要会吃。咸眯溜在吃货领域应该属于先天成才型的。如果用一种我们都喜欢的食物来形容她,我觉得应该是"咸眯溜",这是我家乡的一种海鲜,隔着很远就会闻到它的腥味,很多人因此不敢尝试,但一旦试过,个中美味终身难忘。没接触过咸眯溜的时候感觉她是座冰山,只可远观不可亵玩，可接近她之后，就会被她的热情和无厘头式的搞笑所迷，无法自拔。我就是喜欢咸眯溜的外表高冷内心火热。

三分熟是我在理转文后的室友。此人挥金如土到了一定程度，也就是我们所说的"土豪"，转班之后的第一个星期是圣诞元旦大假，人送外号"送钱观音"的三分熟请全寝室的姑娘吃高级日本料理，没见过世面的我一出场就被星级主厨的单独服务惊呆了。从那以后，自认为在吃货界有一定地位的我在三分熟面前也甘拜下风。但三分熟不像其他土豪那样只专注于高档料理，路边小餐馆也经常受她的青睐。我们在炎热夏季的夜晚出门撸大串儿，在秋意渐浓的十月到海边吃新鲜海鲜。她的这些反常特性用我的话来描述就是：上至五星饭店，下到乡野小摊，都是三分熟的菜，能在高大上模式与廉价亲民模式之间自由切换的高级吃货。如果用一种我们都喜欢的食物来形容她，我觉得应该是"三分熟"：刚入口时冰冷没嚼劲儿，但后劲十足，回味无穷。和三分熟相处，惊喜总是一个接着一个，变的是吃食的味道，不变的是那份期待着的新鲜感。我就是喜欢三分熟的探险精神。

同为吃货的我们都喜欢发现美味，品评食物，记住它们令人振奋的独家味道。也许是对吃好喝好的执著让我们走到了一起，这些年过去，我们依然有着那份默契——能吃是福，不吃是罪，生命诚可贵，爱情价更高，若为食物故，世界都可抛。

"我试过替你做几次饭，只有你不怪我狼吞虎咽。跟着你一起吃过的面，一个人点只有一份孤单。我找遍超市货柜的饼干，已没有给我开心的那片。大饭店，路边摊，小餐馆，永远是一张桌子几张脸。桌上的人有增有减，谈笑间，有的人大概难以再见。步行街，夜市边，不同地点，一样的满足在你身边。桌上的人，有聚有散，一转眼，有的人不肯只是怀念。吃货的骄傲不是旋转餐厅、燕窝海参，而是曾用一下午，为一个人。"

不知道在这三个吃货心中，我是怎样的？

创意写作引导与评析

创意引导

"吃货"的形容词竟然是可口？是不是有语病呢？只有食物才用可口形容，"吃货"是人呀?!可是，还真是这么回事儿，那就是这是三个"可我口味"的"我"的吃货！物以类聚，脑补一下快乐的"吃"时光里四个快乐的吃货样儿吧。

民以食为天，在一个人人喊"减肥"的时代，能够将吃写得如此令人垂涎的，一定是个资深的吃货了。写吃，同样是一种绝佳创意。吃有两方面，食物和吃食物的人，各种佳肴与风味小吃值得写，而发现这些美味的人同样值得写，所以，来自查一下，你喜欢什么美食，发现了什么美食？来分享一下吧！

写作评析

曾尝试在这段文字中找出一个多余的字来给她去掉，读了两遍也没找到，才觉得，这些看似淡淡的文字就像牵手相拥的兄弟，密不可分。好行文，大概就像这样的好兄弟吧，"增一字太多，减一字又太少"，应该是每个为文者所秉持的。

这篇小文的令人耳目一新之处，还在于用三种食物来"命名"三个吃货——"小牛排"、"咸眯溜"、"三分熟"，名如其人，各有特色。而"小牛排"的能吃不胖、"咸眯溜"的高冷学霸、"三分熟"的送钱观音，则是吃之外的另一特异之处，无不给人印象深刻，叹为奇人。

在这个"减肥"流行的时代，可以随便吃而不胖；在这个须沉溺"题海"的时代，上课听韩流且可以在高中文理之间自由切换，照得文理状元单科竞赛第一；而有一个高档餐馆、街边小摊通吃，且能一下子就可以点

柒　桃花潭水

出其最特别的菜肴、又挥金如土的吃货死党的吃货，又该是何其幸福，"不管日后路怎么走，彼此老友角色似旧。""吃货的骄傲不是旋转餐厅、燕窝海参，而是曾用一下午，为一个人。"

如此活泼谐趣青春灵动的文字，写出的是吃货，没写出却隐含在字里行间的，是一份浓浓的深挚情谊。

浮生半世，一树桃花

中文144班　张飞超

我听说陇上的桃花开了，就在清明前后。

他是在这前几天过世的。急匆匆地，没有等到春暖花开，便葬在了冬春之交的青灰世界里。

灵前哭泣的人很多，但他没有父母，没有兄妹。最爱的妻子昏厥于床。不知道那冰冷的棺木前有多少泪水是出于同情，令人咋舌，可怜叹息。

这桃树快三十四五年了吧。比他大一些，却大我有十年。多年来我们仨，就在这片共同的土地上，晨风朝露，皎月暮云，看着成长一点点在彼此间发生。

儿时，每一季桃花开了的时候，我们都会勇敢地爬上忸怩的枝丫，摘下开得旺盛的一株桃花，用尽全力地嗅一嗅，然后制造一场花瓣雨，淘气的孩子这样做，只是开心的一种方式，如果在今天恐怕不行了。

记忆中的天不知为什么总是湛蓝的，有时会悠闲地浮着几丝云，像一层薄薄的纱；重些的时候，像泼出去的一杯牛奶。一半飘于今日，一半吹向古时，飘飘荡荡。云下是飘飘荡荡的我们，小小身影。春雨春花，秋果秋霞。馋猴般等不及偷下几个半熟的青桃，用凉凉的井水慌乱地冲洗一下，张口一咬，清脆的响声，清亮的笑容，露出洁白的牙齿。你靠在树上的影子还印在我的脑海，被秋千悠悠催促。

摇啊摇的，那年你成婚。我母亲满心欢喜：这孩子打小就没有妈疼，爹管得又不贴心，这下苦日子到头了，有了自己的家庭，生活就有了奔头，多好啊！

如果灵魂有知，你母亲亦会含泪带笑，日子苦，但这孩子坚强。

你在一片欢庆中奔忙，我记得那天的热闹，蔓延的红色铺满了整个婚房，也记得陇上桃树一头茂盛的绿叶，在风中低吟浅唱。

三年后，我考上了大学，你比我还要高兴：这可是件光荣事。同年，你唯一的亲人，父亲也离开了。你暗暗说，他还没有享着福呢……

张爱玲说：生命是一袭华美的袍，爬满了虱子……这悲喜难料的生活，如同桃树花开一季，却难定良果。

我站在五楼宿舍的窗前，想起你。眼前素面朝天的高楼都是一座座坟，葬了你，葬了我那么多的曾经。莫问何如！

是不是天空好久都没有好好蓝过了？我眼含泪花，咫尺天涯。

我只是心疼，你三十而立，被命运剥夺美好的童年；你三十而立，被病痛断送未知的幸福，欲为人事，天命难违。人活一生，而你却只有半世。浮生缥缈，竟不及好好看着一七年的春天。

我还有太多无奈，生命脆弱，有太多世事我们只能唏嘘无奈，不知如何是好。可我不介意参加完你的葬礼，再步行回到这里。焚一炷香，捧一抔土，说一句走好。

清明时节雨纷纷，路上行人欲断魂。这黯然销魂者，也唯别而已矣。

"妈，陇上的桃花开了吗？"

"开了。你哥年后刚修剪，每一枝都开得很茂盛，唉……"

创意写作引导与评析

创意引导

"浮生半世，一树桃花"，淡淡的文字中隐隐藏着一股悲凉之气，因为一个亲密却命运多舛的年轻人。这个世界有太多的无奈，就像人们所说的不幸各不相同。桃花在开，而你已不再。那盛开的桃花，或许是你不甘的魂灵，化作一缕花香，缥缈千里，来到我身旁。

对那些我们今生再也不可见的逝去的美好的憾恨与抒写，是这篇文章的创意所在。人的一生，不知要经过多少刻骨铭心和悲欢离合，让我们从少不经事成长为懂得世界、懂得他人、懂得自己。细忆细思量，怀念和珍惜，或许是最好的懂得。

写作评析

桃花与清明，大概是美好与逝去吧？是的，那个三十而立，没有父母和兄妹的早逝青年。那么多的美好记忆，那么重的思念，只能说与桃花……

语言朴素却清淡雅致，宛如娓娓道来的思念，思绪流畅温婉，情深意真。

不足之处是少许几句有些口语化（阴影部分），与整体雅致唯美的语言风格不太一致，可以考虑删去或换做其他词语。

捌　大城小事

读万卷书,行万里路,成长的岁月,既是读书的岁月,也是行走的岁月。青春韶华,无数本读过的书,无数条走过的路,无数件经历的事,或许看似随风而逝,但有时并非事事如烟飘散,不经意间,总有些会萦绕心头,触动敏感而多思的心弦。那些遇见的景,那些邂逅的人,那些历历往事,成就了一个人丰富的心灵世界。

最是姑苏情醉处

中文144班 李彤

白墙黑瓦、长亭日暮，是我梦想的最美时光，脱离北方的雄壮和宽广，寻一处江南小城，醉在小桥流水间，醉在青石雨巷前。

例如姑苏，那绝对是江南极美的去处，河道将城市切割，而静静地立在河道上的拱桥，又将整个姑苏连成一体。

那是有着千年历史的古城，似一个饱经沧桑的老者，又似一个柔美、清丽、宛若浅笑的少女，吟风弄月，舞袖翩翩。

在城中，雪白的襦裙轻曳在石板路上，却干净得不染纤尘，衣袂略过石栏，仿佛触摸到姑苏千年的印记。一座座园林，曾经是吴中才子、江南佳人的居所。有深深的庭院曲径通幽，有九曲回廊傍水而建，有充盈古墨书香的书斋，有丝帘漫卷的深闺，也有古朴素雅的正堂……也许几百年前，这里有书生挥毫泼墨，或是大家闺秀抚琴低吟，也许书生的飘逸吸引了谁家少女娇羞的心仪，也许女子的琴声留住了谁家公子驻足的爱慕。

在城中，有古老的相门城墙，姑苏没有经历几次战火的洗礼，它不像吴中那样的战略要塞，也不似金陵那样雄浑壮丽，它只是一座小城，一个小镇，它只有雨巷的优雅静谧，只有寻常人家的飞燕，姑苏城中，没有达官显贵，只有归隐田园的文人；没有九五之尊的帝王，只有微服私访的公子。姑苏没有过攻城略地，也没有过尸横遍野，因为我相信，这样的一座小城，没有人忍心破坏它的安静祥和。

在城中，我看到招展的酒旗，听到软糯的吴音，嗅到桂花的香甜，触到清风的和缓……时而会有江南女子迎面而来，着紫罗衫、青纱裙，轻巧的绣鞋踏在石板上，携着几缕清秀和脱俗，浅笑、低眉，披着霞光、戴着微雨。

许多年前，姑苏城外有一座名为"寒山"的寺院，如今已在城中，几百年的时光轮转，而今的我已不知当年的城郭，当年的河道，只知它曾见证了一代风流才子的落魄，它的钟声酿就了一首绝妙的佳作。那个落魄的书生名叫张继，史册上已查询不到他详细的生平，他只以一个诗人的身份在《全唐诗》中留下了为数不多的诗作，而今鲜有人知晓他其余的诗句，但唯独那一首《枫桥夜泊》至今依然在世间流传。忽然有些庆幸，幸好有了张继的落第，诗坛上才有了那一首绝妙的好诗，有了寒山寺夜半的钟声才激起了张继无限的思绪。我猜想，也许张继还乡之后，做了教书先生，闲暇之余写写诗、作作文，或者收拾行装，游历天下。但有一件事毋庸置疑，寒山寺因张继的那一首诗而从此名扬天下，竟不知是寒山寺成就了张继，还是张继扬名了寒山寺。

到今天，千年时光已过，我走进寒山寺，听着回荡在寺内的钟声，闻着香火的气息，看到身穿青灰色袈裟的僧人轻捻着佛珠吟诵经书，身处红尘世间又恍若置身世俗之外。我想，这大概也是苏州的情韵所在。

何谓远离喧嚣，何谓江南秀美，何谓心往沉醉，尽在姑苏。一段苏绣宫锦，一帘烟雨纷纷，我仿佛是故事里的人，醉在江南似水柔情，醉得不知何为真切。

来到江南，我不是客，好像是江南的归人。

创意写作引导与评析

创意引导

　　姑苏，或许是因了那句"姑苏城外寒山寺"的诗句，或许只是其独特的魅力，这座城自古以来，就有无数人神往、游历。当你置身于这样一座城中，用心谛听运河的潺潺水声，仔细观看园林的亭台阁榭，你会恍若置身画中，忘其所在。

　　这篇文章的创意之处在于，开启了关于一座城的游历与记忆的写作。

　　我们在无数次的旅行中，经过一座城，游览一座城，之后更多的则是忽略这座城，忘记这座城。当你用心走过一座城的街巷，你一定会有所记忆，有所感触，所以提笔成文，记述一段时光和岁月，也记述一份心情，就是你的创意文字。

写作评析

　　或许，姑苏只适合吴侬软语呢喃低诉，只适合清词丽句的细描细绘，《最是姑苏情醉处》就是这样的一种文字。娓娓叙来，不激烈，不张扬，却自有一种深情款款。所见之处，融以所想，便是一座城在一个人心中的模样。

　　只是"姑苏没有过攻城略地，也没有过尸横遍野"似显得有些过于口语，或可改为"姑苏不曾有攻城略地，也未曾有尸横遍野"，可能与整体语言风格会显得较为一致些。

旧金山游记之恶魔岛所感

中文 141 班　王子晴

这三天旧金山接连的大雾和瓢泼大雨，让六个景点的行程一半泡汤，我们出发的很早，望着车外的大雾弥漫伴着空调的湿气和光线的昏暗，似乎所有人都没什么心情。车就这样在四个小时的路途中颠簸，没有人有太多激动的言语，有的只是导游强调的收费标准和各种行程的门票。直到大巴开到市内，我都特别后悔来旧金山，可能是因为房屋拥挤街道狭窄，可能是因为阴雨天让人没了好心情。后来大巴驶入市内，一片明亮的前景出现在我眼前，广场，大海，船舶，海港，还有远处的小岛。雨正好停了，天气虽然是阴的，但空气是清新的。广场旁边是一排朝外的餐馆，虽然是淡季，但门口的外国厨师依然热情地吆喝着，广场的不远处传来了乐曲，雨后码头的船舶像新刷了漆，这时候对于在一天里看到只有一个拱门的金门大桥，不知道正门是哪里的斯坦福大学，还有徒步在倾斜快45度马路上的我，简直是别样的惊喜，虽然依然有雾，但在这渔人码头仿佛苏醒了过来。

"一会儿我们要坐船去那岛附近，恶魔岛。"导游指了指远处海边的大雾，只能看到一个小小的轮廓。他只介绍了大概，当时的我依稀记得监狱、电影场景这两个词。后来我们如期登船在海上远行,还是有雾,天是灰黄色的,海也是灰黄色的,海风虽然很大,但远处的雾也没散,船上的游客每个人的讲解器里播放着不同语言的声音,但大家的表情却都相似,在认真的聆听中透露着好奇和陶醉的神色。我也只是听着,讲解器里从旧金山的历史讲到海边每一座高楼的名字,还有那座岛,恶魔岛。海边的每座高楼依稀只是轮廓,但是那座谜一般的小岛却在我们眼前越来越清晰了。"由于它特殊的地理位置,1924年联邦政府把这设为监狱,美国历史上几乎所有重大恶性的罪犯,都在这里蹲过大牢。恶魔岛的戒备森严,峭壁下的海水中潜伏着无数残暴的虎鲨,在恶魔岛监狱存在的29年间,这里被称为'绝对不可能逃离的地方'。""绝对不可能逃离的地方",我更好奇了,"一会儿我们会离它很近,大家可以近距离观察,据说以前有几个重犯曾经越狱过,而且成功了,至今警察也找不到他们的下落。"导游指着不远处轮廓渐清晰的恶魔岛说道。

当这些讯息传到我的耳边时,我不禁莫名的肃穆和紧张起来,只是一座岛,可我却带着兴奋和感觉还没准备好面对它的心情。我踌躇着又期待着,它的相貌就这样在大雾中渐渐浮现,直到细节的每一处。

破旧,非常旧。

我相信这是所有人第一眼对它的印象。它的地势错综起伏,整体很高,时代远久,岛上的树木很茂盛,在光线不足的情况下看却是深绿色的,带着黑。烟囱、水塔、远处早已没有窗户的监狱楼都很破旧,带着数不清的铁迹和发黄的墙壁。窗户里的样子自然是看不清的,同样只有一片黑色,我就这样观望着它的破旧,可是在突然间,我恍惚发现原来自己离它这么近了,只有几百米。而再次观望全岛,一种静谧中的压抑和紧张感向我袭来。山下的港口明明有大量的登岛游客,可即使他们的声音再大,也打不破这座岛谜一样的安静。

"据说重罪犯逃出来是真的。"

"天啊,太传奇了,据说这座岛周围的海域当时可全是鲨鱼啊!"

此时我感到,它沉睡般的安静不如说是一种静默。我相信这无底洞般的安静正是它传奇过往的映射。它藏着太多的秘密，即使往事如过往云烟，但水塔记得，烟囱记得，破败的楼宇记得，每一寸铁锈都记得。那黑漆漆的窗口里是曾经无数罪犯忏悔的田地，那山崖下墨蓝色的海水是无数渴望自由的人对命运的挣扎。恶魔岛依然庄严，它带着秘密沉睡，让时间将罪恶冰封，留给后世一片安静的回想地，但岛的灵魂是永存的。这是一种奇妙的感觉，我们在斑驳的墙壁和生锈的围栏里窥探曾经的罪恶与救赎，就仿佛游走在时间中的最平凡的灵魂在与厚重的历史对望。我们敬重这座岛29年里对于打击罪恶的守护，又不禁感叹逃脱者在森严戒备下冲破束缚走向自由的勇气和能力。我们虽是渺小的生命，都希望在平和的日子中安稳过一生，在这样一座装载浩大历史传奇的丰碑中我们是微乎其微的，但这正是一种观众的旁观视角得以仰视过去。这是一种荣幸和感激。

　　天气渐渐晴了，雾也快散了，朝着对岸望去，发现城市的轮廓渐渐明了起来。楼宇密布，颜色鲜明。古今建筑交错，犹如历史与现世对望。

　　我突然不讨厌这场雨这场雾了，旧金山很美，不再后悔来过。

创意写作引导与评析

创意引导

　　游记，是文学中非常重要也很常见的一种创作形式。大自然千姿百态，异域风光很多人向往。这篇文字的创意之处在于所写并非世界著名的旅游胜地，而是美国的一所特别的——关押重刑犯的监狱。行走与所见所闻所思所想，既是眼睛的耳朵的鼻子的，也是文化的心灵的，这就是游记的价值和意义，也是旅行的美妙所在。每一个人都会行走在世间，即使一米阳光，亦有万千微尘，用心感受这个世间你所有的遇见，你就会遇见不一样的风景，不一样的人生。如此珍贵的创意文字，写下来，留住足迹，留住岁月，留住思绪。

写作评析

　　从因天气不好而看不到美景的意兴阑珊，到对神秘监狱岛的好奇，再到近距离观看监狱时的思绪万千，这篇游记在孤岛监狱与越狱自由的联系中融入了一份深深的思考。看似游记，实则为对于这个富有哲学性的问题的思考与阐述。从意兴阑珊到荣幸和感激，这是这座特别的监狱所给予的思考与启迪。

　　文章情感描写细腻，语言流畅，结构紧凑。

　　文章的别出心裁之处在于故事与情感的翻转，在这个过程中，让人体会到岛的与众不同的奇特与情感的变换的真实，这样一种渲染与铺陈，却又合情合理，十分值得参考与借鉴。

那山

中文144班　王昊宇

　　我有一个不好的习惯，已经很多年了，大概是从我上高中开始吧。我爱发呆，尤其爱上课发呆，在我的认知里，有可以发呆的课和不可以发呆的课两种。这样的选择是很讲究的，物理化学就是被我选择为可以发呆的课。

　　我的高中位置比较偏僻，偏僻有偏僻的好处，从教室的窗户向远处看就能看见天山。天气好的时候能看见山顶的雪，天气不好的时候能看见模模糊糊的一座山。这座山被雾模糊了轮廓，可是它太高大，没有被完全隐去身形，留下边界模糊的山的样子。

　　我那时候还有些远大的理想，看着晴天时的山发呆的时候就会想自己的未来。未来很抽象，与其说是在想未来，不如说是在想自己以后的样子，并且这个样子每次都会不太一样。看的时间再久一些，盯着雪线，想象着山顶的寒冷和飞过被云遮盖的在地面上看不见的山顶，脑海里便会跳出充满奇幻的念头：在雪线以上有很多雪莲，有一个保护着雪莲的隐士住在山上。然后想着自己就是那个隐士，在群山中生活，没人知道更没人打扰。

　　我更喜欢模糊的山，它模糊了，我要眯起眼睛才能把它看得清晰一些。不分明的山没法看出具体内容，只知道那是一座山，不知道有没有积雪，也不会去想积雪上有没有长雪莲，更不会想山里有没有隐士。只知道那是一座山，一座我很想走近的山。我曾好奇，从教室走到山前需要多久，有人告诉我："望山跑死马。"原来大山离我这么远，我在它脚下生活，却不能靠近；我能看到它的样子，却不能靠近。

后来我看不见天山了，我毕业了，去了离天山很远的地方，却总能回想起一些片段。

我坐在教室的窗边，拖着下巴，看向天山，但是只有这一个画面，再没有别的了。奇怪的是，我想起来的画面里都是晴天，阳光充足得刺眼。只有我刻意去回忆的时候，才会出现模糊的山的样子。

我曾经进过几次天山，可是走进了之后发现和我想象中的大相径庭。这里没有雪莲，只有石莲，更不要说隐士。它是美的，但不像我想象中的那样美。走进后我才发现我根本不了解它，看了这么多年却根本不了解它，甚至走进之后更看不清了。

山都看不清，又怎么能看得清别的呢？可是看不看得清又有什么意义呢？还是看不清的好，难得糊涂。

创意写作引导与评析

创意引导

那山，是天山；天山，有雪莲；天山，在"我"发呆的时候，有清晰有模糊。当我走进天山才发现，无数次托腮凝望，却依然是"不识庐山真面目"。天山、雪莲、隐士，都是可以成文的好创意、好意象。

又或许，好创意就是我们曾经的日常生活中的一个场景，一个动作，就像发呆。这是一个世人不常说起，但相信却有很多人常常去做的事情，"发呆"其实不是百无聊赖也不是虚度光阴，它是心灵借以飞翔的翅膀，藉此你可以冥想，可以海阔天空，可以思接千载，你就会拥有无数个奇妙世界。

写作评析

"那山"，不是一般的山，是赫赫有名的天山；那山，不是我能够看得清的山，只是发呆时面对的对象；那山，给我一个画面：托腮凝望。那山，因为看不清，会让我想起诗人郑板桥的名言：难得糊涂。

"山都看不清，又怎么能看得清别的呢？可是看不看得清又有什么意义呢？还是看不清的好，难得糊涂。"看似说山，让人想到的却又不止是山，好的文字如此朴素简洁，却又言近旨远，让人回味悠长，含义隽永无限。

临街的窗

中文144班 刘佳

从教室的窗望出去，是郁郁葱葱的行道树。高中时候最大的乐趣是位置换到了窗边，时常可以扭头，视线浮出灰蒙蒙的人群。冬天听到树枝刮擦，北风呼啸，就生出宁静之感，类如蝉噪林逾静。后来练习题多得叠叠垒在窗台上，我的乐趣就只剩下趴着睡觉了，闭着眼的时候，才有空余来听一听窗外。大部分时候没什么好听的，只是静而已，静得能疏瀹掉老师讲题目的声音。偶尔外面停着的一堆电驴摩托会被惊响，一个传一个，吱吱哇哇一直叫，这样不间歇地闹上五分钟，就能听到学校广播："在门外放车的同学，请出来把警报关掉。"这样的事几乎每隔一两周就会上演，大概是骑车的同学发现了乐趣，每每停车都要按上电子锁吧。好玩！

后来是大学，校园够大，就没有横亘在两个世界之间的窗户了。倒是有时候出门在公交上，透过窗户向外看去，会觉得自己是笼里的生物，始终进不到外面的现实世界。尤其有时公交经过闹市，外面是男女老少伛偻提携，但在我身边的，都是同龄学生，失真感就会扑面而来，怀疑自己是否真的在人间。

最好的时候是在商场，你站在窗户这边看商品，那边的人透过窗户也是看商品。没有身份差异，来来往往的人，我们都一样。《控方证人》中沃尔隔着窗户对买帽子的女人示意好看与否，大概就是基于"我们都一样"的逻辑吧。

多数情况下窗户意味着隔绝，这边是孤独的世界，那边是世间万象。感谢商场，打破了这一阻隔，消除不同，淹没感慨，让我们没有时间顾影自怜，换取个如无波古井般的平凡生活。

创意写作引导与评析

创意引导

窗,在一般的理解中,这个意象会让人想到它是通向外面世界的一个通道,就像我们常用的比喻,眼睛是心灵的窗户。所以,"窗"既是一个现实生活意象,又是一个情感世界的意象。

因为和心灵相联系而有了特殊的韵味,所以描写"窗",是一个绝佳的创意。它可以有十分丰富的内涵和外延,形成无数思想和文字。

每个人都可以抒写自己的窗,与窗相关的世界,或者是自己的心灵。

写作评析

窗,本身就与外界相连,而"临街"一词,让窗更增添了无数可能,风景或故事引起读者的阅读好奇。

中学的窗需要一种特殊的行为——换位置,才能获得靠近的机会,所以不久就要再换给他人。所以,靠窗的位置,就成了高中生活的一种期盼。而窗外的声音,大概就是最先传递到感官的,而声音带来的故事,是只属于那段岁月的有趣记忆。大学的窗,公交车的窗,商店橱窗……当看过无数的窗之后,发现窗在生活中充满了意义。

"换取个如无波古井般的平凡生活。"语言凝练、简洁、形象却又回味无穷,是创意文学的好范本。

南食北客

中文143班　蒋璐瑶

麻酱蘸料、油碟小料，谁更口齿留香？

水饺、云吞，谁更口感饱满？

西北牛肉拉面、港式车仔面，谁更Q弹顺滑？

川渝的火锅、鄂湘的龙虾、广东的早茶菠萝包、广西的米粉螺蛳粉……北方重口味吃货的宣言：嘴大吃四方！

火锅桌上除了牛肉卷、羊肉片，原来还会有晶莹剔透的苕粉、气鼓如河豚的耗儿鱼、鲜红弹滑似果冻的鸭血、油炸香麻的小酥肉、嫩滑香糯的脑花……一股脑儿下锅，在"红红火火"的锅里肆意翻滚，掌握火候、下手把握"稳、准、狠"；蘸料简单"粗暴"，秘制香油加勺蒜泥配以少许盐，麻和辣的味道攻城略地般侵占味蕾，这时候油碟的优势就显现出来了，不像麻酱蘸料喧宾夺主，让人更加纯粹地享受辣的快感。

除了辣让人上瘾，臭有时也会跟味蕾产生奇特的化学反应，让人上瘾。螺蛳粉就是这样一个臭到让人爱的存在。螺蛳粉具酸、辣、咸、鲜、烫的独特风味。一碗正宗的螺蛳粉，肯定会让人食欲大开，晶莹白滑的米粉和翠绿的鲜菜浸在殷红的辣油里，而被炸得金黄酥脆的腐竹也点缀在其间，花生、黄花菜、酸笋，披上油亮的红油外套，沾沾自喜，令人垂涎三尺。

如果说嗦粉是南方人的日常，那早茶绝对是广东人独具特色的饮食文化。广东人喜欢饮茶，尤其喜欢去茶馆饮早茶。"叹一盅两件"，饮一盅香茶，品两件点心，这样的早茶时光让生活压力大的广州人多了一段享受生活的慢节奏。金沙红米肠、人参汤四色虾饺、烧卖、流沙包、叉烧包、虾饺皇、马蹄糕……早茶也可以当做一餐正式、丰富的早饭，北方食客大清早面对如此丰盛的早饭，偶尔一口下去的油腻、配一口香茶清新解腻。

老话说得好，民以食为天，中国千年流传的饮食文化让广袤的中国大地上各个地域也形成了各具代表性的饮食习惯和特色。吃，绝对不是一件简单的果腹行为。来自北方的食客在探寻和而不同的南方美食的路上也将永不止步。

创意写作引导与评析

创意引导

"民以食为天",吃,在"吃货"盛行的时代,绝对是值得写的。

各个地域,各种形状、颜色、味道、食材……可以写出无数篇令人垂涎的文字,这就是这篇小文的创意所在。

南食北客,各大菜系,各种菜肴,均是独一无二的;千百种菜就像千百个人一样,各具特色,正如文中所说,"吃,绝对不是一件简单的果腹行为。"或者说不止是。

相对于南方人而言,北方人对于吃的研究似乎远没有南方人深入、用力,所以,北客在南方,尤其是"吃货"级的北客,边走边寻,边尝边分享,何尝不是一种惬意和欢喜!

写作评析

小文虽短,但写出了南食的诸多特点,虽然不是面面俱到,但也足够令读者目不暇接,心驰神往。

文章先列菜肴,再道菜系,再介绍突出特点,最终归于北客的南食探寻之旅,语言流畅,文字简洁明快,可见食客资深。这让人不仅心动,更欲行动。

女儿红

中文143班　周旭英

绍兴有一种花雕酒，就是所说的女儿酒，又名女儿红。据说女儿红的来历是有一段故事的，简而言之就是旧时生女儿时会酿酒贮藏，待女儿出嫁时再取出宴客，"地埋女儿红，闺阁出仙童"。

从小我就很喜欢看武侠剧，剧中的大侠套餐一般就是熟牛肉加上等的女儿红。我不喝酒也不喜欢喝酒，但"女儿红"三字总会给人特别的感觉，或许是因为它跟世间的女子有着千丝万缕的关系。简桢在一本叫做《女儿红》散文集的代序中这样说过：女儿红一种是指女儿红这种酒，一种是指很红的大萝卜。女儿出嫁喝女儿红颇有一番风萧萧兮易水寒的况味，是送别壮士的。女儿红这种萝卜有十足的乡土气息，在寒冷的大冬天像一把钉子稳稳地钉住山川湖海，是接近地母的性格。所以，世间的女儿一半是壮士，一半是地母。

美好的女子或许多多少少都具有几分豪气和几分母性，古往今来的女子都像一坛贮藏很久的女儿红。读了《女儿红》这本散文集，看了《女儿红》的电影，也听了《女儿红》这首歌，梅艳芳在《女儿红》中用低沉沧桑的声音唱道："喝一口女儿红，解两颗心的冻，有三个字没说出口。"一直觉得梅的身上透露着几分豪气几分温柔，还有几分风尘，在这里我并不觉得风尘二字是贬义的，红拂女、李香君、柳如是、李师师亦是。梅也是个奇女子，世间奇女子的思想美貌往往不能在俗世如鱼得水，她们的才气很大部分会跟社会背景联系在一起，江湖如此大，女子力不从心啊！但这个世间毕竟大多数女子都还是普普通通，平平淡淡地过一生。其实在现实中人与人的实际生活不会有太大的差别，不外乎是衣食住行的不同，如果有真正的差别，那是来自心灵和精神上的，好好想想，的确是这样。

一坛酿了七十年的女儿红喝起来会是什么味道？花雕酒很浓，酒跟人一样随着时间的增长，人变老了，酒也变少了。女儿红是一个女子一生的梦，是一个最美的梦，这个梦并不是每个人都能如愿以偿，这是只有女子才会懂的梦。

女儿红在我潜意识里总把它跟女子和红色联系起来，红色真的是一种好看的颜色，在衣服店里最能引起我注意的往往都是红色，有个朋友说红色是边缘的代表，我实在不赞成这种说法，我总觉得红色是对生命的热爱，身体里也充满了鲜红的血液。这种红色的血液和你共存亡，和你一同见证世间的喜怒哀乐。

冥冥之中把世间的女子跟酒与红色联系起来，这似乎是传统意义上正反两面的代表，但有谁敢说对世间女子有个固定的评价标准，这与人们常在谈论幸福的秘诀一样，所谓的秘诀都是一些江湖偏方和老生常谈，每个人的心历路程不同，所以意义不存在除了自己以外的其他人身上。

女儿红啊女儿红！一坛酒，酿多久，才有幸福的时候。

创意写作引导与评析

创意引导

"女儿红",的确是一组可以让人浮想联翩的字眼,女儿红到底蕴含着什么?或许每个人心中都有自己的"女儿红",尤其是每一个女性心中。

绍兴,一座有涵蕴的古城;花雕,一坛有历史的老酒;女儿红,一盏浓得化不开的深不见底的馥郁佳酿,令人情不自禁地浮想联翩,想去涵咏品啜。

这篇小文的创意所在是从一种酒的名字为文,写到女儿、大侠、壮士、地母、风尘、歌女、梦、生命、幸福……可见女儿红是一个无限丰富的意象,远远超过其只是作为一种酒的名字的内涵。或许,每种酒都有一些故事,都有一些我们不知道的蕴涵,若你知晓,不妨一讲。

生活中所见所闻每每会使我们有所触动,有所感悟,捉笔为文,便是不可多得的心灵文字。

写作评析

这篇小文写酒却又不止于酒,因为所写是一种名叫"女儿红"的酒。"女儿"与"红"与"酒"相关联,在作者心中激荡起无尽遐想,使本文的情感在思绪的跌宕中显得摇曳多姿。

这篇小文的不足之处是有些语句与表述或可再凝练些,如文中阴影部分所示文字,可以再修改斟酌。好的文章,是需要琢磨修改的,需要耐心与用心,不是能力不够,是再需要下些功夫。

猫

中文141班 李瑶

初次见它，是在一个明媚的下午。

远远地就看到几个女孩围着一团黑黑的东西，呼啦啦地说着"好可爱呀！"不用想我就知道肯定又是猫咪吸引了姑娘们，透过缝隙，我看到了一只黑白相间的小猫，从头顶到尾巴都是黑色，从鼻子以下到腹部和脚趾均是白色，加上它挺立的坐姿，不禁让我想起了身着燕尾服的绅士。奇怪，我从未觉得这样的猫是可爱的，但却忍不住想要多看几眼。

我一向对猫没有什么好感，怪异、孤僻、特立独行，最重要的一点是，我总能在它们的浅绿色或者浅蓝色的眼睛中看到些许敌意。

校园里总是能看到许多流浪猫，没有人知道它们是从哪里来的，也没有人认真关注过它们的生老病死。从入校门就听闻校园里有两只"坐镇"南北区的猫老大，它们一黄一灰，从不跨越南北"界限"，却有相同的肥胖、慵懒。细眯着眼睛趴在太阳光下，任由女孩儿们挑逗拍照；雨天也不寻地方躲雨，依旧懒散地趴在井盖旁。但不知道从什么时候起，再也看不见它俩的身影了，听说"老大"们生儿育女了，听说经常有好心的同学和门卫大爷会去定时照看它们，听说有人欺负"老大"了……这些"听说"后来都因为它们的离开，淡出了大伙儿的生活。大概猫只是人们生活的调剂，看到可爱的猫咪就像看到雨后艳丽的玫瑰似的，感叹它们的可爱娇艳，惊喜地想要拥有它，然而当它们淡出我们的视线，不知道还有多少人记得当时的那份喜爱。这份喜爱在遇到更娇艳的花、更萌的猫咪后又会再次出现，或许说只是喜欢它们的可爱吧，并不是喜欢着它们。

近日总能在同一个地方看到这只黑白相间的小猫，相比"老大"们，它显得瘦弱很多，活泼很多，上次见到它与一只喜鹊玩耍，用淡绿色的宝石般的眼睛注视着蹦跳的喜鹊，时不时探出前爪吓唬喜鹊。傍晚又遇见它，见它正蹲在景观树下拨弄树叶，逆着光，夕阳正好撒在它背部，仿佛为它织了一件薄薄的罩衫，我忍不住第一次抚摸了它，它也并不反抗，反倒是眯起眼睛享受起来。见它如此温顺，我便胆大起来，从头抚摸到背部，心里萌发出了由衷的喜爱。后来每次经过它的地盘，我总是要四处寻寻它的身影，与它玩耍片刻。天凉的时候，它会趴在过路的行人的脚上，赖着取暖。肚子饿的时候，它会喵喵地发出令人怜悯的声音，用身体在你脚边磨蹭，再用高高翘起的尾巴不经意地撩拨你，每每如此，总是引得同学们对它怜爱无比，掏出零食撕成小块儿喂它。

不过，它并不总是如此的友好和可爱。

有一次我急着去吃饭，它远远地就朝我喵喵地叫，于是蹲下和它玩了一会儿，它瞳孔散的很大，如碧绿的湖水里镶了一颗黑珠子，这幅模样像极一个孩子在祈求冰激凌的眼神。我起身准备走，它却一直跟着我叫唤，于是还是软下心去便利店给它买了两根火腿肠，吃了一根半，剩下的怎么哄它都不吃了。当我再摸它的时候，它却很抗拒地要咬我。我准备走的时候，它也一点都不挽留，看都不看。我心想："嗯，以后你别想我再给你喂吃的了。"两天以后，看见它对着其他路人，使出相同的把戏。三天以后，又对我使这个把戏。我居然有了一种被背叛的感觉，看到它对着其他人撒娇，靠在其他人脚边，居然有些不开心。

此后再遇见它，我都只是远远地看一眼，它也会偶尔回头朝着我所在的方向看，再迈着不紧不慢的优雅步伐，随着尾巴的摆动，走向别处。真是傲慢又可爱！这样的举动持续了好几周，似乎也成了我们之间的默契，我想，它应该是记得我的吧。偶尔看到它对着其他人撒娇，我也没那么生气了，因为突然心中有所解惑，它求食求暖，亦像人类求基本生存一样，是一种本能吧。人为了求得生存，不也得依靠外界嘛，所以它的行为又有什么错呢？错就错在我把它当成了宠物，为它下了一个必须依附于我的定义。

人类和猫的大脑，负责情绪的区域是相同的，因此我们有的情绪，它们也都有，这就是为什么世界各地有关猫的传说，都免不了提及灵性。所以不要把猫当做奴隶或是玩物，如果可以，应该把它当做一个伴侣，一个朋友。相信有一天，它会走进你的心里，不是因为它可爱而喜欢，而且因为喜欢它才觉得它可爱。

创意写作引导与评析

创意引导

　　猫，这样简至一个字的题目，恰会令读者脑补出无数只猫的无数个故事，但却都不是"我"与"我"的"这一只"猫的这一个故事。这就是本文启迪每个读者进行创意写作的一个聪敏之处。

　　讲出你与你的那只猫抑或那只小狗、那只鹦鹉的故事吧，你的创意，属于你。

　　人与动物同属于有情感的生物，所以，人与动物的相处注定与没有生命，甚至有生命但不能表达情感的植物相处会有很大不同。你有喜怒哀乐，猫咪也有喜怒哀乐，而这喜怒哀乐却未必是彼此的，或者说却不是彼此的。但或许，可以进行某种程度的交流，可以进行某种程度的理解，只是因为动物与人不能用人类语言交流，所以，这理解与交流便只能是万千思绪，或可说是文字的叙说。这也就是本文这样的创意文字。

写作评析

　　猫是一个十分独特的意象。猫眼，是珠宝中稀有而名贵的品种，而猫眼因为它的独特颜色，大概是猫身上最为特别也最为引人注意的地方。

　　本文作者就抓住了猫眼的特别，写出了猫眼给自己的独特感受，以及由此形成的对猫咪似乎总有"些许敌意"的成见。但还是禁不住可爱猫咪的诱惑，对一只流浪猫咪宠爱有加。但有一天，当"我"试图哄它吃下剩余的半截香肠时，"我"和这只猫咪成了陌路。

　　"所以，不要把猫当做奴隶或是玩物，如果可以，应该把它当做一个伴侣，一个朋友。相信有一天，它会走进你的心里，不是因为它可爱而喜欢，而且因为喜欢它才觉得它可爱。"这是作者最终的领悟。

　　喜欢与可爱，究竟谁因为谁？这是否也是一个哲学命题？

与树的记忆

中文141班　车军颖

在我的印象中，特别喜欢两种树。

一种是银杏。一直以来，都觉得银杏树很美。树干大小适中，树叶如扇子般的形状，初芽之时生机盎然，秋时落叶落得遍地金黄。在欣赏它从葱绿到金黄的同时，自己也经历着年复一年的四季。

当秋天来临，金黄的银杏叶落时，都心疼不已，仿佛见证了几个季节的绿叶，在这之后便丧失了生命力。银杏叶落得集中，一时不见便遍地金黄，倘若此时一阵风吹过，叶子被风带起，金黄的叶子在空中飞舞，刮起漫天的暖意。

这时的秋天，不再是众人定义中的萧瑟与冷凄，在我眼里，像是告别，像是为来年的重生做准备。

第一次因银杏而触动是在高三的一个周末的傍晚，出校门时正值日落，在阳光的照耀下，银杏叶缓缓落下。身处商业街的两侧，在浓重商业气息的笼罩下，竟能得如此美景。而这时，一辆车从路边驶过，落满道边的金黄叶子随风而起。漫天飞舞的那一瞬间，迎着落日余晖的影子，美的不仅仅是眼中的风景，更是将一周的疲惫一扫而光的舒适。那时心中的暖意是填满的，心中期待，若眼中永远有美景，有缓解疲惫的美好事物，那将是何其幸运和美妙！

幸运的是，大学校园的主要道路上也种着几行银杏。春来时发芽长叶，秋到时落叶再生，让我在虽离家乡并不远的这座城市，也能在秋意正浓时，享受同样的美好。

或许因为仅是隔海相望，并没有很大的地域文化差异的我的家乡和这里，让我时常在见到相似的情境之时，总觉得自己从未走远，似乎一直在原处。

另一种树是法桐，同样对我来说很常见的一种树，而我喜欢法桐，是从小学开始的。

那时和爷爷奶奶住在一起，在一个叫西山的地方附近，山上有个大土坡，坡上有所小学，在那里度过了我五年的小学时光。前后两栋教学楼，中间是操场，围绕操场的，是两排整齐茂密的法桐。法桐树叶很美，枝叶茂密，在入秋后，与旁边居民小区楼墙上的爬山虎相映，分外美丽，像是遗失在路上的名画，每每途径，都无法做到不驻足停留的。红色红得艳美，绿色翠得清秀，在不大的校园里，成为我在路上途径的少有的美景之一。伴随秋日的一天天来到，枝上开始越来越少了树叶的装点，久而久之，枝头光秃秃的，与粗的树干相依，倒是有了几分秋的哀和凉。

我在这个校园里从幼时到小学毕业，学会了骑车，背下了无数至今还记得的诗文，在走廊尽头拐角的旧教室里，练会一笔一画、横平竖直。暑假借用学校的水龙头，带上弟弟去给爸爸洗车；傍晚经过小卖部偷偷用攒下的零花钱买两支冰棍，和弟弟吃得津津有味。法桐树下，有太多童年的欢声笑语和打闹嬉戏，是我过去三点一线的孩童生活中许许多多乐趣的见证。

这是美好的记忆，是这短暂人生中愉快开心、值得珍藏的记忆。法桐树下练单车的我，树旁宣传栏里被表扬的优秀学生，都是在后来愈加乏味的学生时代中，回想起会嘴角上扬的地方，让我在想起过去时，总能有与之相关的回忆。

无论喜欢法桐还是银杏，皆是因为它们对于我而言，是与回忆中的美好相关的部分。生活中每每见到它们，有时会想起曾经而感慨万分，有时也会为眼前的美好而感动。无论怎样，它们总有对我来说独特的部分，让生活有着暖意，让秋天也有格外的美，让未来令人期待。

创意写作引导与评析

创意引导

陪伴我们每个人成长的是时空,而时空是不断变换的。不同的时空有不同的事物陪伴,却也有长有短,有人有物。银杏与法桐,便是陪伴"我"成长至今的两种树。

银杏的由葱绿到金黄,法桐的枝繁叶茂,都会给生命增添温馨的生机和丝丝暖意。而以我之情观物,物皆着我情,这就是《与树的记忆》的创意之处。

所写之物,可以是一种、两种、三种……只要是进入你的视野、你的情感世界的,皆可入笔,一花一树,一草一木。草木有情,皆因人有情!

写作评析

本文开篇点题,特别喜欢两种树,银杏一年四季的色彩变幻与独特的形状,法桐在求学生涯中的一直陪伴,都给人一种难以忘怀的感受,与生活中美好的记忆相联系。这就是作者选择银杏与法桐来抒写的原因。

一棵树,不仅仅是一棵树,还有树下的故事,过往的岁月,那些亲人和玩伴;一棵树,会唤起情感世界的惊涛骇浪,思绪翻滚……这是本文的细腻与深情。

那个烤肉的朝鲜女服务员

汉外141班　王嘉惠

　　前些天跟朋友去吃烤肉,一个朝鲜女服务员给我留下了深刻的印象。吃完那顿令人极其舒服又极其不舒服的烤肉之后,我还一直在想她,但只是在思考,因为我相信让我念念不忘这个朝鲜女服务员的理由,本身也超越了这个人。

　　我记得她穿着下摆长长的韩服,为什么要用长长的这个词,因为你可以大概想象得出来她的裙子是什么样的形状,蓬蓬松松的拖在地上,不是很合身,大概是服务员的工作服,统一的上粉下黄。除了配合营造出传统朝鲜特色,还要在饭点时跳朝鲜民族舞蹈助兴,饭店里大多数是韩国人在吃饭,他们红酒喝多了之后和中国人并没什么两样,激动得大声讲话,让我想起了有时候坐高铁会闻到的那种中年男人喝多了之后身上的味道,客人脸上的红晕和餐食狼藉让她应接不暇,她的脸上应该擦了很重的粉底,不知道是不是为了配合中国人都觉得朝鲜人很白的成见,烤肉的热气让她的妆顺着汗气变得花了起来。

　　她的中文不是很好,只是笨拙地指着菜单示意我,"这个好吃","这个也好吃","这个我们会赠送",但她讲话的时候并没有表情,或许是她太过于小心谨慎了。整个过程让我觉得很不好意思,不停地跟她说谢谢,这个餐厅好像没有每一桌都需要服务员服务的规矩，但是服务员总是不能得闲，又或者我认为这是深深植根于东亚文化里的女性的顺从，在这个民族餐厅里体现得淋漓尽致，以一种最契合传统价值观的方式，让人们感到舒服的同时也有些微的不舒服。

她穿着袖子宽大的韩服，妆容精致，汗珠偶尔顺着鬓角流下来，站在桌子的一角，恰恰是离炉子最远的地方，全程躬着腰，伸着胳膊为我们烤着肉，有几次我想要让她到旁边来，同桌的同伴也不想看她那么辛苦，她只是默不作声地站在那个不太打扰我们的地方，大概也听不懂我们讲什么。

她确实很好看，也很安分，像一朵守节的花朵一样，每次我想纪录下肉汁在铁篦子上面吱吱的声音的时候，她像一个训练有素的那种传统意义上的"好女生"，识趣地退开，等我拍完。

烤肉中间又把我们的酒都续上，还没有等我的小伙伴说，她就做了，她把所有人都照顾得很好。

那她自己呢？

她让我想起了除夕夜在厨房里忙前忙后的女性亲戚，与此同时男人们在餐桌上喝酒吃肉划拳，阿姨们则默默地把餐食端上来，自己去另一个较小的桌子上带着孩子吃饭。

她的安分和乖巧，像一个训练有素、熟记规则的贤妻良母，这顿饭口感上让我吃得很享受，但精神上又吃得很审慎。之所以我会觉得非常不舒服，是因为有时候类似的服务员，仿佛已经超越了服务员职责的本质，她在一种类似于照顾家人的维度上取悦你照顾你的时候，总是让我觉得有点难受。餐厅把这种模式变成一种服务模式，也是很聪明的，仿佛在无意中给我强加这种价值观的教导，但是我在舒服地享受饭菜的时候，已经不可避免地成了这种价值观的帮凶。

后来一起吃饭的同伴说，沈阳有很多朝鲜人，他们有朝鲜政府的批准可以来这边营生，能挣更多的钱。但是只能做服务员，或者是表演朝鲜歌舞之类的工作。

我大概没有资格可怜她，她大概也不需要我的可怜，或许我能够做的，是去那个店里多消费几次，但我无非是她服务过的一个又一个的客人中的一个罢了。

创意写作引导与评析

创意引导

人说,前世的五百次回眸才能换来今生的擦肩而过,而我们每个人在一生中不知道与多少人擦肩而过,可以有无数个故事上演。这篇小文中的朝鲜烤肉女服务员,对于作者而言,是一个让其难忘并思考的存在。她带来的不是多么美好但也并非让人生厌,作者却让她从笔下走了出来,只因她有些与众不同。生活需要细心观察,更需要细致描绘,或许你也遇到过类似的或迥异的服务员,何不让他们一一走出你的笔端呢?

我们每个人眼中的众生相,与他人眼中的我们,又是怎样的相同或迥异?究竟哪一个是真实的你我?究竟哪一种才是美好的?我们该做怎样的自己和怎样的他者?这篇创意小文的价值和意义,就在于它会引起我们每个人的思考和追问,在于让我们用心去观察每一个与我们曾经"擦肩而过"的他人,让我们每个人都去尝试,与这个世界以及遇到的每个人的相处都变得"更舒服",更美好。

写作评析

如何写好一个人?如何让一个人能够眉目清晰,形象鲜明地站在读者面前?这需要既要抓住这个人形态相貌的与众不同之处,又要写出体现其独特之处的几件事。本文的相貌和事件描写都有一些,但比较分散,且事件的典型性不够,不能强化效果,给人留下深刻印象。

本文的优点是作者的思考比较丰富,感触也比较细腻,由饭店服务员联想到家庭聚餐的厨妇等,懂得感恩,引人思考,也自有一种悲悯情怀在字里行间。

玖　光影文心

文学艺术可以给我们带来什么？一本引起深深思考的小说，一部令人潸然的电影，一幅触动心灵的画卷，一首婉转深情的老歌……无不是关于爱情，关于生活，关于人生，关于梦想等的情愫表达。文学艺术是理想的描摹，也是现实的写照，每个青年会从自己对文学艺术的阅读与鉴赏中，获得对生活对世界的不同感悟，借以提升素养，丰富思想，陶冶情操，形成自己对于世界和事物的独特看法与观念。

文学所带给我的

中文144班 刘姝

"学文学有什么用？"这句话是我自大学开学第一天起就听到的话题，并一直持续到现在。这也是在我得知志愿专业由英语调到中文后说的第一句话。是啊，学文学有什么用呢？既不如理工科能学到些实践技能，又不如外语专业掌握一门语言，甚至不如体育专业，至少还能锻炼身体。就在这样的怨愤中，我决定要刻苦学习以求得到转专业的资格。还记得在开学第一堂课的时候，老院长李索教授问我们："你们学中文是为了什么？"我当时不由自主地脱口而出："为了转专业。"院长笑了笑："那希望你继续努力。"现在，李院长是我最尊敬的一位师长。此后，我努力地学习着中文专业的课程，当一年后转专业的申请表摆在我面前时，我放弃了。是的，我爱上了中文。

我陶醉于借诗言志，咏物抒怀，或含蓄隽永，或热烈奔放的诗词歌赋；惊叹于抨击现实，直面人性，或高昂，或低沉的近现代文学；震撼于象物之形，察而见意，或依声托事，或以事为名的古文字学；还有那绵宕百年的西方文明，荡气回肠的英雄史诗……文学带给我的，是放眼世界、纵看古今的视野，是历览千年文明变迁的感动。

记得上学期，学校邀请原国家图书馆馆长詹福瑞先生做报告，在最后提问的环节，一个中文专业的男同学问道："詹先生，您认为读经典文学作品对我们有什么实际的作用呢？"詹先生答道："不好意思，读经典确实没有什么实际的作用。"的确，文学没有什么实际的作用，但我依然感恩于文学，因为它给了我一种精神的慰藉、心灵的依托，使我在充满劳绩的生活中诗意地栖居。

我曾哀怨过自己时运不济，因高考失利来到这样一所普通的大学而自怨自怜，当我读到孟浩然才高八斗却终身不仕，在求仕无门、应举落第后走向了自然，保持着平淡的气质，顿觉羞愧难当。时常在网上看到一些因高考失利而自杀的学生，如果他们读到"诗圣"杜甫遭遇李林甫的"考试骗局"而没有被录取时，不知会作何感想。

在文学的海洋里浸润，与古人对话，审视他们的精神理想，会产生一种"高山仰止，景行行止，虽不能至，然心向往之"的渴望与羡慕。当纷繁迷乱的世界叨扰了心绪，不妨读一读陶渊明的诗歌，感悟"采菊东篱下，悠然见南山"的情思妙趣；当看到周围恋人分手、婚姻不幸的事而不相信爱情时，不妨读一读《牡丹亭》，感悟"情不知所起，一往而深"的"至情"……文学的确带不来功名富贵，但会使心宁静而满足。如果一个人精神上是富足的，我想他一定是快乐的。

当今社会，科技发达，物质生活富足，但人们的精神生活却远不如古人。当网络流行于世界各地，手机成为生活必备品，人们的视野拓宽至全世界，却鲜少关注身边的人和事。沉迷于虚拟空间，却认不清现实世界。在虚拟空间里，人们的价值观都被颠倒了；在虚拟空间里，人们的猎奇心被放大。有时候，正义和良知并不受关注，而各种肤浅的迎合或偏激的甚至粗鲁的言论大行其道。相比于捧读经典，人们更喜欢快餐文化，但那并不是真正的文学，真正的文学当是用心慢慢品读、积淀的。为何社会上出现越来越多的抑郁症患者，出现随意拿刀杀人的案件，我想，这与他们精神的空虚与脆弱不无关系。任何社会正义与良知都不应当缺席，美德与善良不应当退却；任何一个社会都不能缺失社会责任感和历史使命感。而这些，都需要文学的浸润。

学文学有何用？且不说传承华夏文明，且不说拥有家国天下的情怀，单从身边的日常生活中讲起。学习文学，至少不会在出门旅游时看到长城、故宫、兵马俑时说："不过是些旧砖瓦烂泥人。"然后在墙上刻上"到此一游"的字样，而忘却了这是见证历史兴衰荣辱的丰碑；至少不会在给心爱的人写情书时，抓耳挠腮半天却只憋出"我喜欢你"这四个字，却写不出"山有木兮木有枝，心悦君兮君不知"这样绝美的诗句。

学文学切不可有功利之心，这样是学不到文学的精妙之处的。曾听有人这样说：最功利的想法和做法，往往得到的是最不功利的结局，最不功利的想法和做法往往得到的是最功利的收益。此时，正值笔者考研备考之际，赠与自己两句话：但求耕耘，莫问收获；但行好事，莫问前程。愿与君共勉！

创意写作引导与评析

创意引导

"文学有何用?"这不但是一直困扰作者的问题,大概也是每个学文学的人一生无数次自问和被问的问题。大概也没有人可给出令所有人都满意的答案。文学关乎人、社会、自然、宇宙万物,因此很难用一句话来说清楚。

但这又是一个十分值得追问的问题,同样,也正因为文学关乎人、社会、自然、宇宙万物,答案便极为丰富。

文学对于每个人的作用不同,你的思考与答案就是绝佳创意。

写作评析

兴观群怨,是诗三百的作用。文学对于作者的作用,或许不能用一句话概括,但在成长的无数瞬间,是文学使自己想明白或解决了很多问题,尤其是思想与认识的问题。这就是文学对于作者的作用,在日常,在生活中的每一处,也在思想的每一处,使自己能够在"充满劳绩的生活中诗意地栖居",是作者的文学,大概也是我们期待的文学。

刘勰和他的文心

中文142班 王慧宁

刘勰乃历史上一位文学大家,他不朽的著作是《文心雕龙》。

所以,我们要来谈一谈刘勰和他的文心。

1.刘勰生于刘宋泰始(465~471)初年,历经宋齐梁三朝,那不是个如汉唐一般的盛世大统,政治上的持续动荡给文学带来了更多奇妙的变化。前承"魏晋风度"、"狂士清谈",又合玄学、佛教大兴……鲁迅曾称,这是一个"文学自觉的时代"。可见,在这个时代,文学的发展与以往是有很大不同的。

既谈文心,就不得不先追究一下什么是文?我们回到"文"这个字最原始的含义,它应该是"纹"的意思,也就是一种图样、花纹,或者说一种表现形式。

那么"天文"就可以理解为老天爷,大自然的表现形式。而"人文"呢?那当然是人的一种表现形式了。如《文心雕龙·原道》云:"文之为德也大矣,与天地并生者何哉?夫玄黄色杂,方圆体分,日月迭璧,以垂丽天之象;山川焕绮,以铺理地之形:此盖道之文也。"

刘勰说"文"是道的表现形式,而"道"是宇宙万物的本原,"道"的存在是抽象的,而"文"就是来展现它的。因此,从这个角度上理解,我们可以认为文心即是"道"。

天地自然皆有文,那么人作为万物之灵,岂能无文?"夫以无识之物,郁然有彩;有心之器,其无文欤!"(《原道》)很容易看出来,这样的观点掺杂着道家的思想。从宇宙本原的角度来论证何为文,那么一切就都有了最根本的解释。从某种意义上说,文学是哲学思考的产物,文心也是最真诚的灵魂。故而道家深邃的思想在这里得到了体现,但刘勰的文心可不止这一家。

2.早年,刘勰曾长期居住在定林寺,和著名大师僧祐是挚友。他在寺庙常负责整理典籍,撰写文章。在这里,丰富的藏书和安宁的环境使他有了难得的学术积淀,为《文心雕龙》的诞生打下了坚实基础。寺庙生活的经历对他产生了深刻影响,让他变得敏识善论,博闻强记。作为一个虔诚的佛教徒,他写过不少佛学文章,如著名的《灭惑论》。他虽长期身在寺庙,却仍然心怀出世。"穷则独善以垂文,达则奉时以骋绩。"君子不逢时便应提高自己的修为,逢时便应在政治上有所作为。可见他在寺庙的生活很大程度上并不是出于自愿,他心中仍然有"儒"。

自西汉以降,独尊儒术,经学是文人的根本,也是人文的根本。儒家认为,文章应该"雅正"。

从商周开始逐渐出现的《诗三百》、《春秋》、《公羊传》等经典是文章的典范,人们的政治追求、个人感情、道义修养,一切为人处世的准则都应该从经书中学习。做人要"正",自然文章也应该"正"。

与此相反,《离骚》、《楚辞》、《九歌》、《天问》这类作品感情丰富,怪异荒诞,大量运用了神话故事和夸张的修辞手法,被经典正统的儒家斥为"非法度之正、经义所载"。

而这样的文风从东汉末年开始兴起,至魏晋后更为夸张。班固也曾批评过屈原露才扬己,不合中庸之道。

刘勰对此有何看法呢?《辨骚》篇:"观其骨鲠所树,肌肤所附,虽取熔经意,亦自铸伟辞。"他充分肯定了这样的文章,其情真切,文辞华丽。但仍然以儒家正统为本,他评价道:"若能凭轼以倚《雅》、《颂》,悬辔以驭楚篇,酌奇而不失其贞,玩华而不坠其实,则顾盼可以驱辞力,欬唾可以穷文致,亦不复乞灵于长卿,假宠于子渊矣。"由此可见,他虽然肯定了《骚》的价值,鼓励文学创新,追求抒情和修辞,可还是认为经书乃文章之根本,这是最重要的。《骚》的地位不能超越经书,文心之"正"的重要性由此见晓。

  刘勰作为文人的根本虽然是儒学,但我们可以看出他对道家有很深的理解,佛学思想对他而言,同样也有巨大的影响。

  以上,就是刘勰和他的文心。

创意写作引导与评析

创意引导

刘勰者何人？文心者何物？这两个问题应该是这篇文章需要回答的最主要的内容。而作者在文章中也基本将这两个问题从自己的角度做了阐发。

本文的创意在于，可以抓住某人被公认的某种特点，就像某个事物最为独特的标志一样，对其进行一种普及性的介绍，让更多的人了解其不同于常人与他人之处，及其对文学文化或艺术发展做出的贡献，即是一种难得的创意文字。

写作评析

很多人曾讨论与阐释过刘勰和《文心雕龙》，如果要写，怎样才能写出与众不同的刘勰和《文心雕龙》，因此必须对《文心雕龙》十分熟悉，才能够抓住《文心雕龙》的主要观点和刘勰的思想。

本文的不足之处是有些语言过于口语化，与本文的风格不太适宜，如：文章开始"今天，咱们就来谈谈刘勰和他的文心"和结束"以上，就是刘勰和他的文心"，看似是做到了首尾呼应，但这样的呼应其实并非十分需要，且与文章其他语言风格不一，倒不如去掉。

论《红楼梦》的悲剧精神

中文141班　朱澄超

悲剧在西方文学史上占有极其重要的地位。从古希腊的埃斯库罗斯直至近代的莎士比亚，悲剧一直是西方文学创作中的重中之重，无论是盗火的普罗米修斯，还是弑父娶母的俄狄浦斯，他们与命运的抗争和跌宕的命运，都令我们叹惋和震撼，而中国却鲜有悲剧，而纵观中国文学，唯有《红楼梦》堪称中国悲剧精神之最高者。

王国维说："吾国人之精神，世间的也，乐天的也，故代表其精神之戏曲小说，无往而不着此乐天之色彩。始于悲者终于欢，始于离者终于合，始于困者终于亨，非是而欲餍阅者之心难矣。如《牡丹亭》之返魂，《长生殿》之重圆，其最著名之一例也。《西厢记》之以惊梦终也，未成之作也，此书若成，吾乌知其不为《续西厢》之浅陋也？有《水浒传》矣，曷为而又有《荡寇志》？有《桃花扇》矣，曷为而又有《南桃花扇》？有《红楼梦》矣，彼《红楼复梦》、《补红楼梦》、《续红楼梦》者，曷为而作也？又曷为而有反对《红楼梦》之《儿女英雄传》？故吾国之文学中，其具厌世解脱之精神者，仅有《桃花扇》与《红楼梦》耳。"

在王国维眼中，中国人的文学少有悲剧意识，有悲剧感的作品只有《桃花扇》和《红楼梦》。而《桃花扇》的结局中，侯、李在历尽磨难后重逢，只是在听了张道士的一番话后，才双双出家，而没有选择偕偶，这是在外力的作用下一个不自然的结局。可以说《桃花扇》的解脱，也非真解脱。

只有《红楼梦》一书，与一切喜剧相反，是彻头彻尾的悲剧。书中几乎所有的少女，都受到了不幸命运的制约，这一点从金陵十二钗都被归入薄命司就可以看出，在作者的观念中，人生来就受到命运的钳制。

在书中，爱情并不能带来幸福，相反与疾病有极深的关系。神瑛侍者以甘露浇灌绛珠仙草，使她可以久延性命。与此同时，绛珠仙草却因为这番浇灌欠下情债，可以说因情而病。"只因尚未酬报灌溉之德，故其五内郁结着一段缠绵不尽之意"，而癞头和尚为林黛玉年幼时开出的治病方法是："既舍不得她，只怕她的病一生也不能好的了。若要好时，除非从此以后总不许见哭声，除父母之外，凡有外姓亲友之人，一概不见，方可平安了此一世。"也是不让黛玉遇见宝玉，不为情所困，才能真正解决林黛玉之病。可以说，在曹雪芹眼中，爱情只能带来不幸。

宝玉和黛玉的感情如此深厚，背后又有贾母支持，按理说能成就木石姻缘，然而现实是冷酷无情的，随着元妃、贾母的去世，贾家衰败，两人的命运也如同无根之萍般飘摇。在《红楼梦》开头的判歌中早已点明了两人有缘无分的结局。"一个是阆苑仙葩，一个是美玉无瑕，若说没奇缘，今生偏又遇着他；若说有奇缘，如何心事终虚化，一个枉自嗟呀，一个空劳牵挂。一个是水中月，一个是镜中花。想眼中能有多少泪珠儿，怎禁得秋流到冬，春流到夏。"木石前盟一开始便已经注定了林黛玉悲剧的命运，当她还尽泪水之时，便是两人缘分终结之日。与其说他们的幸福受到封建制度的压迫，不如说曹雪芹悲剧的爱情观已经注定了他们的结局。

"由叔本华之说，悲剧之中又有三种之别：第一种之悲剧，由极恶之人极其所有之能力以交构之者。第二种由于盲目的运命者。第三种之悲剧，由于剧中之人物之位置及关系而不得不然者，非必有蛇蝎之性质与意外之变故也，但由普通之人物、普通之境遇逼之，不得不如是。彼等明知其害，交施之而交受之，各加以力而各不任其咎。此种悲剧，其感人贤于前二者远甚。何则？彼示人生最大之不幸非例外之事，而人生之所固有故也。"

叔本华列举了他心目中的三种悲剧，而《红楼梦》便是他口中最重的第三种悲剧，这种悲剧的酿就，既不需要邪恶的人为非作歹，也不需要安排可怕的谬误和闻所未闻的意外事故，而只需要将普普通通的人安排在普普通通的环境下，使他们处于互相对立的地位，这样，他们就由于地位所迫，彼此非常自觉地损害对方，而在情理上却又不能完全归咎于任何一方。而宝玉与黛玉、宝钗的爱情悲剧，无疑是这第三种悲剧的最好写照。

曹雪芹大起大落的人生际遇，造就了他悲剧的爱情观，并体现在了他的作品里。曹雪芹没有以大家所希望的理想化方式书写作品，而是将他所理解的人生经验："人生本来就是不幸的。不幸并非例外之事，反而是常态"，通过《红楼梦》讲述出来。

鲁迅说过：悲剧是将人生有价值的东西毁灭给人看。《红楼梦》是这句话的极好写照，那些美好而年轻的生命：黛玉、晴雯、香菱、妙玉……在短暂的时间内，纷纷凋落，幸存的人也在飘零和冰冷中度日。也正因为此，《红楼梦》才有那么强烈的艺术感染力，它踏破了中国文学传统的美好结局的窠臼，最终"好一似食尽鸟投林，落了片白茫茫大地真干净！"以赤裸裸的悲剧撕破人生伪善的伪装，这与曹雪芹爱情观的深刻悲剧性是脱不开关系的。也由于这悲剧的震撼人心，《红楼梦》的爱情故事才散发着长久旺盛的生命力。

创意写作引导与评析

创意引导

《红楼梦》,悲剧,皆是文学高傲的殿堂,一个小小本科生,却也敢去论述王国维、鲁迅曾经论述的问题,是年少的狂妄还是初生牛犊的勇敢。读罢全文,让我想起了"站在巨人的肩膀上"这句名言,王国维、叔本华、鲁迅,皆是前人之师,本文作者就是借着三位巨人的真知灼见,形成自己的一家之言。

这是一份勇敢者的创意,一千个人眼中有一千个哈姆雷特,所以,"我"可以跟你说说我眼中的《红楼梦》。与《桃花扇》的悲剧性相比,《红楼梦》宝黛想爱而不得的爱情,命运多舛的众多女性,"白茫茫大地真干净"的近乎无事,都具有震撼人心的力量。

文学艺术中有无数经典,每一部经典在每个读者面前亦是千人千面,所以,创意从阅读开始,你就站在了巨人的肩膀上,你的眼前就会风景无限。

写作评析

说到悲剧,说到《红楼梦》,人们都会想到《红楼梦评论》的王国维、《中国小说史略》的鲁迅,以及悲观主义哲学的代表叔本华。而本文不同凡响之处,正是以王国维的悲剧与《红楼梦》始,鲁迅的《红楼梦》及悲剧终,并穿插叔本华的悲剧,古今中外,皆纳入视野,视野开阔,论述一气呵成,并以宝黛爱情与红楼女子的悲剧命运为例,详略得当,点面结合,直击本质,体现了青春少年的颖悟与视野,是不可多得的文学批评佳作。

情如抽丝,绵绵不绝——读《伤逝》

中文141班 苏悦

  这是一首缠绵的抒情歌,带着声和泪,交织着爱与恨,悔恨与感伤相融,谴责与控诉相交,充斥着浓厚的悲凉与凄伤。这情如抽丝,缠绵不绝地谱写一首哀伤又动听的悼念爱人的情诗。

  两个勇敢无畏觉醒了的青年知识分子,果决地冲出封建势力的枷锁,抓住一片轻盈的羽毛,以为拥有了温暖和幸福,怀揣着这洁白无瑕的羽毛仰望光明追求希望,却不知道这片羽毛无法承载黑暗的重量,一步一步陷入深渊并万劫不复。

  这是一首追求光明和自由,追求个性和解放的歌,充盈着涓生和子君一年甜蜜的爱情生活,抛弃所有不愉快的事,投身于向往的爱情之海,勇敢地争取自由恋爱,带着坚决而诚挚的心,终于建立一个"满怀希望的小小家庭"。在这首歌唱响时,伴随着子君向封建礼教发出的宣言:"我是我自己的,他们谁也没有干涉我的权利!"铿锵有力,掷地有声。涓生带着对子君的爱一同欣赏品味并陶醉在这豪言壮语之中。子君带着这样的志气,不惜与家人反目,毅然张开双臂,给新生活一个满满的拥抱。生活是什么?"生下来,并且活下去。"要怎么活下去,在一个没有面包的爱情里,在没有人支持依附的生活中,两个羽翼尚未丰满的小鸟，必有一个放下书本才能"活下去"。子君为了这样一份伟大的爱情，放下书本，放下骄傲，褪去原有的优雅，无视社会的嘲讽和蜚语。从一个秀外慧中的姑娘变成一个家庭主妇，从一个敢于蔑视封建势力、勇敢、坚定的新女性变成庸庸碌碌的家庭奴隶，变成了只依靠温存来填补爱情空虚的懦夫。涓生也同样无所畏惧，毅然投身于爱情的火海，终于建立起了以纯洁爱情为基础的幸福小家庭，从此二人便融化在爱的热流中。涓生和子君把爱情当做力量的源泉，天真地以为有了爱情就有了一切。他们哪里明白，自己乘坐的这一叶爱情的扁舟，却是航行在旧社会的狂涛怒吼的大海之中，没有航标灯，没有舵手，更没有随行依护的大船。这一叶扁舟怎么能驾驭得了永恒的爱情？毫无意外地，涓生失业了，扁舟遭到了海浪汹涌的袭击。子君所追求的安定生活就这样毫无防备地支离破碎，再也无法安宁。这又是一首悲剧命运之声的前奏。

没有"面包"，怎么维持爱情？"生命诚可贵，爱情价更高，若为自由故，两者皆可抛。"涓生逐渐在迷失的航行中苏醒过来。他自以为是地想要重展翅翼，希冀在"新的开阔的天空中翱翔"，去奔向自由。他居然相信"分离"是"新的希望"的开始时，他用"十分的决心"对一无所有的子君说"我已经不爱你了"。这一句绝情的催命丹，让骨子里骄傲的子君向生活缴械投降。涓生在真的永远失去了子君后，在他探索"人生道路"的路途上又背上了悔恨和孤独的包袱。

涓生错了吗？没有。子君错了吗？没有。什么是悲剧？悲剧就是把世上有价值的东西毁灭给人看！

创意写作引导与评析

创意引导

正如一千个读者心中有一千个哈姆雷特,大概一千个读者心中也有一千个子君和涓生。这就是文学经典的魅力,能够引起你的思考和省思。这思考也正是本文的创意之处。曾有无数人阅读过《伤逝》,也就有无数个对《伤逝》的理解。有人说,子君的不幸是因为涓生的不负责任;有人说,子君的不幸是子君自己的不思进取。而在本文作者看来,不是子君和涓生的错,是旧社会的狂涛怒吼。"把世上有价值的东西毁灭给人看",是作者同意的鲁迅的悲剧观。"情如抽丝,绵绵不绝",谁的情呢?子君?涓生?世人?这样的题目隐含着一个无限开放的思想空间,这就是本文的创意。关于一部让你思考的文学作品,思考的角度很多,不同角度就可以有无数的启迪和阐释,就是无数篇值得去写的创意文字。

写作评析

本文的文风类似散文随笔,只是围绕鲁迅《伤逝》中的子君和涓生的爱情与命运展开。思考子君和涓生在旧社会中的遭遇及其带给人的思考。

从最初勇敢地追求爱情,到最终以悲剧结束,谁之过?是值得每个人思考的问题,也是作者最后的收笔之处,小说的艺术魅力与思想意蕴也正在于此。

《生死场》中女性的"他者"景观

中文143班 纪智超

近代以来的洋务运动、新文化运动、五四运动等渗透进经济基础乃至上层建筑等方面，使千年"天朝型模"下的东方古国发生着明显的转变。这一时期的小说作品亦呈现出城市新女性子君出走后的煎熬、回归与妥协，莎菲女士梦醒后的无路可走终至歧途。若说以上城市知识女性是"万难破毁的铁屋子"中首先觉醒的少数，是父权—男权社会下的命运悲剧，那萧红笔下的麻面婆、王婆、金枝、月英等人则是在底层中始终觉醒不了的牺牲。作者从社会结构的另一种视角，补述了父权—男权社会下女性演绎"他者"悲剧的必然性、长期性。鲁迅曾说"人生最苦痛的是梦醒了无路可以走"，但《生死场》中始终不醒的女性集体无意识何尝不是人生的至悲至怒？

以福发婶与福发为例来窥探二元对立的不平等，女性的"他者"形象。"女人过去拉住福发的臂，去妩媚他。但是没有动，她感到男人的笑脸不是从前的笑脸，她心中被他无数生气的面孔充塞住，她没有动，她笑一下赶忙又把笑脸收了回去。她怕笑的时间长，会要挨骂。男人叫把酒杯拿过去，女人听了这话，像听了命令一般把杯子拿给他。"丈夫与父亲的地位似乎在此时达到了某种程度的等同，是对夫妻关系的僭越。福发对于福发婶的笑脸只是以往的需求驱使，如今他们之间的情感毫无价值，如同铁板一块。

福发婶在《生死场》中作为女性尚是比较幸运的，她仅仅是在丈夫的权威下安于孩子般的身份，与男性的关系也只是同类群体的不对等。但小说中很多其他女性在父权—男权下并没有如此，她们是以非人的方式存在着。关于父权—男权社会中女性的伤疤，之后在作者的笔下愈刻愈深。

小说中所谓的"非人化"描写，在小说中具体指向的是女性描写的动物化、异类化。正如小说中所阐释的"在乡村，人和动物一起忙着生，忙着死……"。将人与动物做类比描述，是这座在哈尔滨附近村镇的常态。男人尚且如蚊虫，女性又如何能幸免？结果只能是悲痛向作为社会弱势群体的女性转移，此时的痛苦层面不仅有着社会所给予的，还有男性痛苦的叠加。女性独特的人身体悟藉此也随着小说非人化的描写而愈发深刻。

细观小说，其中的女性形象都与父权—男权社会下的传统女性有所不同，她们不仅囿于厨房缺少爱，而且都有一些非常理的状态或行为。《生死场》中关于女性的动物化描写，已使二者近乎"同质同构"的倾向。女性的地位在逐渐下降，这仅是在封建男权社会下降的第一步。出场家庭中麻面婆对二里半的痴愚般的言听计从与动物般的描写，以下可窥其一二：

"裤子在盆中大概还没有洗完，可是又挂在篱墙上了！……麻面婆听到丈夫的骂，她走出来凹着眼睛：'晚饭完了吗？看你不回来，我就洗些个衣裳。'让麻面婆说话，就像让猪说话一样，也许她的喉咙组织法和猪相同，她总是发着猪声。'哎呀！羊丢啦！我骂你那个傻老婆干什么？'"

麻面婆此时显然已经不能作为同类中的"他者"——女性得以存在着，甚至可以被认为是异类——傻子和猪。诸如此类关于女性的动物化描写及对比呼应，小说中还有很多。如第六章《刑罚的日子》中人与动物的呼应更加突出，"暖和的季节，全村忙着生产……等王婆回来时，窗外墙根下，不知谁家的猪也正在生着小猪"。作为种族繁衍的希望,曾有过的生殖崇拜、人类繁衍的希望在此场景下却被视作沉默的鄙夷。看似表面热闹的生死场下,孕育生命却带不来希望,它只是生活中惯常行为的延续;女性甚至不是工具,她的存在近乎无意义。

小说中关于女性的"他者"景观层次鲜明、前后有序。小说中提到对于女性的动物化描写仅为地位下降的第一步,她们不仅不像人——被动物化,有的更是活人的威胁,她们甚至是异类。

年盘转动前,就连最强势女性代表的王婆也难逃被非人化对待,她是更驱离于人类社会的"怪物"。在企图喝农药自杀之后,经事软弱的丈夫赵老三也不忘欺压这个平日强势的"他者",他需要一个从此往后绝对的男权霸主地位。"赵三用他的大红手贪婪地把扁担压过去。扎实地刀一般的切在王婆的腰间。她的肚子和胸膛突然增胀起来,像是鱼泡似的。"

此时的王婆显然是个怪物,"若让她起来,她会抱住小孩死去,或是抱住树,就是大人她也有力量抱住"。以异化的病态形象加以区别,不仅会使众人产生恐慌,自觉去除自身群体内的"异质",无形中也会使作为发言者的男性话语权威得以树立。此外另出一例,作为打鱼村最美的女性——月英,在丈夫日夜欺辱惨叫之下,以致出现异化的女性形象。月英的丈夫与身体绿化以致腐烂生蛆的月英同处之时,"宛如一个人和一个鬼安放在一起,彼此不相关联"。《生死场》中的"他者"不仅是弱势力量,是不被承认的异类,更是众人恐惧的"怪物"。

小说通过女性的种种遭遇,直指中华民族的深层心理结构。这是对男性的批判、拷问,也有对女性自身的批判与反思,"哀其不幸,怒其不争"。在这部小说的世界中究竟谁为"他者",女性抑或男性?也许都是。带有特殊"性别符号"的女性,性别的二元对立之下,无意识地被定义为"他者";而自认为强者的男人也会被他族所侵略、威慑,在作者的内蕴思想下同是"他者"般的存在。

创意写作引导与评析

创意引导

　　关于一部小说，关于女性，关于一个女作家的经典小说，会有很多解读和阐释。本文关于现代女作家萧红的《生死场》中女性命运与际遇的探讨，就是如此。对于一部经典文学作品不同人物或不同视角等的阐释，都是一种很有价值的创意。文学是人学，从中可以见时代，见人性，见命运，见社会，见文采，见奇思妙想……而这些所见，也与作者自身的关注及思想关系极大。从一部佳作中读出别人不曾读出且富有启发性的解读与阐释，就是读者赋予这部作品的新意。

　　所以，任何一部对你有所触动的文学或者艺术作品，都值得你去解读与阐释，所谓一千个读者心中有一千个哈姆雷特。

写作评析

　　《生死场》对于女性的描写，当然是十分独特并特别值得解读与关注的。

　　本文在解读中运用两个较为新颖的词汇："他者"，"景观"。运用新的视角、方法、理论对一部文学文本进行阐释，是一种很好的途径，但要注意以下几点：首先自己对所运用的理论或方法要十分透彻了解和把握，甚至要先对理论与方法进行界定；其次运用的新理论方法与所讨论对象要相契合，不能生搬硬套；同时在分析解读阐释中，要能够做到有理有据，让解读与阐释具有合理性，能够令人信服。同时，也要注意文章结构的清晰与语言的流畅。

　　所以，本文或可再继续修改。

《暗算》中人物的"幸福感"

中文141班　熊世程

不管什么情感都有它产生的源头和形成的原因，而《暗算》中人物的幸福感则来源于小说人物背景和时代的设定，形成的原因则是读者对主人公人物形象认识程度的不断提高。而小说中的主人公之所以形成"幸福感"却不是其他别的情感，是由于读者在完成作品阅读后产生的心理情感得到了高度的统一。对于20世纪30~40年代的中国人，他们其实并无幸福感可言，这正处于一个国家最动乱的时候。我们熟知，从侧面或反面烘托人物或描述时代更能激发出人们对作品终极意义的理解，《暗算》就是如此。阿炳、黄依依、胡海洋，既是国家的牺牲品，同时也是拯救国家的英雄，我们从他们为国家的"牺牲品"的角度去审视更能感受到他们作为英雄的荣誉，从而也不自觉地体味到他们为国家献身的幸福感。

一、人物的特殊性：身负天才能力造就存在"幸福感"的主人公

所谓"天才就是常人眼中的疯子"，麦家笔下的三位主角就是在某方面（身体感官或者性格特征）有着异于常人能力的天才。长时间以来我们都知道，天才是可敬的，但同时也是可悲的，他们具备常人不曾拥有的能力，却也失去了常人

本应拥有的东西。阿炳是一个奇丑无比但听力远胜于正常人的怪才，他又瞎又傻没有正常生活能力，却凭借杰出的听力"听"出了敌方全部的暗码监控台，为我军破解敌方暗码做出了卓越的贡献，组织上为了奖励他，给他迎娶了一个老婆，在任务结束后让他在基地过上幸福的生活。黄依依天生就是一名与其他人不同的女性，她同时拥有能够迷惑别人的妖艳气质和灵活聪明的头脑，她反传统，我行我素，放荡不羁又风情万种，她用外在迷惑力潜入敌营，再用聪颖的脑袋破解了敌方的"光密"，使我军得到敌方大量可靠的秘密情报，她是在战火冲突中为数不多的同时被敌我两方所认可的风云人物。胡海洋完美地诠释了"死后的价值"，因其相貌与我军一位高级将领极其相似，组织决定把他的尸体与高级将领的尸体替换，制造了我军伤亡惨重的假象，在正面战场紧紧抓住敌方派兵的漏洞，最终取得胜利。

  在三个人物故事的介绍中，胡海洋的故事叙述不同于前两位，阿炳和黄依依都是通过上帝视角进行叙述，在故事的最后通过作者的语言概括出他们一生的功绩以及他们心中的成就感和幸福感，然而胡海洋在故事一开始就已经死掉了，所以作者大胆地运用"灵魂第一视角"来叙事，让死者自己讲述在敌营中自己的一举一动，从被带入敌营到军医检查尸体确认身份，再到最后尸体被分解，主人公像是灵魂出窍一般，在天上看着自己的肉身讲出自己的故事。这是小说第三个故事，也是全篇最精彩的部分。

  作为那个时代的特工，死亡的概率远远大于生还的概率。小说中的三位主人公无一例外都死去了，然而麦家对他们的死却总是一笔带过，让我们觉得这是一种常规，是身处特定时代下不可逃避的悲惨现实。从对主人公的死轻描淡写这一处能让读者心灵的震荡更加强烈，也让我们觉得主人公早就决定牺牲小我保全大我，把生死抛到九霄云外，更让主人公从内心而发的幸福感自然地表现出来。

二、时代的特殊性：动乱时代下民族精神体现主人公的"幸福感"

  《暗算》这部小说中的三个故事全部定格在20世纪30~60年代，这是一个特殊的时代。在这个时代下：中国由分裂状态走向最终的统一，推翻了三座大山，建立了新中国；新中国成立初期，国民党残余势力在大陆与共产党做着最后的抵抗，最终溃不成军；纵贯南北，横跨东西，老百姓此时仍过着艰苦日子。但是往往就是在这样的国情、这样特殊的时代背景下，爱国热情却是空前高涨，人们愿意用自我牺牲去换取国家未来的安定。小说中三位主人公恰恰代表了当时中国三个不同的社会阶层面貌：阿炳（代表农村面貌）、黄依依（代表上层都市面貌）、胡海洋（代表军营面貌）的故事无疑从大体观上给我们暗示，在国家动荡未定，人民生活困苦的时候，每个阶层的人都用他们各自的方式在努力让自己的国家变得更好，这就是主人公身上所散发出的给读者浓浓的幸福感。

纷繁复杂的局势和时代所寄予的民族精神在这个年代相互碰撞，平凡而又伟大的人在寂静的黑暗中默默牺牲自己的生命去换取国家的明天。小说虽从头到尾都以谍战作为情节的发展，但无不处处透着哲理，让人深思。我们在自己所处的年代里什么才是幸福感？怎样才能获得幸福感？是俯身屈服于现实，还是勇敢地直起身子与冰冷残酷的现实进行博弈？肉体的欢愉不一定是幸福的诠释，灵魂的升华却能带来永久的幸福。作者麦家用他充满哲思的手法让我们穿越时代去体味那个年代下的人的幸福感，其中意蕴深长。

创意写作引导与评析

创意引导

"幸福感"就是幸福感,为何还要加引号?《暗算》作为一部获得茅盾文学奖的作品,描写20世纪30~60年代的谍战,其人物的"幸福感"又是什么呢?反其"意"而行之,就是本文的创意所在。本文虽然也是在谈《暗算》中人物的为国牺牲,却将这种牺牲理解为特殊时代环境下的一种"幸福感",不同的人不同的遭际,但命运是相同的,就是为国牺牲。这在战争年代,或许是必然的无可选择的选择。

当你阅读一部尽人皆知的文学作品时,能够找到不同的视角,就是好创意。能够给千人千面,这也是一部好的文学作品所应具有的特质。所以,好创意可以从阅读一部好作品开始,或许某一刻,你会灵感奔涌,创意无限。

写作评析

这篇关于《暗算》人物"幸福感"的文章,率先表明了自己对于幸福感的理解,以及自己理解的《暗算》中人物所谓的幸福感。在具体的分析中,将人物幸福感的成全归结为两种因素——人物外在的相貌特征及内在的精神选择。一方面三个人各有自己特殊的禀赋,另一方面三人又是在民族精神的激励下主动选择了为国捐躯。结构条理清晰,论述有理有据,能够做到以理服人。文章还对比较特别的以胡海洋死后灵魂的敌营之旅视角进行分析,对于三个人所代表的农村、都市以及军营的面貌进行分析,不失为独特的视角与见解。因此,文章之成,在于你的情感与你的视角,而非大家的情感或视角。自己的真情实感,也就是世人的,具有代表性也具有特异性。

读《摆渡人》有感

中文142班 刘婷婷

如果命运是一条孤独的河流，谁会是你灵魂的摆渡人？

偶然间读到《摆渡人》这本书，起初只以为是一部平常的小说，但读到最后心灵确实受到震撼。《摆渡人》是英国作家克莱儿·麦克福尔（Claire Mcfall）的小说，作者从少年的角度洞悉人性的温情，通过男女主人公的所见所感，道出所有人对亲情、友情和爱情等终极幸福的向往。通过这本书，我受到了很多启发。

我们，是彼此的摆渡人。小说中，并不只是单一的摆渡人角色，在前半部分可以看出，崔斯坦是迪伦的摆渡人。他引导她，他帮助她。起初，他只是机械地扮演摆渡人的角色，但在摆渡的过程中，他找到了自己，他会感悟伤心、会理解疼痛、会体会爱，他找到了生存的真正意义，再也不是之前那个毫无生命意义的躯壳，就像崔斯坦自己说的"我引导灵魂穿过荒原，保护他们免遭恶魔毒手。我告诉他们真相，然后把他们送到他们要去的地方。如果我真的存在，我的存在也是因为有你们的需要"。从此之后，崔斯坦的存在只是因为找到了自我。在小说的后半部分，迪伦成了崔斯坦的摆渡人，她引导他克服恐惧，挑战不可能，寻找希望。在这个过程中，他们也迷茫、也恐惧，因为前途太未知，道路太坎坷。

但只要他们相信彼此，愿意和彼此走下去，未来也不足为惧。

对的感情可以让彼此变得更好。通读整篇小说，可以明显地感觉到迪伦变化很大，从之前的胆小怕事、娇生惯养、畏首畏尾，走几步路就想停下来休息，到后来勇敢无畏，可以自己一个人穿过荒原，和恶魔作斗争，只为追求自己想要的东西。甚至在最后，连崔斯坦都没有信心和勇气面对未知的一切时，而她却坚定地引导着崔斯坦，克服自己内心的焦虑，最终找到了最好的自己，也找到了最好的他们。在小说结尾："原来你在这里。""我在这里。"看似平淡的对话，却给我们带来巨大的感动。

另一方面，通过小说我们看到了"回家"这一主题思想。从迪伦刚开始想逃离她的家、她周围的人——一群像白痴一样的人，而在小说最后，却是拼命地想回去，世界是那个世界，然而家却不是原来的那个家了，或者说只有找到了某个人、某种感觉，家才称之为家，我们先会逃离，而后我们终将回归。

创意写作引导与评析

创意引导

"灵魂的摆渡人",是一个十分温暖而神圣的意象。谁是你灵魂的摆渡人?是每个人都渴望获得的存在。这篇文章的创意之处:一是借优秀的作品起笔,同时也提出了一个十分值得思考与探究的问题——每个人的灵魂的摆渡人。

这个灵魂的摆渡人或许是他人,或许是自己。但我们每个人首先需要有灵魂,灵魂行走的方向是否正确,就需要一个灵魂的摆渡人,帮我们让自己的灵魂更加完善,成为最好的自己。

正如俗语"人必自助,然后天助之",当你想要成为更好的自己,那个灵魂的摆渡人或许就会出现在你面前。

同时,本文作者在文章结尾提到《摆渡人》的"回家"主题,虽然未曾深入分析,但也足够引起读者的注意与思考。

写作评析

由一句关于命运与"灵魂"的追问开始,引出小说《摆渡人》,然后直接切入所讨论的这部作品的最核心内容,进行细致的分析。

在文章末尾一笔带过小说中关于"回家"主题的表达,语言流畅,逻辑结构清晰,文章虽短,却富有启迪。

你可知雏菊

中文142班　马若晨

午后四点十五分。

"Flowers!"

阿姆斯特丹街角一家小店每天都会准时收到一盏淡雅的雏菊，收到花的女孩总会在门口满怀期待地张望，想要看到那个每日送她心爱雏菊的人。

这是电影《雏菊》里的一幕，在光影之中流淌着阿姆斯特丹郊外山坡上盛开的淡雅雏菊，随风轻扬，一个带着淡淡恬静气息的女画家常常在这片花海中作画。女画家喜欢梵高，梵高喜欢向日葵，她便喜欢上了这些酷似向日葵的小花——雏菊。她简单、清澈，她与这片山坡的美相融相映。一个随时会被黑色郁金香召唤走的"冷酷"杀手被她吸引，默默关注着她。

杀手像个孩子那样去爱她，小心翼翼、浪漫而纯真地守护女画家。只因见她行走独木桥意外落入水中，便悄悄为她造了一座桥；在离她最近的地方租了房子，他因为她喜欢上画，哪怕去记那些冗长的介绍；他在经过她身边时，偷偷遮住脸也掩藏不住笑；远远地看着她，在她喝咖啡时举杯，在她离开时挥手再见；在每日午后送去她喜欢的雏菊。

杀手就这样远远地、远远地看着她。

每当那句"Flowers"响起时，心中总会悸动的吧，对女孩们来说，门口出现有着淡淡芬芳的美丽鲜花，总是激动又期待的。25岁却从未有过初恋的慧瑛亦是如此，她开始期待，在画画时会想、在店里发呆时会想，期待与那个默默关注着她的人相见的一天。

直到国际刑警的出现打乱了她的生活，警察随手买了一盏雏菊坐到她画画的广场。她以为这便是她一直等的人，纯粹如白纸的她爱上了警察。她怎知，眼前的男人并非她等候的真爱。警察不过是带着缉毒的任务，用她来做掩护。真正爱她的是那个单纯的默默守护她的杀手。

或许是雏菊本就纤弱易折，似乎已预示着这场爱情的悲剧。

一场枪战令她失语了，杀手对准警察的枪口也只为了保护她不被周围横飞的子弹误伤。杀手在她需要他的日子终于走到她面前，为了学会唇语。她在杀手的陪伴下筹办着四月十五日的画展。终于，心怀歉疚的警察回来向她道歉，说出利用她的感情。当警察在一次事故中离开后，所有真相都浮出水面，杀手的秘密终于被她知道。可是，这一切似乎都来得太晚，来不及好好告诉杀手她心中的爱，她等候的人啊，其实一直是他。她哭着，撕心裂肺，为什么这一切都不早一些，她在广场上最后一次枪战中为杀手挡住了子弹，血溅红了画满雏菊的山坡，也染湿了杀手的衣襟。杀手为了复仇，亦与杀手集团同归于尽。画面的最后，回到他们最初一起躲雨的屋檐，杀手捧着雏菊向着淅淅沥沥落下的小雨，笑着，为手中的花滋养着；而她一如往初带着画具，慌慌忙忙地跑到屋檐下，等雨停，似乎一切都很美好，一切都还有希望。而同一个屋檐下的正是她苦苦寻觅的爱，就像走过了无垠的田野和漫长的生命之路后，才发现真爱近在咫尺。

不由得想起阿尔弗莱·德·缪塞的诗，亦叫做《雏菊》：

我爱着，什么也不说；

我爱着，只我心里知觉；

我珍惜我的秘密，我也珍惜我的痛苦；

我曾宣誓，我爱着，不怀抱任何希望，

但并不是没有幸福——只要能看到你，我就感到满足。

随风静静摇曳的雏菊，美好静默，就像所有美丽的爱一样，而我们用何种方式去爱人，卑微到尘埃里的小心翼翼，如果有可能，那就把爱说出来吧，委婉也好，炽烈也罢。缄默是美妙而深刻的，而勇敢似乎才能够到幸福。

创意写作引导与评析

创意引导

雏菊——深藏在心底的爱,这是雏菊的花语,也是电影《雏菊》的深沉情愫。就像《这个杀手不太冷》中的里昂,一个杀手和一个女孩的故事。爱情的奇妙就是它可以让一颗冰冷的心变得柔软、温暖,也变得善良、勇敢。而很多时候,相爱却并不能共偕白头。是天意弄人还是命运使然?不然怎么可以辜负如此深爱?!"悲剧是将人生有价值的东西毁灭给人看。"人生,有价值的,毁灭,给人看,人可以从中看到什么呢?这大概就是《你可知雏菊》展示给读者的创意。

因为"杀手",给雏菊与爱情抹上一缕不同的色彩,无端夺去人生命的人是凶残的,而爱情又应是极为甜蜜幸福的,当这三个元素撞在一起,就会演绎出一个与众不同的故事。

如果看到让你感动或感触很深的文学或艺术作品,就分享给他人吧,世界会在这美好的分享中变得有更多的真、善、美。

写作评析

一束雏菊,一个杀手,一个画家,一个爱情故事,一首情诗。要怎样来爱,才是对的,才会幸福?或许我们一句句读来,会知道《雏菊》,会知道这个爱情故事,会更多一点懂得爱。

流畅的语言,清晰的逻辑,明快的画面,紧张的场景,给读者带来丰富的情感想象与深深的思考。这就是好的文字的魅力。

活着就好

中文142班　张瑜

从《活着》这本书里，不仅体会到了活着不易，更多的是从福贵这个形象身上，我感受到了活着就是一种胜利，不管是不是有灵魂地活着，总之活着就好。

从一开始福贵因赌而输光家产时，我觉得他该是萎靡不振的，起码也该是堕落的，但是他没有，他在努力生存着，虽然在家珍回来之后才算真正开始奋斗。

从福贵身上我看到了一个人求生的本能，不管时代怎么样，福贵唯一的人生信条就是要活着。他和春生被国民党征兵的时候，我印象比较深的一句话就是，他说春生我们都要好好活着。还有在文革时春生被人抓出来的时候来找福贵，他对春生说的还是那句一定要好好活着。对于他来说，活着就有希望，但是他也不知道希望在哪儿，只知道一定要好好活着，这用别的也无法解释，唯有本能。

福贵的一生映射的也是那个时代老百姓的生活。那时像福贵一样的老百姓是没有自主选择权的，在命运面前都是被动的，有时连自己的生命也不能做主。

他们有追求，他们也想过上好日子，对于未来也有美好的憧憬，但是当这些梦想破灭的时候，没有别的可做，唯有好好活着，珍惜这条命，也许还有机会；如果命都没有了，便什么都没了。活着就好，是福贵的心声，也是那个时代大多数老百姓的心声。

活着就好，不仅是希望的呼唤，侥幸的发声，更是无奈的叹息。

创意写作引导与评析

创意引导

活着就好，这是一种生存哲学。在本篇散文的作者看来，福贵就是秉持着这样的生存信念，无论在多么艰辛的环境中，都努力求着生存。活着就好，文章题目用小说名连接表达思想主旨的词语，是本文的创意之处。这一题目能够十分准确恰当地表达出本文作者对于《活着》中福贵的生存哲学的理解，且不说这种理解是否是《活着》这部小说的作家题旨，毕竟每个人的阅读所得会有所差异。在这里，《活着》就好，不是最好不是还好也不是很好，只是就好。一个"就好"，隐含着一种委曲求全，一种得过且过，一种没有奢望，而"活着"是人最基本的一种存在样态，不问怎样活着，只要生命还在，呼吸还在，就好。

本文的另一创意是针对一部文学作品提出自己独特视角的阐释。由此看来，阅读一部作品，既会激起人的思维的活跃性，加深人的认识的深刻性，也会激发人的创意潜能，让人对自己的生存环境中的相关事物、人、以及自身进行思考，这是一种发现之旅，重新发现生活的真谛、人性的本质、自身的潜质与特质。所以，阅读从经典和名著开始，何不踊跃尝试一下呢？

写作评析

这篇由《活着》中福贵的生存哲学阐发而来的文章，表达了自己对福贵这一形象对于生存和生命的理解。或许与你的理解不尽一致，但就像每个读者眼中都有不同的哈姆雷特一样，只要你能够给出你的理由，你的哈姆雷特就是这一个而不是那一个。这就需要通过富有逻辑和思辨的论说，以一些例证来达到以理服人的效果。而本文的行文则有些显得分散，虽然也对福贵的这一生存哲学进行了分析，但条理性还可再强化。一些认识和字句也还可以再斟酌锤炼。

且活且珍惜

中文144班 康靖雯

关于《活着》这部电影，我不知道自己是不是真正看懂了，但是我确确实实被它打动了，震撼了。因此记录下自己由影片引发的一些感想和思绪，仅仅代表个人的一些不成熟的体会。

我在观影之前先是拜读了余华的原著，小说篇幅不长，却记录了那样一个历史更替的大背景，在这样的背景下记录了一个小人物充满坎坷和苦难的一生。说实话，刚读完小说，我除了觉得命运无情，对富贵这个小人物的苦难人生表示怜悯和遗憾之外，没有更为深刻的感悟，许是觉得那个年代离自己有些久远，没有切实的感受吧。之后在课上大家一起观看了这部影片，影片对小说的改动比较大，没有小说写得那么悲壮，在结局方面的处理也更加圆满，给观众留有一丝希望。在此我不去对二者进行比较，只是想谈谈我对影片《活着》的感想。

首先，从福贵的个人命运来看，他的一生充满了传奇色彩。他曾是地主阶级的富贵公子，因为嗜赌成性败光了祖业，可以说是地地道道的纨绔子弟，但是影片不仅仅是想表达富二代的堕落生活给世人以警醒，更重要的是想推出"命运"这个主题。从皮影来看，影片中多次出现，刚开始出现在福贵大富大贵贪恋赌博之时，一时兴起，上台为皮影唱曲，赢得台下阵阵喝彩。后来就是福贵抵押祖宅时，龙二把皮影送给他，可见二人的命运从此掉了个个儿。如果这时你还以为这都是福贵的自作自受，不关命运什么事，影片后来，龙二顶替了福贵原来的地主阶级身份挨了五个枪子，就不能归结成福贵的幸运了。这里就可以看出张艺谋导演对于皮影这个物件的拍摄用意了，即我们都是命运操纵下的弱者，一些命运中的苦难不一定是永久的苦难，但是也别因此得意，因为你永远不知道前方迎接你的将是什么。那么，我们该怎么办呢？放弃对命运的抵抗吗，顺从并心甘情愿地接受一切吗？影片给我们的答案即如片名所言，活着。不管经历什么样的磨难，都要心存一丝希望，或者说只有活着才能有希望。

　　影片告诉我们至少要活着，即使认清了命运的残酷无情，认识到了小人物在命运面前的弱小无力。那么该怎样活着呢，这就是影片留给我们思考的问题。福贵作为五十年代中国多数国民的写照，演绎了那个年代人们的活法。为了活下去，正如家珍说的"只想过一个安稳的日子"，所有人抱着这样朴素的愿望，小心翼翼地过着日子。从大炼钢铁到"文革"，这段历史再次被搬上荧幕，我们看得更加清楚，当时的人民很难有清醒独立的意识去思考如何活得更好，如何活得更加有尊严。我觉得对于特定历史条件下的人民，我们没有理由去苛责他们，因为历史大环境的力量的确强大。在当下，我们可以去思考，思考我们自己的活法，那么是不是只为活着就行？人各有志，各有各的活法，这正是这个时代所赋予我们的最高承诺。庆幸我们生活在这样一个靠奋斗创造个人幸福生活的年代，且活且珍惜吧。

创意写作引导与评析

创意引导

依然是正如"一千个读者心中就有一千个哈姆雷特",关于《活着》电影的观感,同样不同的人有不同的视角,并受到震撼或触动。这依然是一篇关于电影《活着》的文字。不同的人有不同的经历、不同的知识背景与不同的情感世界,就有不一样的《活着》在各自的心中上映,在各自的生活中演绎,这就是此类文字的创意之处。

无论置身何种境遇,只要可以就要"活着",这就是电影《活着》对于作者最大的触动。我们依然可以和电影甚至文本《活着》继续交流,《活着》要告诉我们什么?

写作评析

这篇讨论电影《活着》的文字并不长,虽然没有构建十分清晰的框架去论述这部电影,但依然告诉我们《活着》给予自己的最为独特的感受。

文字可以再凝练些,讨论或许也可以更深入些,无论如何,总要是自己最为深刻的那一点感触。

活着

中文143班　李墨婵

在看书之前，我先观看了《活着》这部电影。该片通过讲述主人公福贵个人及其家庭的经历来反映新中国成立前后以及社会主义建设时期我国底层人民的生活状况，其不仅仅是福贵一家的发展史，更能映射出国家及全体人民的发展历程。福贵先后经历了内战、"三反五反"、"大跃进"、"文化大革命"等国内剧变，其坎坷的一生令人感慨不已。

令我印象深刻的一点就是五十年代后期人民公社化运动，各家都竭尽所能地将自家的铁捐出给国家，然而村长和村民们抬出的最后炼成的铁却是不堪入目，质量也可想而知。这就反映了人民公社的急于求成。人民公社化运动是中国共产党在五十年代后期全面开展社会主义建设中，为探索社会主义建设道路所作的一项重大决策。它违背了生产关系要与生产力相适应的规律。由于在合作化运动的后期已出现了过急过猛的问题，所以人民公社化运动也出现了急于向共产主义过渡的情况，刮起了"一平二调三收款"的"共产风"。即便如此，大家一起劳作，一起吃饭，在刚开始也是取得了一些成绩的。这看起来是我们现在这个时代无法想象的。其一，生活在现今时代的人与人之间的关系日益疏远；其二，被物欲所侵蚀的人心已经无法像以前那样毫无保留地付出。

令我印象深刻的另一点是"文化大革命"时期，大批知识分子被扣上资产阶级的帽子被批斗，这也间接导致了凤霞难产死亡的悲剧。"文化大革命"是一个特殊时期，百度百科上将它定义为"1966年5月至1976年10月在中国由毛泽东错误发动和领导、被林彪和江青两个反革命集团利用、给中华民族带来严重灾难的政治运动"。我也读过不少"文革"期间受迫害的文人写的书籍，对此也是颇有感触。虽然表面上看起来"文革"打击的是影片中春生这类所谓"资产阶级"，但是却也间接给平民百姓带来了无形的伤害，同时严重阻碍了整个中华民族的进步，甚至使其倒退。这是一个在黑暗中艰难探索的时期，在黎明前的黑暗中痛苦挣扎着活下来的每一个人都像是一个小小的英雄。虽然社会形势严峻，但是人的心灵并没有被蒙上黑布，其内心的良知是不会泯灭的。知道这些历史的小细节，仿佛对那个时代多了一点理解，也觉得那个纯黑的世界多了些微小的光亮，照亮后人。

小说的最后，福贵所有的亲人都先后离他而去，仅剩下年老的他和一头老牛相依为命，而电影则改编了这一悲惨的结局，最后是福贵、家珍和二喜带着馒头一起吃饭，福贵说馒头赶上好时候了，将来这日子会越来越好。这篇小说也引起了不小的争议，有人觉得它价值观不正确，为什么人这么努力地生活却最后落不得一个好下场？也许就像书中和剧中多次提到的一样，无论怎样我们都要活着。我们个人、这个国家也许会经历很多事情，有好的有坏的，有团圆有分离，有希望有绝望，但是无论如何都是要向前走的。我们经历过"大跃进"、"文革"这种艰难时期，却也通过努力发展到了今天的新时代，虽然还有很多不足等着我们去改进，但是只要我们还活着，国家在发展，未来总会好的。努力并不一定能成功，这也是现在大家所熟知的，我们都是普通的不能再普通的人，而成功却具有一定的偶然性。然而为了这细小的光亮，我们也不能放弃，人生就是一个不断追求光亮的过程。

创意写作引导与评析

创意引导

每个人都在活着,怎样的活法,或许某些方面是我们可以左右的,但很多时候,对于一个时代而言,怎样的活法,确实会有我们不能左右的地方。如何活着?是有哲学意味的话题,而对于一个我们未曾经历的年代的人怎样的活法,是我们不能亲身体会但可以通过文字而有所体味的。《活着》中,福贵活在怎样的年代?如何活着?福贵活着的哲学是什么?《活着》这部小说可以让我们有所感受和体悟。而福贵的活着和你的活着有怎样的异同,每个人都会有不同的体味。写下你对《活着》或其他任何文学著作的感同身受,这就是你的创意,是你阅读或听到一个让你深有感触的故事之后的情愫与文字。来吧,听你的故事,讲我的故事。

写作评析

从人民公社到"文革"时的知识分子命运,到对红卫兵的反思,最后回归福贵一生遭际的思考。这篇文字有对时代意识形态的思考,有对社会某个阶段某个群体的反思,亦有对个体人生遭际的慨叹及感悟。文本清晰而深入,是当代青年的深邃所在。

求而不得的刘子骥——《暗恋桃花源》中痴迷的追寻

汉外141班　王姝懿

人人心中都有一片绝美的桃花源，你我皆为痴迷的刘子骥。

暗恋是一个动词，桃花源是一个名词。

寻找是一个动词，刘子骥是一个名词。

所有动词都是姿态，所有名词都是符号。

《暗恋》是历史，《桃花源》是寓言。

争场地的剧组是现实，陌生女子是隐喻。

是的。隐喻。不是穿堂风，串场人物或闹场分子。她是灵魂，她是咒语，她是终极密码。

《暗恋桃花源》讲述的不是三个爱情故事，而是两个事件：场地事件和陌生女人事件。是两个事件的平行，而非三个故事的并列。

这个语焉不详的神秘人物，在结构上，有着与《暗恋》+《桃花源》同样级别的地位。没有她，《暗恋桃花源》便只是《暗恋》+《桃花源》。

没有她，我们到哪里去寻找一个跳出故事的视角？《暗恋》和《桃花源》是入口，陌生女子是出口。通向现实，通向更符号化的世界。

或许本没有两个指向。现实或符号，他们同属于同一个世界。

这个女子，是所有人的姿态。刘子骥，是所有人的寻觅。

云之凡是江滨柳的刘子骥。

江滨柳是云之凡的刘子骥。

江滨柳的心是江太太的刘子骥。

左手葡萄、右手美酒、嘴里喊着凤梨的孩子们是袁老板和春花的刘子骥。

刘子骥是南阳街。刘子骥是酸辣面。刘子骥是暗恋。刘子骥是桃花源。刘子骥是每一个寻觅的眼神。刘子骥是每一片洒下的花瓣。

我们每一个人都在寻找刘子骥。我们每一个人都注定得不到刘子骥。

春花嫁给袁老板，他们的理想消失了。

江滨柳若娶了云之凡，故事也不过是一段生活。

老陶的桃花源是一个梦，醒了便抓不住。

江太太最亲近的售后也终究挽不回江滨柳对那个符号的苦苦守望。

其中更有痴儿女。守望的人是会变成石头的，只要有焦点，他们会一直保持着那个姿势。

而我们，可以那么轻易地找到一个焦点。

轻易到只需要一碗酸辣面。

刘子骥是一个符号，南阳街是一个标牌，只有酸辣面是真的。

寻觅和守望称为常态，而占有的最高表现形态是毁灭。我们寻觅和守望那些遥不可及的东西，我们毁掉那些能够触摸到的东西。

酸辣面是所有真实的触感和占有，酸辣面是刘子骥留给当下生活的唯一证据，酸辣面是云之凡的照片，酸辣面是江太太的相亲。

因为那碗酸辣面，我们的寻觅和坚守，看起来才不至于无谓到滑稽。

总有一天，我们累了，故事完了，戏散场了，桃花源回不去了，刘子骥找不到了，南阳街拆迁了——世界空了，却还有一碗酸辣面。

生活，总会收留我们。

老板，再来碗酸辣面！

创意写作引导与评析

创意引导

　　生活中，每个人总会有无数个梦，而每个梦皆因浓淡深浅的一份份情。暗恋的伤感而凄美，桃花源的求之不得而纯净唯美，大概是所有人曾有的情愫与向往。你的暗恋，是何样的美好与无奈？你的桃花源，是何种的令人神往而催人前行？请且"为外人道也"，君或可怡然自乐。这就是关于"暗恋"与"桃花源"的创意，人人可有，人人可写，而你我的文字与情愫的不同，便是创意的不同，便是世界的不同，便是属于自己也属于世间所有人的文字。

写作评析

　　散文贵在"形散神聚"，本文段落之间的跳跃性偏大，整体显得不够紧凑。

　　优点在于一些句子新颖别致，寓意深远。如"世界空了，却还有一碗酸辣面"，是写实，也是写意。"酸辣面"有着浓浓的世间烟火气息、丰富味道感受与可以感知的具体形象，使得这一切足可抵挡世界的空旷，足可温暖心灵。

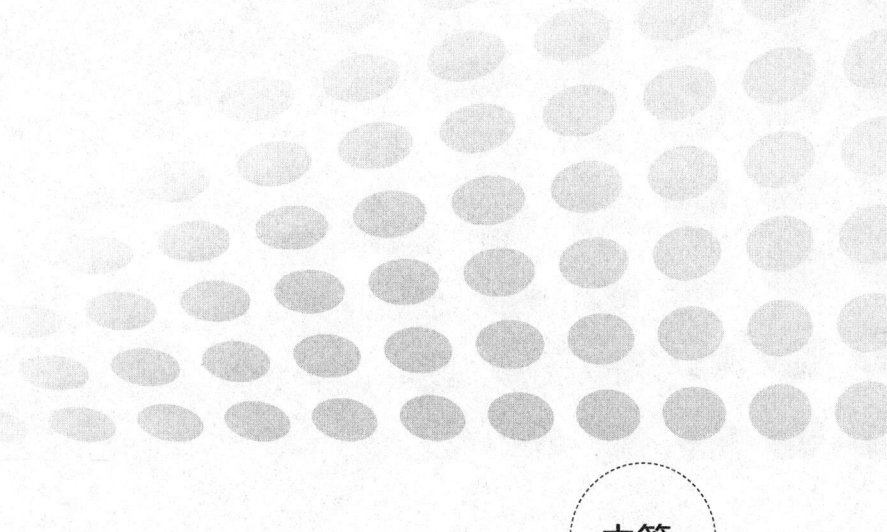

中篇

诗歌

藉诗歌以抒情言志,正如《毛诗-大序》所言:"诗者,志之所之也。在心为志,发言为诗。"宋严羽《沧浪诗话》亦云:"诗者,吟咏性情也。"诗歌因其强烈的抒情特点,成为表情达意的重要文学形式之一。以下这些出自当代大学生的诗歌写作,不论是古体诗还是现代诗歌,都是一种青春心绪与心情。

壹 韵由情系

从亲情到爱情,从青春到理想,从一景一物到宇宙时空,均可入诗成歌,而自由的形式更能使其表情达意灵活自如,这是现代诗歌的优长之处。青春情愫与青年的思考和关怀,是诗歌跳宕的灵魂,是心灵飞翔的羽翼。

盖世英雄

中文142班 王晗蕾

父亲蜷缩在我的瞳孔里

每一秒的震颤

举着锋利的刀子

割着午夜的不眠

疼痛

撕扯着父亲

也折磨着我

什么时候开始

我的盖世英雄

失去了盔甲

把脆弱展露无遗

什么时候开始

我的盖世英雄

已经牵不动我的手

为我披荆斩棘

被风雨垒起的岁月

印刻在父亲的额角

岁月呀

你何故如此匆匆

　急忙忙地

就圈定有限的生命

吝啬地想要夺走

我能参与父亲的时光

然后让我念念不忘

让我在醒时梦中都无法忘怀

让我将来在某个闹市

度过的日子里

捧着每日的赢利

依然觉得一无所获

真是害怕分离

可是啊

哪怕落花意已去

我心始如一

父亲您

永远是为我遮风挡雨的大树

是力拔山河兮的

盖世英雄

创意写作引导与评析

创意引导

　　"盖世英雄"？是虞姬眼中的项羽？还是驰骋世界的拿破仑？都不是，是"我"眼中的父亲！可现在"父亲蜷缩在我的瞳孔里"，不知从什么时候开始，我的盖世英雄"失去了盔甲"。现在的父亲，已经变得不再那么挺拔，不再那么充满力量，可无论何时，父亲都"永远是为我遮风挡雨的大树/是力拔山河兮的/盖世英雄"。父爱母爱和人的老去，是文学永恒的话题之一，也是这首诗的创意。

　　告诉我们关于亲情，关于年老，关于理解的话题。每个人要珍惜与父母相处的时光，要理解父母，疼爱父母……

写作评析

　　以"盖世英雄"设置悬念，却在开始笔锋一转，写父亲"蜷缩"的形象，让人想到病痛和孱弱。面对生老病死，面对和至亲的分离，每个人都会痛彻心扉而无可奈何。但作为儿女，一定要心志如一，让父亲支撑在自己的心灵天地中，永远鼓舞和激励自己，勇敢、坚强。

　　简单的场景勾勒，情感深挚的词语，伤感和无奈，朴素的词语中蕴含着丰富的情感，所谓字字珠玑，也是一字千钧。

念

中文141班　瓦庆玲

那墙上盛开着的牵牛花，
代表着我对你的思念。
连绵不断，深切而冗长。

那路边青绿的小草，
在风中飘荡，
在阳光下闪亮。
在无数个日夜里不断成长，歌唱。
经历一年四季的洗礼，它既坚强又脆弱。
看似生命力顽强，而实则早已百孔千疮。

一切逼真如我，
仿佛我就是这颗小草。
在人生的道路上，一路走来，

饱受沧桑变化,却不得不勇往直前。

忆往昔,当我开始成长,

为了梦想,背上行囊,

告别亲人,远离家乡。

背影看似坚强,而内心早已五味杂陈。

而此时,当午夜轮回时,我的眼角已湿透。

那思念正如一面双面镜,

里面蕴含着我对亲人无比的思念,

也包含亲人对我无尽的想念。

当回首,我人生大半的时光,

都在为了理想,而放飞自己。

就像父母手中放飞的风筝,

他们手里拽着那根掌握着我们方向和高度的线,

他们不会让我们有任何闪失,

也尽他们所能让我们飞得更高、更稳。

却不想,我们更多的是想和他们近距离相处。

然而,当我们在你们的注视下,

飞得越高越稳时,却也离你们更加远了。

而此时,只剩下这漫天的思念在无尽地延伸着。

……

创意写作引导与评析

创意引导

念，思念，怀念，想念，惦念……不同的念有不同的对象和不同的情感。念有多少种，就有多少篇创意文字，可以是诗歌，也可以是小说，还可以是散文。这一首《念》，念的是自己一路走来的艰辛感受和思念遥在异乡的亲人。

我们每个人可以写出无数种自己的念，就是这首诗歌给我们的创意启迪。念是忧伤的，也是美好的。正像生在南国的红豆，"愿君多采撷"，正因"此物最相思"。

写作评析

牵牛花、小草、风筝，都是独特的意象，可以给人以直观的感受与想象。尤其是小草与风筝，既有野火的洗礼又有春风的呼唤，既有天空的飞翔又有绳线的牵扯，正像奋斗着的渺小的自己，也正是远离家乡奔走在路上的自己的真实写照。

本诗不足之处是一些语句不够凝练，流畅性与用韵也可以再斟酌。如：

而此时，当午夜轮回时，我的眼角已湿透。

那思念正如一面双面镜，

里面蕴含着我对亲人无比的思念，

也包含亲人对我无尽的想念。

若改为如下，或许效果更好：

而此时，正当午夜轮回，我眼角已湿。

那思念正如一面棱镜，

壹　韵由情系

折射出亲人对我的丝丝牵挂，
也照见我对亲人的无尽想念。

在诗意与诗境上，一个人既然选择了远方，就应该坚定和坚强起来，风雨无阻地勇敢向前。因为背后，有父母亲人爱的鼓励和期盼。如果将这样的意向作为本诗的结点，对自己和读者，或许都是一种激励。当然，伤感作为异地学子的真实心态，也是少年情怀的应有之意。

鹿行

中文144班 赵唯雅

我散开月光
钻出外套
打开楼梯
爬下窗子
穿上褂子
把脸埋进头发里面
只因你在夜里为着我的小小心愿
奔到我面前

创意写作引导与评析

创意引导

  与一个期待的人相见的场景，即使有种种不同，都是令人难忘的。这首小诗的创意之处是让我们去回忆属于自己的那个场景，那种心情。你看，写下来，是一首诗，谱上曲，即是一首歌谣，关于爱的，关于思念的，关于欣喜的，关于难忘的……一生中，那些最真的、最美好的场景和情感，是人生最宝贵的财富。

写作评析

  简洁的语言，动词和宾语的独特连缀，简笔勾勒，一个独特的场景，一颗慌乱、羞怯而喜悦的心……

  或许，题目可以改为《小鹿》，立意可以更为清晰。

故事

中文 141 班　郭丹

午后，
阳光格外清晰，
穿透烟圈着紧锁的窗子。
一朵云停留久了，
就坐在那首老歌里怀念往事，
正好偷摘一笔天空蓝，
藏在心头，等一缕风捎来消息，
阳光远处住着爱人。

刺青中写满秘密，
自从南燕纷飞后，
季节空着，
阳台上思念被搁置。
风的故事里伞下无人，

说好的一场大雨，
又来迟。

风轻云淡，
细心删除结局，
有山无水的呼吸。
再回到那一年，
黑夜带回了风，
阳光正好带回了雨。

创意写作引导与评析

创意引导

　　故事？时间地点人物起因经过结局？全无，也叫故事？是的，一首叫故事的诗。本诗的创意在于运用诗歌的写意性跌宕性，抒写一个可以让读者也参与进来进行无限脑补的故事。蓝天，白云，风，雨，爱人，分飞燕，雨伞，黑夜，阳光……故事的女主男主有无限可能，故事的开始结局也有无限可能，而我只是在写一首诗，就像你也在写一首诗，只是我用的是文字，你或许用的是心。或许，我们可以彼此分享，世界就会多两首诗行。

　　这首诗在讲一个故事，但却不是叙事诗的写法，而是巧借诗歌的意境，为故事，也为读者，开拓了无限的可能性。具有创意性特点的诗歌应该如此，能够以一种新颖的面目，开辟文学创意的无限可能性。

写作评析

　　这首小诗，在变幻的时空中跌宕着一种深深的情愫，节与节之间并无关联文字，却以一种形式维系在一起，读来能够给人以深深的感染，这是诗歌最需要的特质与最大的成功之处。

　　以诗歌讲述故事，却不是传统的故事要素的面面俱到，也是这首诗歌的特质之一。诗歌需要丰沛的情感，跌宕的文字，在这首诗歌中得以很好的展示。

想要带你去看滨城的海

中文144班　倪谨月

想要带你去看滨城的海，
趁现在，介于这晚冬与早春之间。

耀眼的强光刺目，凛冽的凉风扑面。
海水波动起粼粼幽蓝，白鸟飞掠过澄澈晴空。

被风扬起的发、吹鼓的衣角。
你站在鹅卵石和零碎贝壳堆叠的岸滩边眺望，
仿佛一瞬间被卷入这引人的光景，
自又成了我眼里的画中画。

阳光蕴含着些许春意的点点温暖，
海风又残留了冬日的片片凌厉。

我满心能感受到细碎的温柔,
又被这万里波澜的高阔所震撼。

想要带你去看滨城的海,
就现在,与你去看这片海。

创意写作引导与评析

创意引导

滨城，是"我"所在的城市，一个有海的城市，因为站在海边，你会成为融入海的美一样的动人的画面。在"晚冬"和"早春"之间，在乍暖还寒之间，满心能感受到"细碎的温柔"，一种情意跌宕在这些字符里。

这首诗的创意是将"想与你一起"这样一种心境外化为"看海"一种行为，是走向风景，更是一个一起与陪伴的理由。

将一种内心的愿望外化为一种行为，在行为中实现，是一种非常巧妙的诗歌乃至文字表达，是十分值得学习的创意所在。

写作评析

从想要和你一起去看海到海的美丽景色，到"你"和海融为一体的画面，给我"温柔"与"震撼"的感觉，所以，想与你一起去看海，就是现在。

这首小诗就像《雨巷》一样，表达一种期待和想象，虽然还未曾发生，但却真实可感，这就是好的描述与情感传递的文字。

我想和你虚度时光

中文142班 宋春燕

我想和你虚度时光

比如待在海边

一坐一整天

不在乎太阳东升西落

不必理身旁风云变幻

不用管身后车水马龙

不去看面前潮起潮落

我想和你互相浪费

短暂的虚无

漫长的空旷

只要我们在彼此眼里

什么都可以

不必在意

创意写作引导与评析

创意引导

"我能想到的最浪漫的事,就是和你一起慢慢变老",这句歌词所表达的,也是这首诗所要表达的一种情愫——陪伴。和爱的人在一起,就不论世事变迁,不论天涯海角,也不论地老天荒,都只会在彼此心里。这是最美好的爱情,大概你也有个想和他虚度光阴的甜蜜爱人,那些在一起的难忘瞬间,可以提笔作画,也可以以文写心,写出深情几许。

写作评析

本诗题目就像一句海誓山盟,简单坚定,依赖,相信,却又蕴含着无限温馨与闲适。只要我们在彼此眼里,便是最美的时光。

语言朴素、简练、流畅,真情蕴含其间。

离别的车站

中文144班　周沛璇

别过知情重　触景生情不过如此
时间太瘦　指缝太宽
每一次分离都是最深的思念和最难舍的挥别
他搂你在怀　眉宇间溢满眷恋
轻抚你的秀发　浅吻你的额头
为你信手抹泪　嘱你照顾自己
切勿挂念　归期定再至
你泣涕涟涟　眼眸处爱意缱绻
耳畔伏着心跳　亲吻伴随苦涩
环住山般腰间　应他正如己愿
切勿担心　重逢指日待
深情拥吻　让我再多看你一眼
一步三回头
挥手　转身　拭泪

创意写作引导与评析

创意引导

离别有不同时刻，有不同地点，而车站或许是其中最为特别的一个，是别离最后的地方。这也是这首诗歌的创意之处——将代表离别之地的意象——车站，作为题目。但在整首诗歌中，却没有提到车站，只是将焦点聚于分别的两人身上，描写别离的场景和情绪。

离别会发生在不同关系的人之间，而这首诗的这场离别，一定是恋人之间。这就达到了诗歌要表达的情感目的。

写作评析

分别的话千言万语，离愁别绪千丝万缕，又是通过具体的一言一行传递出来。

诗歌语言细腻形象，字里行间传情达意无限。

情书,写给家乡

中文143班　陈晓乾

我喜欢夏天的雨

午后的阳光

和任何时候的你

晴时繁华满地

雨天一湖涟漪

明媚席卷城市

微风穿越指尖

每条山路铺开的影子

是你不经意间写的一字一句

呦呦的鹿鸣

是呢喃絮语

回眸的温柔

温暖了韶华

或者一声轻笑

从别后

只留下你蹁跹的身影

与阳光抬眼相迎

和笑靥撞个满怀

流年漫过盛夏

时光静好

岁月安然

被时光隐藏的秘密

倒映着斑驳的光影

夏至日暮微风

泛起微醺的记忆

山水温柔

一见如初

世间美好

多种邂逅

莫过于

与你相遇

创意写作引导与评析

创意引导

　　游子对于家乡的情感是深沉的,思念它的一草一木,或者只是那个千言万语尽在不言的地方。而以情书的形式来写对家乡的赞美与喜爱是其创意所在。

　　当我们远离家乡时,记忆中似乎多是家乡最美好的地方,甚至会不由自主地在心中把家乡一定程度的理想化,使其更让人怀念。

写作评析

　　这首写给家乡的小诗其独特之处,除了以情书的形式来写,在内容上也是十分抒情的。不似一般描写家乡的文章对家乡的景物进行细致的描摹,而是更多以表达情感的词汇来写出家乡在自己心中的样子。一种温馨、一种宁静、一种想到时的甜蜜感觉,跃然纸上。

　　但同时整首诗歌的抒情也略显过多,使其显得有些空渺,若有一些实写的要素,与诗中的抒情部分相融合相映衬,或许会使诗歌更具可读性。

以后的梦

中文142班　兰虹宇

迷迷糊糊间

红色的炎热的夏天

我回到了阔别已久的

南方

坐在归乡的长途大巴里

高分贝操着口音的大婶

挽着手亲昵的小年轻

昏昏欲睡的学生

还有

微弱地发出声响的空调声

车门一打开，大家蜂拥着下车

伴随着一阵车尾气

大巴扬尘而去

热浪

一下一下地袭来

把柏油马路烤得嗤嗤作响

多待一秒钟

都有中暑的危险

走在昔日的乡间小道上

我却感觉不到悠闲

烈日的炙烤

让我无处可躲

池塘里有三两只鸭子

把头埋进冰凉的水里

田间只有一个老农

黝黑的皮肤斑斑点点

一双沟壑纵横的手

豆大的汗珠从他额头滴下

滴入稻田里

消失不见

走过一户户人家

饭菜的香味已扑鼻而来

早已饥肠辘辘的我

不由得加快了步伐

远处传来一阵恼人的狗吠

南方的盛夏

让平时懒洋洋的土狗也开始暴躁

路途的风景并不能使我停下

我现在只想

吹着老风扇

咕噜咕噜大口喝一碗

从井里打来的冰凉甘甜的水

终于

我推开院子的大门

跨上了台阶

栀子花的清香给炎热的风带来一丝清凉

还没来得及走进

滴滴滴滴滴

我挣扎着起床

原来

只是一场梦呵

我看着床边空荡荡的水杯

走到窗前

北方的清晨

银装素裹　大雪纷飞

创意写作引导与评析

创意引导

梦回故园，大概是很多人会无数次在梦里出现的场景。而作者的这个梦，是在银装素裹、大雪纷飞的北国，梦到炎热夏季回南方，"以后的梦"是什么？是依然如此的回乡？还是继续飘荡？诗人没有提起，却也给读者一方遐想的天地。

梦、回乡、惊梦，都是文学中经常被抒写的意象，作者的创意是将如此熟悉的意象抒写为自己的特别拥有，我的梦不是你的梦，我的回乡也不是你的回乡。人人可梦，可梦中回乡，但不一样的梦，不一样的回乡，就是不一样的创意文学。

写作评析

这篇诗歌以回乡途中的情景开始，带读者一起踏上回乡之旅。而在走进家门的刹那，却被滴滴滴的声音拽回，却是一场梦，梦醒无痕，只剩窗外的北国飘雪。

南与北，夏与冬，城与乡，农与学，清凉的井水与空空的茶杯，梦境与现实，炎热与飘雪……所有的对立既是真实的又是梦幻的。这里所写既是梦的意境，又是现实的写照，给人无限悠长的回味与思考。

这就是创意写作，这就是诗歌的艺术，这就是文学的艺术。

河与桥

中文143班 刘艺

河总静卧

细看云卷云舒

默览日升日落

他不喜欢这样的生活

孤独寂寞

但宿命难以逃脱

他是河

就只能守护这片土地的广博

河以为这一生的苦都将无处诉说

直到她来了

带着恍如隔世的落拓

她叫桥

曼妙身躯赞他细言温语　君子如玉

水是河的心脏

这一刻竟沸腾到可以灼伤的温度
他生出一种
千古洪荒伊人在旁的思绪
抬眼望伊人含羞带怯
如此
他便知
一切清明

创意写作引导与评析

创意引导

在文学长廊中，吟诵河的文字和吟诵桥的文字都有许多，而这首小诗将河的意象与桥的意象相联系，在河的孤寂中，让桥以一种恋人般美好的意象出现，呈现出一种初恋的意境，是这首小诗的创意所在。

生活中有诸多如河与桥一般相生相伴的事物，如绿叶红花、绿藤缠树、星月相随、云雨相伴……这些意象都可作为创意写作的描写对象，进入文学的世界，以拟人等手法，赋予人类的某种情感，是一种很好的传情达意的途径。这样的叙述使我们的生活可以看起来更温馨，且处处可见诗意，给人以美的熏陶。

写作评析

这首小诗选取河与桥的意象，将二者相联系，是很好的文学创作视角。

同时，诗歌的拟人化的手法，让表达更生动而温馨。河从独自的孤寂到遇到桥的怦然心动，可以给人一种惊喜的感同身受。

只是诗歌的一些表达有些仓促，显得抒情不够细腻。有些语句的跳跃性较大，使诗歌也显得流畅性不够。因此，当选取到一个好的意象，还需要设计一个好的角度，注重文本的整体结构设计，使写作能够表意深入，结构清晰，表达流畅。

某些词语也可再斟酌，如"落拓"一词，本诗无论取其"潦倒失意"，还是"豪迈，不拘束"之意，作为对诗中以女性身份出场的"桥"，似乎都不够恰切。

路灯

汉外141班　张小鹏

多少个风雨交加的黑夜

多少次月光黯淡的夜晚

它静静地散发着微弱的光

穿透每个黑暗的角落

照亮着行人的路

遥远的希望

还有自己那伤痕累累的躯体

黑暗中的潮起潮落

心中的彷徨迷茫

被嘲笑

被奚落

此时的我有着别人无法比拟的

思想

又有谁能真正懂得我心中的苦闷

我该何去何从

黑暗中的路灯

发出淡黄色的暖光

我决定留给世界一个背影

背影之外

是永远的光明

创意写作引导与评析

创意引导

路灯,只在漆黑的夜晚人们才会注意到它的存在,而夜晚总是和人影寥落联系在一起。所以,作者笔下,路灯是在黑暗中,忍受着孤独。可路灯有路灯的情怀,尽管迷茫无奈,但最后留给世界的,除背影之外,还是永远的光明。

作者的创意之处,就在于托物言志,将自己的心志外化为路灯,一份落魄中却有着一份执着的坚守与不计回报的付出,让黑暗的世界顿时温暖起来。这首小诗的创意启迪是生活中的任何事物——路灯、一棵树、一块石,都可以成为托物言志的载体,而任何不堪其难的逆境,如果有一份执着坚韧支撑,就会是明亮的。

写作评析

本篇文字由路灯的处境写路灯的心境,让人体会到的却是作者的丰富情怀,将托物言志运用得恰如其分。

本篇的优点在于思想的积极向上。任何人的生活都并非一帆风顺的,充满了孤独或者艰辛,但路灯宁愿自己忍受这份孤独,也要留给世界自己背影之外的光明,贴切而恰当,是值得借鉴与学习的青春情怀。语言较为凝练,表达清晰。

清晨，步行外滩

汉外1141 班　张天琦

清晨的外滩

连空气都透着一丝轻松和惬意

带着雨后的芬芳

整个城市都在渐渐苏醒

失去了夜晚华丽绚烂的笼罩

我似乎看到了这个城市最真实的面貌

马路上的人稀稀落落

没有了以往的快节奏

心境也更轻松舒缓

每个人都有一个目的地

带着愿望走向属于各自的终点

相比灯火阑珊的夜晚

我更喜欢行走在清晨

失去了聚光灯的笼罩

这仿佛才是最真实的外滩

干净透明

清晨的外滩微凉

徐徐的微风拂过面庞

慢慢地

温热的阳光开始笼罩整个大地

感觉身体开始变暖

整个世界也在升温

如此的预热

好像预示着快节奏马上来临

当离开的那一刻

我们能留下些什么

 又能带走些什么呢

"多少人曾爱慕你年轻时的容颜，可知谁愿承受岁月无情的变迁"

脑海中浮现出这首歌

好像并不是很应景

但可能所有的事物

都想保留最美的一面给这个世界

外滩，当然也不例外

创意写作引导与评析

创意引导

外滩,无数人去过的地方。风雨晨昏的外滩,都是不同的;男女老幼的外滩,也都并非一个。外滩,可以成文,也可以成诗。这首小诗的创意在于将上海外滩的清晨置于这个大都市的绚丽夜晚的比照中,置于上海这个南方城市夏季炎热与清晨微凉的比照中,清晨的外滩更显得可爱。而外滩清晨的轻松舒缓的可爱,大概也是每个有不同面目的事物,尤其是人,最想展示给他人的一面吧。学习作者的创意,写出你眼中心中的外滩或者其他某个地方的可爱,甚至不可爱吧。

写作评析

本文将清晨的外滩带给自己的感受,与灯火辉煌和炎热夏日的外滩感受比照,看到了外滩可爱的一面。而大都市的喧嚣与南方城市的炎热,恐怕也是大上海的最不可爱之处。因此,作者这一视角的选择较为典型,用韵也较为注意。

不足之处是,本诗节与节之间的联系不够密切,结构或可再精心设计一下。语言较为口语化,或可再锤炼。

平安夜

中文142班　朱婧文

一不小心忘了过节

看到红包催促去买苹果，

才想起来今天平安夜了。

突然想起以前每年会收到很多苹果……

有的是光秃秃的，

关系好到根本不用包装，

接过就可以直接拿起来啃一口。

有些包装精美的大概是想凑个热闹，

送出平平安安的寓意。

而那个自己买了苹果，

然后笨拙地裹了好几层花花绿绿的彩纸，

还顺手塞了小纸条的，

一定是送给喜欢的女孩子想讨她开心的吧！

多好。

创意写作引导与评析

创意引导

　　不知从何时起,平安夜流行起了送苹果,大概是中国人喜欢的寓意,"平平安安"。这首诗歌的创意是从一个节日中寻找可以叙述的情感和故事。平平安安的祝福,偷偷塞小纸条的故事,都可成为节日的点缀,都可成为诗歌的一行。

写作评析

　　这首诗歌情节和情感都较为简洁,由别人的提醒想到节日,想到这个节日的流行,然后看到和爱情相关的一幕。一种温馨快乐的情绪飘荡在字里行间。

不再熬夜

中文142班　毛歆慧

夜晚使人脆弱

总是在说了晚安以后独自熬夜

不怎么玩游戏

也没谈恋爱

还没人聊天

人总是这样

明知道关灯玩手机不好

却总是躲在被窝里玩个不停

明知道熬夜不好

却总是晚睡成瘾

熬夜的时候有没有想过

你喜欢的人早已熟睡

而且身边和梦里都没有你

醒了也不会在乎你

所以啊

只有你自己不放过自己

不要再熬夜了

既然活着就好好活着

每天都为自己活着

多年以后

总有人会喜欢真正的你

下雨接你

熬夜陪你

好的总是压箱底

创意写作引导与评析

创意引导

"熬夜",大概是当代年轻人的一种习惯。尽管有许多文章表明熬夜的种种坏处,但有些人就是很难不熬夜。因为晚上时间是自己的,不会被人打扰,可以做自己想做的事情而不会被打断,可以干白天没有干完的活,以保明天不被领导责备……有位每晚练字到午夜以后的朋友说,觉得多睡觉是在浪费生命。是呵,别人睡觉,你在做事,你的生命或许比别人延长了,可是,睡眠充足和不充足的人的健康是否会一样呢?如果都是同样健康,当然可以,可事实呢?

这篇小诗的创意之处是提起了一个当下许多人共同存在的问题:熬夜。很可贵能够注意到这样典型普遍重要而又总被忽视的问题。熬夜会带来什么?"你喜欢的人早已熟睡/而且身边和梦里都没有你/醒了也不会在乎你",看来"只有你自己不放过自己"。记得陈平原先生在一次与学生的聚餐会上,转述夏承焘、王季思先生的话来叮嘱学生:做学问不靠拼命靠长命。这代代传承的深深关切,殷殷叮咛,我们需要谨记。

写作评析

"好的总是压箱底"?读到这句,不禁哑然,同时也禁不住想起20世纪80年代"第三代"诗歌运动提出的"口语诗"。以明白通俗的语词表达富有内涵的深意,大概是好的"口语诗"的特点吧。所以,汉语的魅力不只在于雅词锦句。

好吧,一起,不熬夜,等着"压箱底"的那个。

三两成诗（行）

中文141班　刘双洁

列车穿过雪山，
湖泊倒映天空，
沿岸金色的麦浪，
朋友在鲜花丛里挥手前行。

小巷遗失了穿行以往的记忆，
望见广场上年轻的姑娘嬉笑成群。

因为是下雨，
所以看不清你的模样了，
因为是永恒，
所以你又时常跳进人们的梦境。

人生就该是这样吧，
我有一些满意，也有一些失望，
然后，
就多弄懂了这个世界一些。

创意写作引导与评析

创意引导

　　将类似于断章一样的一些即景所见,凝练成句子,组成诗行,是这首诗的创意所在。人的眼睛,只要不在睡眠,几乎每时每刻都在看,而所见即所想,一瞬间我们会由所见想到很多,写出来,成诗的模样,就是诗行。所以,你能否将你的所见所感凝练成诗,告诉世人,也告诉自己,一些或深或浅的哲理?

写作评析

　　这首诗歌描绘出数个小小的场景,尽管不够细致,但对于诗歌而言,也较为清晰了。能够给人一些想象的空间,基本可以展示出诗歌应有的意境。

　　这首诗的不足之处是:其一,诗歌题目表意有些模糊,也少些诗歌的韵味。表意模糊和朦胧不同,如李商隐的《锦瑟》,你可以不知道锦瑟明确所指,但它传递出的情感你可以体会到。所以,本篇题目或可改为《即景》或《行》雅致诗意些。借此而言,诗歌题目或者说任何文章的题目都是十分重要的,一定要斟酌,用自己能想到的、自己认为最贴切最合适、最能表达出想说的,而且是诗的词语作为题目。它有时可能比你整首诗的内容都重要。

　　其二,有些语句害了一再凝练斟酌。如:

　　　　人生就该是这样吧,

　　　　我有一些满意,也有一些失望,

　　　　然后,

　　　　就多弄懂了这个世界一些。

这节，显得有些过于口语化，不够简洁，或可改为：

　　人生或许就是如此，

　　有一些失望，也有一些满意，

　　　然后，

　　对这个世界，就多懂了一些。

时·昼与夜

中文144班 景岚

昼

清晨

为了看这黎明

我来到山上

周围万籁俱寂

我却听到

树在发芽

花在绽放

山间雾气弥漫

为了寻觅这清新

我加快了脚步

衣衫被不断打湿

不知是汗还是露水

我们都像大雁

从一座孤岛飞向另一座孤岛

夜

一个沉默的夜

只依稀听得到

河水轻淌

柴火燃烧

远处灯火阑珊

而你我只是远行客

迷失在群星之中

是时候留给青山一份安宁

毕竟

人时已尽

人世还长

创意写作引导与评析

创意引导

"时",是一个让所有人都会产生无限感慨的字眼。时光的种种感觉,或缓慢或易逝或美好或难熬,是一个可以产生无数文字的说不尽的话题。

这首诗歌的创意之处是将"时"暂且分为"昼"和"夜"两种:昼的晨曦,万物充满生机,而人却在其中形单影只;夜的静寂,远行客的迷失,或许应该开始另一种生活,找回另一个真实的自己。

写作评析

"昼"以最有代表性的清晨开始,万物生机中,以人的行旅辛劳和孤岛大雁做结,意境跌宕而启迪思考。

"夜"以流水与燃火的意象作为反衬,以远行客的迷失与安顿做结,"人世还长",所以我们该做什么?

两节小诗文字朴素,却又蕴含一种深深的思索与启示,每个时刻,每种人生,都应该有时时的思考,然后再前行。

选取"昼"、"夜"作为"时"的代表,别出心裁,富有诗意。

瞎想两篇

中文144班　孔文超

（一）

雨，一直在下，
滴答、滴答…
雨声驱赶着静字在四处游荡，
和着酒精的味道扑向门外人。
或蹲，或立，含着泪光的眼里是焦急，
是等待，更是守护；
也像是在阻挡拿着镰刀收割生命丑陋的恶魔；
灯熄，门开，洁白一色。

雨，一直在下，
滴答、滴答…

一束花，

一方墓碑，

一声孩子的哭泣，

埋葬了未亡人。

（二）

踏着脚印前进，

出发的虔诚，已被路上的尘所蔽。

跟随者擦拭着前者的痕迹，

只留下肮脏的脚印在身后，

继而升起一股莫名其妙的优越感。

仿佛在对后人得意地说着：

瞧，这是我的路。

回过头，继续斥责别人所干的事，

又不由地加快了自己坚定的步伐。

创意写作引导与评析

创意引导

　　雨，滴答，是雨的声音，或许也是等待中时钟的声音，是一个表明时间流逝的意象，时间流逝，是在等待，等待一个结果，"一方墓碑"，一切不言自明。

　　脚印，是关于行走的意象，行走的彷徨、犹豫、骄傲、虚伪、失意……自己和他人，究竟谁是真理的拥有者？谁更有指点世界的权利……

　　这两首小诗前者如一个素描，更多的是画面的描述，后者似一幅写意，更多的是心情心理的传递。皆因生活中的一个小场景或一个小闪念而起，成为一首启迪思考的小诗。

写作评析

　　雨，滴答，起始，用自然的意象带入时间的流转，创意新颖。

　　"静"的四处游荡，酒精，含泪，收割生命，洁白一色，这些字眼，无须多说，就能够让人十分清晰地认识到发生了什么，也让人为之触动，有所警醒。

　　踏着脚印前进，是个十分特别的意象，有前行者，有跟随者，到底是谁的路？隐含着一种不言自明的批判，同样让人有所警醒。

　　"瞎"想，是一种非常口语化且有一点不切实际的"想"的意味，或许题目可以改为"遐"想或"暇"想，可以变得更为雅致与诗意化一些。

四月与理想

中文141班 王议婧

当绵雨撞进了四月

犹如一朵似棉花的云盈入妈妈的怀里

唤醒了芳菲的笑颜

打湿了草坪

那一抹心动的绿

牵动着你和我

枯枝抵挡不住新生的韵味

一股浅浅的气息

消散了冷空气的束缚

朦胧了日月的光辉

而月影下的人儿

涤尽了世间的浮躁

盼望着与理想的邂逅

建筑的外墙宽敞明亮

与晴朗的天空韬养

明净的阳光里

溢满了渴望的灵魂

脑海里的风轻云淡

拽不下

不情愿的夕阳

久久不愿离去的

还有那搁浅的理想

落花痴缠

也没有了憔悴的模样

迎春花抢在了前头

争先恐后展出

那一抹娇艳的黄

鸟儿挂在树梢

编织着清澈而柔美的歌谣

在静谧的黄昏歌唱

站在花叶的枝头

遥望着

天上飘浮的你和我

晨曦间跳跃的露水

消尽了最后一丝尘埃

层层荡出理想的模样

恍然间

心中一抹透亮的温凉

微波泛泛的湖

飘着童年折叠的纸船

荡着心头的渴望

载着期许的目光，

在氤氲的风的伴随下，

驶向那向往理想的殿堂

生命里有多少个四月

被收入行囊

理想在此时被编织

灰色的心绪因四月而启封

飘渺的雨

洗去黯淡的失望

理想一经播种

便只顾风雨兼程

在风波中飘摇

无论如何

都能在明媚的阳光里

发现前进的方向

因为

你我都是四月最美的模样

创意写作引导与评析

创意引导

"你是爱,是暖,是希望,你是人间四月天。"现代诗人林徽因这行被广为传诵的诗句,被年轻作者借重其中的"是希望"一句,来铺开自己的四月和理想。每个人或许每个阶段有不同的理想,但四月,在作者看来是一个放飞理想的季节。这是作者极好的创意,你看,四月与爱,四月与暖,都可成为无限可能性的诗句。创意写作需要充分发散思维和想象,发掘内心一点一滴的思绪和情感,充分渲染。只有能想到,才会能做到,而想象,既是一种能力,也是一种习惯,当我们的想象力已经被无数次的考试深埋在思维最深处的时候,我们应该把它重新发掘出来,并且重新养成一种习惯,你的心灵,就会有可以飞翔的翅膀。

写作评析

  当绵雨撞进了四月

  犹如一朵似棉花的云盈入妈妈的怀里

  ……

  你我都是四月最美的模样

诗句从起到结,每一句每一行都透着轻盈与喜悦,偶有淡淡的伤感,也被与理想一起的四月涤荡开去,是四月最美还是你我最美?抑或是四月因你我最美,你我因四月最美,因为,理想在心间。

虽然就整首诗而言,思维与结构看起来有些不够整体统一,但也恰恰是这样灵动的散落的诗行,形象而贴切地表达出了四月与青春的特质,生机在处处闪现,理想星星点点,一切都是在开始的、未知的、充满希望和期待的样子。

一页星空

中文141班 周芳

小时候，

星空是一页比一千零一夜还有趣的画纸，

画满了女娲补天的彩石，

粘连着牛郎星和织女星的光芒。

后来啊，

星空是一句比生如夏花还灿烂的诗，

时而抒情，时而怀志；

时而欢快，时而忧伤。

长大后，

星空是一页先哲寻找未来的答卷，

抬头仰望，寻一个方向。

似乎答案呼之欲出，
却又令人捉摸不透。

现在呢，
看不穿星星为何笑得诡谲？
时间、空间、几维的坐标拧成一团。

原来腥红才是星空的本色，
世界充斥着复杂的元素。

如果世界真的那么简单，
只看星座，
变换在八十八种星象的连接之中。

如果人真的那么简单，
只看星群和星宿，
只有十二种性格和二十八种命运。

可星空之外还有另一片广袤，
人性背后还藏着另一个阴谋。

创意写作引导与评析

创意引导

　　星空,是无数人曾仰望过的,而星空中有什么?每个人的心中答案却是不同的。这首诗的作者将"页"用作星空的量词,不仅让读者心生好奇。为何"一页星空"?引起阅读的兴趣。原来,星空是一页画纸,画纸是用来作画的,谁来做,你来做!你的无限遐想就是在星空这页画纸上画出的绝好画作,而且可以千幅万幅,勤画不辍。而每一幅画卷,都是你对宇宙人生的不断思考,会让你变得深邃、沉静、明晰……这就是这首短诗的创意所在。无数人的无数星空画纸,是他的,也是你的。

　　青年人应该关注的不仅是自身的前途,同时也应该将自己放置于无限浩瀚的时空中,思考自身和自然的关系,思考人类,同时也回到自身,才能够境界阔大,思接千载,视通万里。当代青年,正需要这样的胸襟。

写作评析

　　这首诗的前半部分巧借余光中的《乡愁》的结构,却能够与这首诗所写内容达成一致而不显生硬,从小时候到长大后到现在,星空不断在变幻。后半部分又适当加入自己设置的结构与诗句,既可以避免重复,又别出新意。

　　内容上把不同时空对星空的种种想象一一道来,并且融入星象、星座,最后回到人的性格,既是天地宇宙的追问,又是人的追问。意境阔大而语言轻灵,且用韵流畅,语言凝练。如果语言上诗歌的韵味再浓厚一些,就不失为诗歌好范本。

贰　古韵新情

对于当代青年来说，古体诗歌既是一种情有独钟的写作形式，因其独特的雅致与凝练，及其空灵深邃的语词，也是一种神圣而难以进入的殿堂，因为其有用韵以及格律等要求。尽管如此，还是有很多人尝试用这种古老的民族文学形式表达自己的心情心绪，所谓旧瓶新酒，古韵新情。

沐 春（外一首）

中文142班 余婷

潋滟韶华盛，临窗窃啭莺。
扣扉杏花雨，迎面是春风。

秋夜遥寄闺蜜

庭下空明树影稀，乱风意欲劫人衣。
三载天涯虽共月，但恨只影不比昔。

创意写作引导与评析

创意引导

《沐春》一首将一个临窗听春看春的韶华人推至眼前,而春色一片,莺啼婉转,杏花带雨令读者为之心动,宛若一幅写意小照,生动明快,情境词意相对较好。寄闺蜜则由景起兴,化用天涯共明月的古诗词意境,表达思念之情。

今人写古诗词,一般追求合韵即可,但要写出古诗词一样的意境,却并不容易,字句都需要仔细斟酌锤炼,是一件并不容易做好的事情。但如果作为文字相关的一种游戏,未尝不可。

写作评析

《沐春》更多写景,较为生动明快。

《秋夜遥寄闺蜜》较多抒情,则有些语句不够雅致凝练,新意不够充分。

相对而言,还需要更多阅读古诗词,体会其中的韵味与意境,下较多功夫。

月夜寄故人

中文144班　张潇

西窗月影扰无眠，皎若云间落华年。
未曾闲潭桂花落，独见凌素玉案牵。
八行难书兀自乱，四月春残惊觉寒。
而我本非高逸者，唯盼故人两相还。

创意写作引导与评析

创意引导

"月夜",营造了一种静谧的思念的氛围与环境。"寄故人"似乎是月夜最适宜做的事情。西窗月影,凌素玉案,思念难书。由远及近,由物及人,由景及情。能够将情感外化,并与环境浑然一体。"月夜寄故人",如千里共明月一样,是具有特殊氛围与意象感受的创意设定。

写作评析

这首月夜寄故人的整体情境相融,浑然一体,较为和谐地表达出了月夜思念。

"故人"一词较为贴切,符合古诗的意境。

只是"而我本非高逸者"一句,与整首诗歌的语言风格相比,显得较为口语化,在古诗中诸如此类的表达,可以斟酌修改。

春江月

中文141班 王沁雪

山青岸柳垂盈露,夜静春江水潋波。
自在花香邀梦去,无边月晚共风娑。
归帆染梦连窗语,水榭和风远渡娴。
转绕凝眸轻入画,千江载月一舟歌。

贰　古韵新情

创意写作引导与评析

创意引导

　　春江月，有春，有江，有月，而在春江月之外，更有青山绿柳花香柔风，归帆水榭扁舟载歌，如此静谧的自然，而最动人的却是"窗语"，人的夜梦归帆，才是诗眼所在。这首诗的创意是将深情说做无事，将切切期待化为梦雨，在春江月的妩媚与静谧中，更显得无限深幽，情愫幽幽，尽在不言。

　　在创意文字中，写景必会融入一份情在其中，或浓或淡，总是有一份温度在，正如山水中的一抹炊烟，不见人而人在。如果只是自然景色，少了人间烟火，便会少了一份隐隐的情意。

写作评析

　　这首律诗用语雅致，无论是描写景色还是人事，皆有一种淡而清新的山水写意笔法在其中，再点之以夜梦归人，有情有景，情景相融，很有古诗的韵味。

　　同样，如果严格按照古律诗用韵，则还需依据古诗韵知识推敲斟酌用词用语。

落叶

中文141班 马丽娟

青海湖头逐暮鸦,姑苏城外洗铅华。
年年懒散送行客,岁岁从容对晚霞。
叶叶声声成缱绻,丝丝缕缕是嗟呀。
今朝舞谢汉庭月,处处风尘处处家!

创意写作引导与评析

创意引导

对落叶的吟诵，相信这不是第一首诗歌也不会是最后一首诗歌，当然还有众多的散文、小说文字来写落叶。因此落叶的意象可以成就无数篇创意文字，只要是你眼中的落叶，还可能是红叶、黄叶、枯叶。叶有千姿百态，情就有百千万种，鲁迅的《腊叶》是一种叶，朱淑真的"不随黄叶舞秋风"（《黄菊》）也是一种叶。你的叶，是哪一种？

写作评析

古诗词的写作，最重要的是意境，正如王国维所说的"有我之境"、"无我之境"。这首诗时空阔大，意象丰富，无落叶之相而有落叶之情，思绪涌动。

作为律诗，最重要的是格律，这对于现代人而言，是很难的一件事。因此，很多时候对于今人所做的古诗词的要求更多是在意境营造方面。韵律一般能够合辙押韵即可。若要严格，需要对韵律做专门的学习与探究。

夏日即景

中文143班 胡蓝月

窗前绿草渐成行，墙下蔷薇暗送香。
艳李翠竹交相映，枇杷又是一年黄。
晴空晶雨落连连，急打浅塘绿树边。
池内荷枝堪欲断，银珠坠满玉青盘。
紫燕双没小溪前，野鸭一行静入眠。
锦鳞不避游人众，争抢食零欲上滩。

创意写作引导与评析

创意引导

　　绿树浓荫的悠长夏日，眼中所见即是美景，正如这首古诗所绘，各种植物、动物、晴雨变幻的天气，都是一幅浓得化不开的美丽画卷。所以，夏日即景，即是创意。告诉我们可以夏日，也可以秋日、春日、冬日即景。也可以黄昏、晨曦、雨中……即景。

　　好风景需要慧眼，需要有心人才得遇见。但愿我们每个人都能看到生活中的一草一木成就的瑰丽画面，运用各种感官，描摹成如此明丽的诗行。

写作评析

　　因为是"即景"所以写来选取景物时可以更随意些，也使得所描绘的夏日景物更加绚丽多彩。这是题目拟定的艺术，作者这一点值得肯定与借鉴。

　　同时，这首小诗不论韵律还是画面，还是每一联的承接相对都较为流畅，从内容到形式，是一首较好的古体诗歌。

　　在用词上，以"紫燕"而不是"燕子"等，使语句更雅致，形象也更生动。

连大园中樱花

中文143班 娄蕴荞

四月群芳斗艳时,园中小树绽花苞。
偷来桃蕊三分媚,借得梨花一半娇。
沐雨微抖情脉脉,因风轻抚语悄悄。
花自零落谁人葬,化作香魂入云霄。

创意写作引导与评析

创意引导

　　樱花，作为一种文学意象，广为世人抒写，但作为古诗描写对象并不多见，这是这首诗歌值得借鉴之处。

　　如果作为一首吟诵春花的诗歌，这首诗所表达的花蕾初绽、不输桃梨的娇媚、风雨中的脉脉，以及零落的香消玉殒，倒是别具一种韵味，也有一种淡淡的伤感情愫隐藏在字里行间。可以一读。

写作评析

　　题为《连大园中樱花》，但连大（大连大学）的樱花，是怎样的一种与其他樱花不同的情形，应该写出其特别之处才好。樱花最突出的特点是什么？诗中并没有着重表达，或者说表达得不够典型，似乎只是描述了一种花的形象，读者通过阅读这首诗歌似乎不能确定是什么花。这是这首诗歌需要继续修改的地方。

　　同样，这首诗歌也存在韵律的问题，需要斟酌修改。

书愤（外一首）

中文142 战昊暄

晨出鸡鸣三唱，怎奈雨雪风霜。

欲返船躲车藏，归去人怒马慌。

心伤栖于檐下，大雪压塌房梁。

深思功名利禄，不想寻此之章。

无泪唯有嗟叹，为何功名如狼！

书山路堆白骨，学海底藏人项。

考取功名如何，依然活于彷徨！

归

窗外冰霜窗内寒，游子惶惶归心箭。

美人卖笑千金易，壮士穷途一饭难。

又是一年佳节至，无奈未曾抱财还。

露打墙头折枝易，一轮乡月照西山。

创意写作引导与评析

创意引导

  "书愤"是当下青年大学生的另一种情怀,在经历种种艰辛与勤奋考取所谓的"功名"之后,依然是彷徨不知所措的一种心态。这与一些青年踌躇满志的梦想抒写是迥异的,但这都是真实存在的。在现实的种种压力与困境下,这样的心态并不少见,也非常值得关注。正是这一心态的存在与抒写,提醒社会关心青年一代的心灵与困境,在鼓励青年奋发图强的同时,也为这些青年提供更多的机会和帮助,使其可以在有限的条件下,努力拼搏,开拓出属于自己的人生道路。

  "归"与"书愤"有着类似的心境与情怀,深深的无奈感与落魄感使得他乡学子盼归却又不能归,一种无助和凄凉油然而生。

  这两首诗歌的创意之处是提醒青年反思自己的成长道路及思想观念,也提醒社会要关注青年人的生存环境与思想动态,给当代青年提供足够支撑其生存与创业的机会,使其能够建立起一种可以凭借自身闯出一片天地的自信并付诸行动。

写作评析

  这两首诗歌语言凝练,语句流畅,思维连贯,能够较为成功地表达出作者的切实感受,也能够使读者感同身受作者的一种愤慨和无奈。

  诗歌一反"书中自有颜如玉"、"黄金屋"的说法,表达了自己对于读书所得的思考和追问。读书带给自己一些新感受。而对于"归"这样一个温暖的意象,同样予以反驳,引人深思。

金州风雨送詹皇

中文143班　钟鹏

登顶一战遭折戟，愤懑难行食不甘。

霸气詹皇均三双，英雄无业使人伤。

八进总决三夺魁，剩者不冠惜其多。

古来征战必胜败，胜者青史长留名。

风雨同行詹皇归，金州邀君不妨战。

三旬老汉巅峰在，卷土重来待来年。

无名书生不成事，翘首以盼君归来。

峰回路转再启航，我心依旧为詹皇。

【背景：2017年6月13日，NBA总决赛第5场。勒布朗·詹姆斯（詹皇）带领的克里夫兰骑士队不敌巨星云集的金州勇士队，以1:4的总比分输给了对手，遗憾出局。作为勒布朗·詹姆斯的球迷，有感而发，写下此诗。】

【注：詹皇、三双、金州、三旬老汉、名人堂都是篮球术语。】

创意写作引导与评析

创意引导

　　将篮球纳入创意写作的视野，是这首诗歌的难得之处。篮球这项运动，以及中国的篮球，在很多中国人心中，尤其是酷爱运动的男性大学生心中，都有一种特殊的情感，有很多话想说。但类似题材的文学创作却并不多见，多是几句话的简单讨论，未能深入表达出很多人对这项运动的情感。

　　这篇写作以中国传统的古典诗歌的形式来抒写对于球星勒布朗·詹姆斯（詹皇）的喜爱与尊敬，令人耳目一新。而且是在詹皇比赛失利的情况下，表达其作为球迷的初衷，同样也值得尊敬。

　　在诗歌最后，作者寄寓的一种不为失败击垮、勇于拼搏，期待詹皇再次雄起的豁达情怀，更是当代青年应该具有的品格与特质。

写作评析

　　这首古诗内容值得肯定，但也同样存在当代人写古诗时较难解决的韵律问题。同时，也要注意古诗氛围与意境的营造。语句的流畅，每联甚至每句的起承转合，都需要注意。

一剪梅·梦里相寻梦醒愁

中文144班　郭锦珊

梦里相寻梦醒愁，
陌上少年，行止风流。
无凭人面恨悠悠，
宋玉应惭，何晏应羞。

春燕秋鸿本双游，
叠影相随，好语相留。
瑶台残梦月明中，
不在眸中，仍在心头。

创意写作引导与评析

创意引导

依照古词牌填词,是今人作词的捷径,可以借鉴和尝试。这是作者的创意所在。不失为练习的好方式。

但要写出一首韵味和意境均好的诗词,还需要更多锤炼字句,斟酌。

写作评析

一剪梅作为词牌名,还应有一个具体的符合本词内容的题目。

本首词表意清晰,意蕴一体。

可以在诗词格律方面进行更多的学习。

一剪梅·西风又起水向东

中文142班 李妍钰

秋色依然却立冬，
才褪春红，又盼春红。
笙箫音异曲相通，
风吹向东，水流向东。

心困凡尘俗世中，
愈想从容，偏难从容。
油尽灯枯夜无穷，
生也情浓，死也情浓。

创意写作引导与评析

创意引导

以古诗词牌进行创意写作,是非常有意义也是较为困难的一件事情。

古代词牌很多,皆可借来为我所用创意为词,但一定注意要符合词牌本身的各项要求——格律、句数、字数等。要做到熟悉词牌的艺术特点,才能加以灵活运用,并非只是押韵就可以。而一旦掌握词牌特点,在好的思想内涵的基础上,就可以有较好的古诗词创作。

这首一剪梅描述一种忧郁的心绪,心困凡尘,油尽灯枯夜却无穷的困窘之境。能够自成一境,使人感同身受。

写作评析

从秋到冬的变换中,更令人感念到春的美好,只是水流无限。同样,人的幽怀别绪无处排解却又情浓不改,读来让人不由慨叹。

若按照一剪梅词牌的要求,还需要进行格律等专业知识的提升和学习。

下篇

虚构

诗意文学与现实人生,到底哪一个更多地蕴藏了现实,哪一个可以有无尽的诗意?那些千古传唱的经典故事,却也是你我永恒的爱情、亲情、友情。世界的变幻,是人的变幻,更是情的变幻,而唯有亘古不变的,才是弥足珍贵的。虚构,现实,文心,创意……

壹 情亘千古

江山与美人,哪一个更值得你生死相许,为其付出宝贵的生命?从翩翩少年到垂垂老朽,哪一个更让你终其一生亦留恋痴迷,念念不已?千古绝唱的,是痴痴爱恋,更是深情几许。

少年游

中文144班　马骁飞

他率军攻破皇城只为了她，而她可曾记得当年的情义？

（一）

作为一国皇后母仪天下，我却从不喜繁复的金丝凤袍、沉重的金钗凤冠，隐约记得好像只有十年前的封后大典上穿过一次。

虽然这是一个纸醉金迷的王朝，皇上不是一个勤政的皇帝，众臣也非胸怀天下之士，金杯玉盏、丝绸锦缎也不过是皇宫的寻常之物，而我十年的时间，作为皇后，在宫里总是浅粉色的对襟襦裙，简单的就好像宫里的婢女，那是我初入宫廷时的装扮，我极想留住十年前的时光，再做一次选择，是否一切都会不一样？

我不曾想到，十年之后又一次穿上凤袍，是站在硝烟四起的城墙上，城上是将士们浴血奋战、守卫着王朝的都城，城内是惶恐不安的百姓和仓皇逃窜的百官，而在城外的，却是故人，当年执笔作画素手烹茶、满目温柔的翩翩少年，如今在皇城之下，冷眼看着遍地的尸骨残骸，在漫天的烽火硝烟中，眉目凛然如剑。

与我一同站在城楼上的，还有这个王朝的帝王。

"皇上万金之躯，先且回宫吧，臣妾一人在这里，便够了。"

皇帝抚上我的肩，揽着我，"朕说过永远不会抛下你，是朕无能，累你留下祸国的骂名，朕将永远不会丢下你。"

我回眸看着城下的那人，容颜没有随着岁月的流逝易改，却不知为何如此陌生。

十年前的记忆如潮水般涌来，依旧清晰。

那一年，江南水患，适逢他在外游学，而我，想活下去，或堕落章台，抑或入宫为婢，我自是不愿在楚馆画舫倚门卖笑，本是想着宫女年满二十便可出宫，那时再寻他团聚，宫里的无数宫女渴望着有一天为妃为嫔，都成了镜花水月，我也未料到，入宫不过数十日，我便由宫女成了宠妃，后来又做了皇后。皇上素来对朝政无兴趣，但我很清楚，皇上对我的用心，便如同当年的周幽王一般，即使烽火戏诸侯也要博我一笑。此事传到宫外，传至王朝各地，便成了：皇后红颜惑主，祸国殃民。我素来不去理会那些流言，既然一生都要锁于这深宫之中，便也安然度过这一世吧，也许他，已经忘了我。

我没有想到竟然还会再见到他，十年之后又一次的重逢，而此时的身份，他是叛将，我是皇后。

（二）

皇城，终究被他攻破了。

战火连燃了三天三夜，死伤的将士不计其数，尸骨堆积如山，鲜血染红了皇城的土地。

城破时，皇上与我同在内宫，听闻侍卫奏报叛军攻入皇城的消息，皇上只是摆了摆手，屏退了宫人。

烛火摇曳，忽明忽灭，皇上看着我，那目光好像看着当年那个粉色对襟的小宫女。"朕知道，你虽是朕的妃子，朕却不是你心里的那个人。朕从不曾问过你的心意，把你锁在身边十年，如今，朕再也不能护你了，朕能为你做的最后一件事，就是——成全。"

"皇上……"我看着皇上，我确曾恨过他，怨过他，却终究无法忽略掉十年来他对我的好，为我付出的真心。

"朕的确不是一个好皇帝，朕也不配再坐拥这江山了。"

"他，会是一个好皇帝的。"

"皇后给朕取一盏花雕酒吧，这么多年来，朕时常想起，第一次见到你的时候，朕在桃花树下品花雕，你穿着粉红色的对襟襦裙，和桃花一样美……"

我取来花雕酒，却隐约看到内宫的火光乍隐乍现，又想起皇上所说"朕能为你做的最后一件事，就是成全"，"朕也不配再坐拥这江山了"……

"皇上——"我想冲进内殿，十年的情分，你从不曾负我，我又怎么能离你而去！

（三）

一个有力的手臂在我冲进内殿的时候拦住了我，我转身看到了那个人，是十年间我朝思暮想却又不敢见的那个人。

我看着他，不复当年的少年潇洒，眉宇间的凛然之气是我从未见过的。曾想过无数与他重逢的场景，也想过千言万语要对他说，而今，真的重逢却一句也说不出。我本以为他会恨我，当年悄然无声地离开，没有一句交代，然而，他没有，他凛厉的目光在看到我之后，渐渐柔和了下来，亦如十年前一样。

他一下子将我拥进怀中，在我的耳边轻声说："我终于得到你了，终于得到你了。"若还是当年，我的心里断不会如现在一样复杂，眼前恍然而过的，是皇上最后满含深情的眼神，是将士们淋漓的鲜血，是被战火焚烧的城池……

我缓缓推开他，"为什么要灭亡我的国家，为什么要杀戮那么多人？"

他看着我，眼中似水的温柔缓缓消失，"难道，你爱上他了？"

我真的爱上他了吗？他十年里对我的百般呵护，给我至高无上的荣宠，我很清楚，却始终抗拒他走进我的心，心真的太小了，小到已经有了一个人，便再也容不下了。

"我不爱他，却不能负他。"言罢，我看着他的眸子，眼神渐渐暗淡了下去，其实还有半句话，我没有说：我不爱他，却不能负他；我爱你，却无法面对你。

我猛地推开他，转身向着宫墙的方向跑去，空气里弥漫着血腥的味道，阴冷的风在耳畔呼啸而过。站在城墙上，身后是被烽火熏染的宫墙，而前方，是京师的百姓迎接新皇，他真的会是一个好皇帝，不管他是出于什么理由兵变，都已经不重要了，既然天下人皆视我为祸国的红颜，那就让我同先皇一样，为这过去的王朝陪葬。

他追着我跑到宫墙，眼神中满是不解："你为什么还是要离开我？我不惜背上千古骂名发动兵变，只是为了你。自从知道你做了皇后，我能想到的唯一拥有你的办法，就是做这王朝的帝王。"

我看着他，凄然一笑："你会是一个好皇上，只是，我已经配不上了。"

"我把这天下交给你了，你一定要善待这王朝，善待天下百姓！"说完这话，我最后看了一眼这王朝江山，也最后看了他一眼。

我纵身，从宫墙上跳下，我不能忘记先皇对我的好，也不能对不起他的一往情深，我能做的，就是放弃我自己。再见了，今生我既已负了你，便不可再负先皇，若时光可以回转，我一定再做一次选择。

（番外篇）——故人

一夜之间，我黄袍加身，在前朝的宫殿里建立了一个新的王朝，这一切都太快，超乎了我原本的预想。

我真的本无意做皇帝，甘愿冒天下之大不韪发动兵变，只是为了她，她已经是一国的皇后了，我以为，只要我也做了皇帝，拥有至高无上的权力，就可以得到她了，就可以给她一切。

可是，我错了，她就在我的眼前，从宫墙上跳了下去。那一瞬间，我蓦然发现，原来九五之尊的帝王也有太多无法掌控的事情，就像留不住自己心爱的人。

四十年的时光匆匆而过，百姓安居乐业，王朝清明。世人都说我是难得的贤君圣主，不似前朝皇帝一样耽于酒色……几十年间，我努力做一个勤政爱民的好皇帝，不仅是为了这王朝、这江山，更是为了她最后的那一句话：我把这天下交给你了，你一定要善待这王朝，善待天下百姓。

四十年岁月的侵蚀，而今我早已不复当年的身姿，青丝也已花白，我拄着龙头拐杖，不知不觉地走到宫墙上，当年她坠亡的地方，不知为何想起了五十年前的江南，我初见她时，她着一袭浅粉色的对襟襦裙，梳双环髻，在江南庭院的桃树下，那个伴着漫天的桃花翩翩起舞，笑靥如花的女子……

我已不奢求时光可以重来，若人生真的只如初见，多好！

创意写作引导与评析

创意引导

"少年游"是一个让人充满无限遐想,可以有无限憧憬的意象。这篇小说的创意之处是选取一个召唤未来的意象来唤起一个数十年深情不改却又不得成全的爱情故事。是爱情,也是家国;是情爱;也是仁爱;是惦念,也是纪念。给读者一种深深的思考。什么是爱?什么是成全?什么是辜负?什么是不负?

故事虽短,弹指数十载;故事虽短,蕴味深远。

有情人难成眷属,是遗憾,也是成全。

这就是好的故事、好的小说的特质,纸短情长,能够令人念念不忘。

写作评析

这篇小说除题目别出心裁、含义丰富之外,故事叙述同样新颖别致,一个叙述者是一国皇后的"我",一个叙述者是兵变称帝的"我",而连接两个"我"的是那个被称为"爱情"的蛊惑,只是"我"虽然还有当年的爱,但已不能如当年一样去爱了。而即使是不被爱的皇帝,也因为所付出的深情而获得以死相报。

桃花的美丽,桃花一样的女子,桃花一样的深情几许。

灵狐猎手

中文143班　罗子人

雪积得很厚，风刮得很紧。一眼望去，除了无垠的白色，便再无他物。

一声震耳欲聋的枪响划破这死一般的寂静，雪地上染了一抹绯红，格外刺眼。半晌，不远处出现一个高大而健壮的身影，腰间挂着一个军用水壶，一个便携式望远镜。他背着一杆长长的猎枪，披着一件厚实的夹棉大衣，头戴一顶遮耳大帽，嘴里的烟闪着火星子，冒着青烟。在冷得快要窒息的空气中，让人感到些许温度。他是阿垚———一个说了你也未必相信的传奇。

又是一声枪响，从阿垚的枪管中传来。一片混战后，雪地里多了几具尸体，和仓皇而逃的车胎印。一把遗落在雪地里的雕花大刀，在阳光的照射下闪着寒光。阿垚走过去捡起来挂在腰间，然后走向那只奄奄一息的小狐狸，小心翼翼地将它裹进大衣，掐灭烟火，消失在白茫茫的雪野之中。

床很柔软，被子很暖和。这是哪儿？小狐狸慢慢睁开眼，发现自己正躺在一间温暖的小屋里。屋内陈设很简单，一张床，一张桌，一个火炉。火苗燃得很旺盛，炉上的汤锅咕噜作响，散发出诱人的香气。小狐狸警惕地环顾四周，目光定在桌上的雕花大刀上，心里不禁打了个寒战。它不顾伤痛，从床上翻滚下来，艰难地朝门边挪动。伤口裂开，血流了一地，小狐狸疼得发抖。这时，门突然被打开，阿垚急忙将手里端着的药汤放在桌上，把小狐狸抱回床上。鲜血染红了绷带，无力挣扎的小狐狸满脸惊恐，紧张地注视着阿垚。

"放心吧，我知道你不是一只普通的狐狸。既然把你救了回来，就不会伤害你。"阿垚露出一丝微笑，端过药汤，喂给小狐狸。小狐狸警惕地看着他，迟迟不肯接受阿垚的药汤。

阿垚："我要是有杀心，你现在只会是一具价值连城的尸体。"

小狐狸愣了一秒，小声地问："你，你是猎狐人？"

阿垚没有说话，轻轻地摇了摇头。

"那你怎么会有猎……狐刀？"

"不是我的，高帆的。"

"高帆是谁？"

阿垚没有回答小狐狸的问题，转了话头说："你身体里的弹头已经取出来了，没有伤到要害，休息一段时间就能恢复了。"说完，阿垚拿着空碗走出了屋子。

小狐狸的心里充满疑问与不安：他是谁？为什么救我？高帆是谁？他说的是真的吗？我在这里安全吗……尽管如此，伤成这样的小狐狸也无处可去，只好勉强接受了阿垚。

一个月里，阿垚每天帮小狐狸换药，给它吃的，也时常说几个不太好笑的笑话。渐渐地，小狐狸开始信任阿垚，也越来越依赖他，阿垚也亲切地称小狐狸为"小六"。小六从阿垚的只言片语中隐约感到，他曾经是一位灵狐猎人，可因为某些不清不楚的原因，成了一个会让所有猎狐人闻风丧胆的人。他身怀绝技，能单枪匹马淡定从容地杀进一群装备精良的猎狐人中，毫发无损地带走自己。小六一直很想了解更多有关阿垚的故事，可每当它提及过去时，阿垚总是刻意回避，闭口不谈。

这个冬天，清冽而温暖。

第一缕带着温度的风拂过山腰，冷得静止的空气开始流动。小六拎着篮子蹦蹦跳跳地往回走，篮子里的迎春花满得快要溢出来了。花瓣上还挂着晶莹剔透的露珠，在晨曦中闪闪发光。它想："嗯，阿垚说他最喜欢迎春花了。我要在后院种下一片这样的花朵，让他每天都能感受到这充满阳光的气息！"

清早醒来，阿垚见小六不在屋里，便猜到它一定是去采迎春花了。他忙碌着为小六准备早餐，热气腾腾的牛奶和香喷喷的面包片已经上桌。"呲啦"一声，蛋液在锅中蔓延开来，令人垂涎欲滴。

"咚，咚，咚。"有人敲门。

"小六回来了吗？"说着，阿垚笑着打开房门。

可眼前的一切不禁让他收起了笑容，锅铲从手中滑落，一声闷响。门口停着一辆吉普车，小六瘫倒在车旁，迎春花洒了一地。边上是个熟悉的面孔，手里拿着一把麻醉枪。

"高帆？"半秒诧异后，阿垚淡淡地说："早就料到你会来，我等你很久了。"

"灵狐猎手阿垚，救了一只狐狸，真是莫大的讽刺啊。"高帆冷笑一声，走到小六跟前踢了一脚。

阿垚二话没说朝高帆扑过去，一记漂亮的勾拳，再顺势抱起小六。高帆踉跄着退了几步，掏出手枪，抵在阿垚头上，深吸一口气，说："杀了我的人，抢了我的刀，如今为了这类畜生，你竟然将我们的兄弟情分毁于一旦！"

阿垚冷冷地说："灵狐救过我的命，我不伤害它们，也不允许别人碰一下。还有，你早就不是我的兄弟了，你不配。"

"真是可笑，一个灵狐猎手竟然说出这样的话。你别忘了，是你把我带上这条路的……"

"可我没教你背叛信仰，嗜杀成性，为了成为独一无二的灵狐猎手，一个人享用所有的荣华富贵，你竟然利用大家对你的信任，痛下杀手！他们可没想到，会死在自己最信任的兄弟手上！"阿垚愤怒地吼道，"若不是那只灵狐替我挡了你的子弹，我都活不到今天！这么多年过去了，我以为你早给雷劈死了！"

高帆笑着说："可惜啊，我一直是万人之上，一人之下。苍天开眼，又给了我一个了结你的机会。老子现在就要了你的命,然后扒了这小畜生的皮!"说着,他扣动了扳机。

说时迟,那时快,阿垚翻身一脚踢向高帆的枪,子弹穿过云霄。阿垚动作连贯,将高帆打翻在地,迅速冲进屋子。高帆骂骂咧咧地从地上爬起来,一怒之下打开车门取出一挺机枪,对着小屋一阵狂扫,火花飞溅,流弹擦过阿垚的手臂,鲜血直流。

很快,阿垚的子弹打光了,而高帆的后援军就快到了。情急之下,阿垚抱起昏迷不醒的小六,从后门逃出,找到一处极其隐蔽的洞穴。他将小六安置在洞中,一只手按着不断涌出鲜血的伤口,一只手拿着仅剩三发子弹的猎枪,他无论如何都要干掉高帆那小子。他埋伏在树林的隐蔽处,悄无声息地将高帆的人马一一干掉,弹药殆尽的他却被高帆逼到了悬崖边上。

"哈哈哈,真是天助我也,今天,就是你的忌日。"高帆一脸得意,用枪指着阿垚。

阿垚抹去嘴角的血迹,"是吗?"说着,从背后扯出绳子,脸上浮现出一丝笑容。

高帆看向绳子的另一头,竟牢牢地扣在自己的脚踝上,不禁大吃一惊。他惊慌失措地扣响扳机,子弹从阿垚耳边擦过。阿垚毫不犹豫,纵身跳下悬崖。高帆来不及抓住任何救命稻草,便同阿垚一起滚下悬崖。

在落地之前,高帆突然如释重负地笑了:"是我带你走上这条路的,这是一条不归之路。"

至此,世界上最后一个灵狐猎手消逝在春光最温暖的时节,漫山遍野的迎春花争相开放,如此耀眼。

第二年春天,阿垚的后院绽放出一片灿烂的金黄。只是屋内,再无人气。

创意写作引导与评析

创意引导

关于善与恶、人与兽的区别,这篇创意文字给人以深深的思考。某些时候,人类或许不如一只灵狐善良悲悯。或许,这个故事与清代文学家蒲松龄的诸多灵狐故事有着异曲同工之妙。不同时代,不同的衣着、语言和环境下,却都在演绎着一个关于真善美的故事。

人与灵狐,或者其他动物之间,彼此温暖,一同生活在这个世界上,是一个美丽的童话世界,但愿这样的世界早日成为现实。人类不再因为自己的贪婪而残杀无辜。

写作评析

雪的白与血的红,形成强烈的色彩反差,使这篇文字给人强烈的视觉冲击。同样,冬的寒与火的暖,又是一种强烈的感觉反差,让人更加感知到温暖的情意。兄弟成仇,是因为一方的利欲熏心,一方的正义与善良的针锋相对,这也是世上所有血腥与杀戮的根源所在。

兄弟与仇敌之间的变换,是因为一己私欲。

灵狐,猎狐人,兄弟,坠崖,迎春花开,世间再无灵狐猎手。

或许有一天,也不再有杀戮。

江雪埋骨

中文143班　肖扬

战火纷飞，群雄逐鹿。谋权夺势，沙场争锋。萦绕着腥风血雨的乱世，注定了太多生死悲欢，桩桩件件，交织成凄怆的绝世悲歌。

纵使这天下英豪个个威武不凡，气干云霄，博得民拥君宠，叱咤风云。

可却有这样一个女子，让天下男儿闻风丧胆：

红衣银甲，执剑驭马。

运筹帷幄，出神入化。

战无不胜，攻无不克。

杀伐战戮，血染芳华。

谁敌她傲骨铮铮，笑傲浑玦！

及笄之年，她立状朝堂：若三日之内，能以五千精兵攻破驭穹边防，便请国君施恩，赐她攻下之城，做及笄贺礼。不破，则自辞将军之职，流放南疆永生不得归京。

帝允。

起兵三日之后，她飞身跃上敌军城楼，遥望苍京，俯身拜谢皇恩浩荡。

壹 情亘千古

苍凛国一百廿十年，初雪。拓赫国君御驾亲征，率五十万骁骑精兵大举来犯。苍凛朝堂之上，百官垂首，噤若寒蝉。寂然中，她凌空拂袍，跪地请旨，出征迎敌。帝心甚慰，然则边防吃紧，兵力不足，只余兵三十万。

她却说："二十万大军足以破敌！"随即，她便带着满腔怒火，与二十万苍军一同北上迎敌。这场后来闻名遐迩的苍驭之战，足足打了三月之久，从初雪那日直到寒冬。

漫天冰雪呼啸，雨血交织，汇融成河。百万伏尸，堆骨如山。群山千岳，哀鸿遍野。疮痍满目的天下，已然让黎明百姓不再幻想胜利的时刻。就连苍凛帝君都有了以身殉国之志。

兴亡仿佛已成定局。

但当大寒那日的晨曦透过冰雪，映在苍京斑驳的城门之时——红衣银甲，执剑驭马。手提敌颅，精兵相随！她带着胜利，浴血涅槃而归！自此，她成为苍凛的战神，以战役之血，护国封疆！如此般战无不胜，诛尽万千敌寇！

她，就是苍凛唯一国姓女将——苍泠羽。

着轻烟罗裙，也不画眉涂妆，身为世代忠良的武将之后，驰骋沙场保家卫国是她毕生之命。不阅女戒，不习女红。带兵领将，持枪执剑之中，练就她绝代的芳华！冷峻严霜，英姿飒爽。刀光剑影之中偶尔的怜然一顾，不过是绝胜者的侧目，傲视不暇！

千万次的胜利，却唤不醒名利中倾轧的朽目浊魂：泱泱苍凛，仍旧在他国觊觎中，硝烟弥漫……

沙场驰骋，就像是唯一的宿命。但，她又有何惧？

敛眸舐馥，架衣而伫，红衣作响。俾睨天下间笑问苍穹："驭穹拓赫，何人敢来？穷我浑抉，谁与争锋？"此种狂妄，岂笔能书？时间轮回，机缘天定，红尘俗世，她会为谁踟蹰却步？

那场背水之战，她因前后夹击而身负重伤。是他，冒死采下万年寒山之顶的雪莲，为她续命，却不肯待她苏醒。他暗中相助，帮她夺下三城十二郡，只留下一把檀香木樨梳，让她学着绾发。他于那玉山之巅耗尽半生功力摆下一局生死之棋，广邀豪杰，却独独不与她对弈。

他为她驳斥天下之人的谴责，却反被她刺剑于胸，流血如注……

他不知从何而来，也不知何时归去。只是偶尔她也会在余光中，看见他的温柔侧目，并肩杀敌。岁月流光，他从不言明心底的渴望。只是默默地待在她身旁，看她厮杀，为她疗伤。

她以为，这样的人终究不会离去，于是就心安理得地接受，任凭温暖在心间肆意流淌，却不明白爱早已深藏。有一天，她终于明了这羁绊是上苍的恩赐之时，他已不见踪迹。

于是，她抛却一身的荣辱与使命，遍寻那人印刻在心的音容笑貌。

三年苦寻，终究无果。普陀山中，她参阅佛经，禅意惊悟——这一切，不过是啼笑皆非、镜花水月。

他从未说过爱，又何来相守？只是自己逃不过俗世的定律，沦落了心罢了。什么红衣战神，过眼云烟而已。临水结庐，烈酒三觚。舞刀弄枪，她再不问这沧海桑田，兴亡宠辱。

天行有常，乱世的名利场，岂能容忍有人不战而退？当苍凛如同耄耋老人般颤巍之时，她只能再度为国拼杀。

血肉横飞，天下缟素又如何，她只求快些了结这不休的战火。横刀立马，执剑持枪，依旧是威风凛凛，如箭如梭！可即使她的战术再炉火纯青，又怎能从十面埋伏中全身而退？

就在她以为必死无疑、欲投江殉国之时，他一身战袍，领兵而至。丰神俊朗，温柔侧目，一如当初。

她以为，这是自己命不该绝。

可是他却满眼的讥笑冷峻，冰寒刺骨的声音传来："驭穹拓赫无人敢来，而你，却是输了呵……"

她飞身上前："那年初雪，万年寒山之顶的雪莲，是我亲眼看见你摘下的。

莫要骗……"言语还未尽,却见他挥下令旗,星火流矢漫天而来。

她仰天大笑,脱下银甲,挥出锦袂,凄冷艳绝似蛊,却不是为了抵挡。四飞的箭雨之中,她妖娆起舞,嘴边噙笑,仿若天地之间最耀眼的金辉,灼灼刺目。刹那间,她凌空跃起,决然地投入了身后结着寒冰的汨罗江。

也许,化为汨罗江中长眠的白骨,才能解脱吧。

只是后来,汨罗江畔多了两座坟冢。年年深秋,血色的妖冶之花开得如火如荼。

有凛冽的风拂过之时,总会传来幽冷空寂的悲歌。

"谁牵挂踟蹰,风过也不停住。只问你,可愿随我葬江雪此处?"

创意写作引导与评析

创意引导

  是爱国，抑或是爱情？是牺牲，抑或是辜负？是英雄，抑或是奸佞？世间的恩恩怨怨，是非对错，又有谁可以分得清楚！这篇虚构文字的创意之处是在短短的两千字中，却写出了沧海桑田与世事的纷纭复杂。

  所有的故事，大概都是在对错与是非中纠缠，只是其中的是非对错总是很难做出明晰的了断，而所有的痛惜总是美好的幻灭，爱情，家国，美人，英雄……最终只是"江雪埋骨"。这些要素，都是动人故事的重要因素，是好的创意文字的重要因素，值得发掘与思考。

写作评析

  故事的叙述极其唯美，这种唯美在叙述的语言——唯美而简洁，也在故事发生的意境氛围的营造。这使得故事让读者恍然觉得就像在一幅泼墨山水画中演绎。

  "美好的幻灭"这一主题在这篇故事中表现得生动形象，令人读罢无限唏嘘。但也正如梁祝化蝶与《孔雀东南飞》一样的双蝶翩跹与桐叶相交，两座坟茔，亦是一种永恒的相随吧。

  错别字并非这篇文字的很大缺憾，但一字之差意思会差之千里，值得注意。

祭

中文142班 关思敏

于是日,四方来聚。这荒茫的尘土中,层密的小点收缩,旋转,发出骇人的断喝,仿佛能威慑这苍穹,在挪移中终成一圆。

大纛镇住四角,护住了圆的中空。中空处,异石堆砌,而成一台,上设标旗,下至供歃,而成一坛。轰鸣的炸裂,幽绿的篝火,鬼影的攒动,魔怪的面具。于斯的哀嚎,于斯的狂舞之际,红光从凶狠的两点射出。

左边是一杯鸩酒,乌黑墨绿,以药调和做出;右边又一匕首,精美高贵于常物,刃身寒光闪闪,柄槽泛着污的、暗的光。其前的肉躯不住地扭动,挣扎,而却在诸多的呵斥、冷笑和红光中终于迷惘、倾倒、瑟缩成一团。

密咒愈念愈骤,斜阳愈沉愈低,呼号愈鸣愈厉。如此经历许久,忽而,匕首悬起,鸩酒泼散,触及腐地。力量涌上全身,斜阳未及地就被乌云遮蔽,冷锋刺透在场每一具面具之后的面具,带来浸骨的寒。随伴着响彻这诺大圆的咒语而下落的利刃的行迹,乌云浓墨中紫光翻腾。

及至匕首触到肉体,凹槽猛饮枯血,握柄之肩骤耸,指尖深吮灵窍……天幕崩塌,红光似与天地合一,人们惊惧于它的神奇。云层如镜面从中张裂,崩碎，泄下一道道冰渣。混沌里射出的道道闪电，紫黑、碧绿，劈焦片片埃土。狂风袭逆成圈，不住地徘徊在由面具组成的圈里，冲击。

这些面具反更相信这乱石中心的力量，纷纷献上自己的双膝，伏下脑袋。正中红光的面具疯狂乱舞，血气使他膨胀，药物催他变强。而此时风岚更猛，暴雨压倒一切，巨大的雷柱，似乎就在咫尺。

终于，山洪迸发，人群被冲散，大纛也倒下，不及闪避的他们在巨浪的裹挟中消逝。天空仍没有半分停息的迹象……

一切合乎祖制，合乎祭礼，而灾祸反而更大，至于湮灭。为何？新任的祭司一皱眉："见献者污，上怒，故此。"于是人皆服。

四散而尽，徒留残石和那淡淡的腥气在这曾被祭祀过的土地上。

创意写作引导与评析

创意引导

　　这篇小说似一篇浓墨重彩的画卷。在神圣的祭坛上，人的生命已经不是生命，也不是人，而是负有某种使命的存在——祭物。血腥，野蛮，残酷，虔诚……而这一切不但毫无效果反而带来更大的灾难，"见献者污，上怒。""人皆服。"

　　这篇小说的创意之处在于并不像传统的小说那样给出细致的诸多要素，而是如一个横断面般只浓墨重彩描写一个场景，就像鲁迅先生的《示众》。

　　同样，对于一个场面的描写也需要视角，需要叙述的顺序，需要叙述逻辑。这些都是写作需要注意的地方。

写作评析

　　按照一定的空间顺序与时间的推移，注重色彩描绘，气氛渲染，将各种感官的感受融合其中，给人身临其境的感受。

　　思想内容的血腥、冷酷、残忍、虔诚、愚昧……一一隐含在字里行间，令人愤慨又不寒而栗。像影视作品的一幕，却也引起深深的思考。

贰 经典重述

无论是爱情的悲欢离聚，还是生活的压抑沉浮，生命无时无处不伴随着酸甜苦辣的交响，使之成为古今中外的文学艺术经典之作的主题与内容，正如"生命是一袭华美的袍，爬满了蚤子"。而你眼中的经典与我眼中的经典，却可各有一面，横看成岭侧成峰。正如"一千个读者心中就有一千个哈姆雷特"。这就是经典重述的因缘际会。

新生——子君手账

中文141班 王琳巧

爱情最残忍之处在于它在发生之时就已经达到巅峰，然后一直走下坡路。

涓生，相遇的缘分是那般美好，我依然会记得，你总会带给我新的生活，新的希望。我们谈家庭专制，谈打破旧习惯，谈男女平等，谈易卜生，谈泰戈尔，谈雪莱……你总能给我带来新鲜和不一样，从未像此刻一样深切地感受到，两个如此相近的灵魂。

"我是我自己的，他们谁也没有干涉我的权利！"

这是与胞叔和父亲分别时就想告诉他们的。是你带给我的勇气，是你改变了我，让我知道自己不是一个应该受父母专制束缚的人。从你的眼中我能看到无数对像我们一样的情侣，走在充满曙光的道路上。我们会通过自己的努力来让更多的人感受到我们的幸福，就如初识的纯真热烈那般。

那天的你是如此高大，如此罗曼蒂克，单膝跪在我面前，坚定地，自信的脸庞，灼热的眼光看向我，那一刻，我便知道，无论前方有再多的艰难险阻，我们都会相伴走下去。何况不试试怎么知道合不合适呢？我们是如此的相似，为着自由，为着学问，终究是要在一起的，不留遗憾。我惊喜又紧张地握住你的手。

因为对你从未怀疑过。

我们去找住所，有些小插曲，但终于找定了属于我们的小家。从一开始，要均衡环境条件、面积、资金等各方面。最终的决定，于我们也是最好的选择。有你的地方都好。接下来我们要添置一些家具，只希望我的金戒指和耳环这些身外之物能够帮你分担一些，这样我才能住得心安，这是我们共同的家。

我们需要添置一些有生命迹象的可爱的小动物，让这个家充满生气。官太太的小油鸡我也买了四只，以后养肥啦，可以生更多的鸡蛋和小油鸡，营养也就都够了，想想自己还是很会持家的。庙会上，一只小狗趴在那里，它的眼里泛着光看着我，充满着灵气。多可爱呀，对着我摇尾巴。它那么小，可以解决我们当天剩的饭菜，这样刚刚好。就叫它阿随吧，阿随阿随，随遇而安。

我的笔下写不出我们的幸福。从局里回来，灯下讲着更多的作家，我们谈论自由、谈论爱情、家庭。如此亲密、放怀，更加亲近地了解彼此，照顾家里的小生命。看着你们忙碌的样子，时常浮现出你那绯红微笑着的脸，单膝跪在我面前时清晰的脸。我会努力做好家务，做好你的贤内助，让你不至于为这些小事而操心。可我终究是因为工作的事情太忙，还是得雇一个女工吧。这样大概又是一笔不小的开销。近几日，我本就因为两个小油鸡而不开心，那个官太太，实在气人，她说我们家的小油鸡偷吃他们家的米。我也不愿用这样的琐事扰乱你的心神。你每日家里局里一条线，回来总有些许疲惫，办公抄完东西，还要帮我生火煮饭，实在是难得的体贴、辛苦，却也幸福。我不太会，但是我愿意去学，与你同甘共苦，照顾你是我的本分。即使手因为做家务而变得粗糙，但这是我们幸福的标志。

双十节的前一天，你收到了辞退信，我洗碗，你去开门，看到了你一脸错愕的神情，我已经猜到了七八分。在会馆的时候，你便说过，总有人去制造谣言打报告。下一秒，你没那么沉重了。或许你有了其他新的道路。我们还那么年轻，何必因为一份挫折而不快呢，多的是路。你这么有才华，亦如你说，抄写、教读或是译书都是可以的。你说《自由之友》的总编辑是见过的，是不会错过好稿子的。我将无条件地站在你身边，和你开始新的生活。相信只要我们合理制定预算，节省开支，登"小广告"，有心人天不负，我们终究会开辟一条新的道路！

我不怕吃苦，只是看你灯下思索的样子，也憎恶那些让你失掉工作的人。总希望会有伯乐发现你的才华，那样我们的生活便还会如从前一般幸福。可是更多的是担忧，这世道不是惜墨如金，竞争压力都很大，看你日夜操劳无果，忽然不敢再畅想我们的以后了。但是生活要继续，总要充满着希望。

我们发了那么多小广告，写了那么多封信，无果。我开始害怕了，这柴米油盐的生活和各方面的投入，也不敢去否定，或许不知道哪天就有了丰厚的回报，那个时候我们也就不必如此节省和艰难了。但我更害怕这会是一个无底洞，这样的日子何时才会到头？在我辛苦做好饭叫你吃时，非但没有一丝的感激，更有愤怒等着我。数不尽的委屈，不敢打扰你，便只能对着阿随说了。狗多好，你给它一口吃的，它便开心地摇尾巴，永远都是那么开心的样子。我情愿让它多吃口肉，不然就瘦的太可怜了。房东太太也奚落我们。

我不禁想，我们就像航行在狂涛怒吼的大海之中，没有航标灯，没有方向盘，周围也没有船只来救我们。于是我们只能将船上多余的东西扔掉一些，这样才能够走得稳妥些。所以在你多次抗争之下，我终于留不住油鸡了，变成了我们餐桌上的菜肴；也终于连最亲近的阿随也留不住了，送走它，也许会有好心人收养它，让它长得更好些，不必跟着我们过苦日子，不必像我们这般可怜。我真的不怪你，因为你也为这个家付出了很多，一直在努力着。可是但凡我们有一点儿运气，也不至于将它送走，或许有一天，境况好转了，我们还可以将它接回来。

你问我怎么了，今天这么奇怪，脸色不好。没什么，只是有些悲哀，或许哪天，我就会像阿随一样离开，你会更开心。因为我分明看到了你眉宇间送走阿随的轻松。阿随从我们这个家里离开，你也能忍心，它是家里的一分子啊！跟着我们也没过上什么好日子，我们始终愧对阿随。

你大可不必向我说明一人生活的便利，我深知你为我牺牲了很多，无论如何，它曾经美好过。

　　天气渐渐变冷，心也变得冷了起来。刚开始也许你忙着抄书、译书，不愿意回家。回想这大半年的新生活，我们为生计奔波劳累，最终抵不过现实。你越发不爱待在家里了，是你真的不爱我了，在外面有了新欢？可分明，我们的过去还在眼前啊，但我现在收到的是冷漠和虚无。

　　你终于还是说出了那句话，虽然我明显感觉到了你的态度，但我是极不愿意由你来说出口的。"因为，我已经不爱你了！"你那么平静的语气，我却瞬间崩塌。所有的情绪涌上心头，我甚至哭不出声，因为你坚定的神情。

　　你转身离去时我的脑子一片空白，所以我美好的回忆都停止了。新的生活是让我们分离，这样才能有新的希望，不会成为你前进道路上的羁绊。

　　熬过了冬天，终于等来了五角的书券，那些请托和书信一无回音。我认真想过了，我们总不能一同灭亡。我不愿意成为你的拖累，离开是最好的选择。不是因为不爱了，而是因为还深爱着。

　　我和父亲回家，也许你会生活得更好些，也许等生活好一些了，你会接我回来，再接回阿随，我们一家人重新开始新的生活。

　　但，等你，也许便是新生。如果你没来，也不必悔恨，爱本如抽丝，绵绵不绝。

爱你的子君

创意写作引导与评析

创意引导

《新生》是谁的新生？子君的？涓生的？一起的？未来的？又或许，都没有。这篇以子君的口吻来写给涓生话语形成的小说，与鲁迅先生的《伤逝》相回应，通过《伤逝》的情节，脑补出子君的思想和心理，一一呈现，是极好的创意文字。不但情境描写细致，对于子君思想与心理的描写也十分细腻，就像与《伤逝》涓生的手记在对话一般，令人耳目一新。从一部小说的另一个主人公或人物的视角来重新叙述一个故事，是一个很好的创意。就像从《水浒传》衍生出一部《金瓶梅》。所有的小说或文学作品，尤其是经典，有多少视角，就可以做出多少视角的叙述，成为多少种新的小说。所以，你不妨也来叙述一部经典，或长，或短，或一个情节，一个场景，总是一种创意文字。

写作评析

这篇小说写作视角新颖，叙述细腻生动，对鲁迅的《伤逝》是很好的补充和回应。小说开头第一句表达了作者对于爱情的一种看法，小说的结尾是一种开放式的，充满了未知，而不是像鲁迅先生的《伤逝》那样让子君被吞噬的悲惨，也是很好的创意。

这篇小说的不足之处是有些句子或用词需要再斟酌或修改，如阴影部分的一些表意不清晰的句子。手账虽然避免了和鲁迅先生的《伤逝》题名"涓生的手记"重复之嫌，但"手账"的含义不如"手记"表意更为形象、清晰。

这些虽是小问题，但对文章的影响却很大，且稍加注意就可避免，因此一定要注意。这也是任何一个人在行文中都必须避免的问题。

改自《变形记》

中文143班 周月

故事发生在一个旅行推销员家里，他就是格里高尔。

他每天都很累，做着不喜欢的工作，又不能辞职。于是日复一日，煎熬着。可是事情发生得太突然了……

太阳升起，新的一天开始了。格里高尔从睡梦中惊醒，发现梦境太过真实。梦里，他梦见自己变成一只棕色的甲虫，可是他现在明明是意识清醒的呀，他环顾了一下自己的房间，一切都那么真实，再看看他自己，好像也是真实的……他就那样仰卧在床上，对于昆虫来说这个姿势似乎是很不舒服的，他设法想翻过身来，试图爬行，在格里高尔的眼里，这样的身躯还是很难驾驭的，庞大的身躯由许多只小细腿支撑着。他试图走出自己的房间，去外面看看。这时闹钟响了，原来已经到了上班的时间，按照往常的准备，过一会儿就该出门了，可是他现在的样子怎么上班呢？门被推开的同时，传来了一声尖叫，显然他的新躯体吓到了他的妹妹。"格里高尔，是你吗？"刚翻过身来的格里高尔也是茫然的，因为他也不知道自己怎么了。他没办法做任何事情，包括熟练运用自己的N只小细腿。家里的成员很快知道了这件事，他们也从无法理解到慢慢接受，家里的顶梁柱变成了一只甲虫，显然他现在是负担。家里人的态度也随之发生转变，说实话，格里高尔是不适应的。由顶端待遇变成了底端，失去了家里人的依赖，他不得不生存下去。一开始，格里高尔还享受了几天悠闲的时光，不用去上班，远离了自己不喜欢的工作，慢慢地发现生活的另一面，没有抱怨和压力，一切都那么单纯自然。

然而，好景不长。家人开始对他不满，觉得他占着一个人的房间是非常浪费的，甚至有的时候连食物都没有。情况只会变得越来越糟，因为家里人生存压力变大了，心情会受影响，结果就会对着格里高尔宣泄自己的不满，甚至会拳打脚踢，给他腐烂的食物，把他赶到角落里生存，仿佛没有人会在意他的生死。格里高尔渐渐地对家人失去了信心，他很伤心也很不解，自己无怨无悔为家人打拼了那么久，却是这种下场。可是他没有想过，是他自己享受这种虚荣，在为家庭奉献的同时，也牺牲了他人的自由。

过度的饥饿与伤心，他晕厥了。倒在闹钟的旁边，似睡非睡的……

叮铃铃……叮铃铃……

格里高尔本能地关闭了闹钟，接着睡，他伸手拽了拽被子，翻过身去。不对，他感觉到了变化，他的手回来了。看着窗外的太阳，格里高尔陷入一阵沉思之中。这段时间的经历，让他想清楚了许多事情，有了对生活不一样的看法。他走出房间，环顾四周，发现家人早都去工作了。他的确也该换一种生活了。推开门，走出去，辞了自己不喜欢的工作。为了避免与家人再撞上，四目相对的尴尬，格里高尔选择了离开。

又是一个晴天，太阳高高地悬挂在天空，看上去确实能给人勇气。他时常也会想，家里的人会来找他吗？可是转念又一想，谁会为一只甲虫的生死黯然伤神呢？毕竟生存才是第一要务啊。

阳光总是无私地照亮一切，包括人心底的阴霾。就这样，格里高尔伴着明亮的阳光走向自己不知是否明亮的未来。

一切都是未知的。

创意写作引导与评析

创意引导

正如文题所示,这篇改自卡夫卡的《变形记》的小说,让人看到了《变形记》中主人公格里高尔之外的其他侧面。而小说最大的改变就是叙述视角的变化以及篇幅的缩短,视角的变化可以令读者感受到小说其余侧面的内容,缩写也带来细节或表达侧重点的一些变化,这也正是这篇小说的最大创意所在。

基于此,我们可知,很多为人熟知的经典文学作品都可以进行改写,改变视角,改变文体,缩写,扩写等……或许,能够成就另一篇经典之作。

写作评析

由因为不喜欢自己的日常工作和生活想改变开始,到变形,到恢复,再到最终"一切都是未知的"结束,或许改写的文本在"变形"——异化之外,另有一层内涵,就是世界与人生的不确定性与未知性。所以,是改写,也是新创。

叁 现实·人生

文学，可以是一幅多彩的浮世画卷，也可以是一方深邃的心灵天地；是现实的描摹，亦是人生的思索；可以是人鱼变幻，也可以是患难与共；可以是奔波生活，亦可以是梦想憧憬……我们的爱情，我们的事业，我们的生活，点点滴滴，是一条奔流向前的小河，是一曲爱恨情仇的交响乐，是一首首亘古不变的老歌。

安与她的猫

中文144班　徐莹

我醒来的时候，身边一个人都没有。窗外有一只猫，发出了慵懒午后闲适的叫声。

我的窗帘紧闭，透过些许微光，能看清屋里的摆设。我有些头疼，艰难起身，拿起床边柜子上的玻璃杯，端详着杯子里的小半杯水，抿了一口。有人进来，我将头抬起了一点，扬起睫毛看了一眼。她将饭食放到门口的桌子上，又离开了。走之前，我听到钥匙插进锁芯旋转的声音。

她在门口和另一个人说："这姑娘挺好看的，家里也有钱，要是个正常人，怕是要过着让我们羡慕不来的生活。"

我看了看自己，我好像病了，穿着医院的病号服，衣服上还有一点点消毒液的味道。我不知道我为什么被他们称之为"病人"，我头脑清明，身体也没有一点点不舒服。这么想着，我有些困倦，便又蜷进了被子里。

窗外那只猫似乎被人踩到了尾巴，发出刺耳的惨叫。

好像在这之前，我曾有一个爱人。除了这个爱人，我好像谁也记不起，我的父母是谁，我是谁，从哪儿来，全然不知。甚至对于这个爱人，也记不起长什么样子，我们是如何相识，也没有一点儿印象。记忆里我们很相爱，我喜欢弹钢琴，他是个画家，我们两个的家不大，却收拾得干净温馨，我们还有一只可爱的虎斑猫，叫它"瓜皮"。瓜皮左耳朵不太好用，好像右耳朵也不太好用，到底是哪只耳朵，我好像也忘了。我们吵过几次架，第一次是高中时候，我很想在午休的时候偷偷吻他，他却生气了。第二次是我大学刚刚毕业，生活的压力让我喘不过气，他却喜欢上了我的闺蜜，我很委屈也很生气。当然，这个闺蜜究竟是谁，我不知道；我到底有没有闺蜜，我也不知道。

我们仿佛谈了很久的恋爱，我对自己的记忆都是与他一起。这很奇怪，不是吗？可我不知道奇怪在哪里。我们没有结婚，也没有小孩。不过，瓜皮倒是做了妈妈，生了五只小猫，看样子，爸爸可能是哪只黑猫。

窗外那只猫又开始凄惨地叫，仿佛被人虐待着。叫声凄厉，勾人魂魄。

我们后来分手了吧。怎么分手的呢？我很努力地想。眼前是一地血迹斑斑，他躺在血泊里，旁边是拿着匕首瑟瑟发抖的我。

我的头更疼了，破碎的记忆让人仿佛下一刻就坠入深渊万丈。

后来我出现在了警察局，再后来出现在了这里。

下一个场景却是着长裙的我走在海滩上。我是怎么从这个鬼地方逃出去的，又是如何回到这里的，我也不知道。我的爱人出现在我面前，他在海的中央，冲我伸出双手，我向他走过去。海水没过我的脚踝，蜿蜒着爬上我的小腿，又贪婪地抚上我的大腿。长裙被海水打湿，紧紧贴着我的肌肤。就在我马上抓住他的手的时候，他却突然不见了。

那只猫发出最后一声惨叫，此后再也没有发出一点声音。

我听到有很多人慌慌张张地进了我的房间，有车轮在地上摩擦的声音，又不知道是什么发出的滴滴声，又有很多人走来走去焦急的声音。我仿佛被接上了很多仪器，我听到有人说，我要死了。

滴滴声的节奏越来越快，最后变成了长鸣。

我突然想起来很多东西，很多我想了很久的东西，许多以前没有答案的东西。我今年 21 岁,真巧,我的爱人也是 21 岁。我喜欢吃芒果,他也喜欢。我是个画家,碰巧他喜欢钢琴。而那一把我插向他胸口的匕首,在他失去生命的那一刻,也重重击破了我的心脏。

我究竟是谁,我可能永远都没有机会知道了。我究竟是不是终止了生命,可能也没人知道。

我只知道,那片海滩在我离开之后,再也没有机会拥有一艘帆船了。

创意写作引导与评析

创意引导

　　安与她的猫,是一组可以引起很多联想的字眼。安,是一个让人觉得安静踏实的名字;猫,却是一个蕴涵丰富的意象。

　　这篇小说讲述的并不是安与她的猫之间的故事,而是由猫联想到的另外一个意味深长的故事。一个关于爱情的故事,关于恨的故事,关于死亡的故事,关于杀害的故事,关于自杀的故事,关于成长的故事……这些故事纵横交错,却又各自成线,各自蔓延着,丰富而又清晰。

　　这篇小说的创意之处是将一个十分血腥和情感丰富的故事,用简单而充满故事的意象做题目,新颖奇特又十分恰切。值得学习参考。

写作评析

　　这篇小说虽短,但视角独特,以"我"的回忆展开,虽然叙述因为叙述视角的原因,显得有些凌乱,但读者完全可以脑补出曾经发生的一切,也就是在看似凌乱的叙述中,叙述者清晰地表达出了读者需要知道的一切的小说要素。

　　以猫的声音和"我"的回忆交织,富有真实感与画面感。

　　描写细腻,情节曲折而有深意。

　　语言流畅,意味隽永。"那片海滩在我离开之后,再也没有机会拥有一艘帆船了。"既是结束又是预言。

她变成了鱼

中文143班　王敏

一

当她打开出租车门要下车时，当天晚上的第五道闪电劈开雨水仿佛落在了她脚边，她猛地缩回脚，雷声在半空炸裂后，她才撑开伞跑回公寓。

有四个未接电话，两条短信："你干嘛呢？""今天有雨，下雨就打车，别不舍得！"

"嗯呢。"她回复了简单的一句，随后放下手机准备去洗澡，又想到最近他总在抱怨自己太冷淡，便拿起手机补充了一句："今天我的稿子通过了。"

她走进了浴室，短信来到的提示音晚了一步，生生撞在了门上。

最近特别爱洗澡，尤其是当主编把她的稿子摔在桌子上时，她感觉自己全身的毛孔都在大口喘息着渴求水，这渴望甚至让她有点眩晕。此时，水从头顶倾泻下来，皮肤像是之前缩水了一般渐渐舒展，她忍不住舒服地颤抖着。

"我不可以哭，我的眼睛里会长出大树。"她曾遇见一个有着绿色瞳孔、头戴花环的小女孩，她哭泣时眼泪会变成藤条挂在脸上，眼泪越多，藤条就越是疯狂生长。她还遇见过一个娃娃，在他到来前会连续不断下三天的雨，来到后他会陪伴着一个死去了妻子的中年男人度过漫长的雨季。她还曾遇见一个银发垂地的少年，他说自己是人间的掌灯人，会在傍晚和深夜点亮每一盏灯。

她遇见过很多个不同的生命，可是这些生命在他人眼里却丝毫不被在意。
"想象力是个好东西，但你能不能发挥想象力去想一下大家想看什么文章？"

不知道站了多久，她突然感觉有什么东西游进了她的脑海，她睁开眼睛，眼前的镜子已经氤氲了一层水汽。

"当她打开出租车门要下车时，当天晚上的第五道闪电劈开雨水仿佛落在了她脚边，她猛地缩回脚，雷声在半空炸裂后，她才撑开伞跑回公寓……"她开始写新的稿子了。

二

第二天醒来，空气异常湿润，她感觉有鱼在空气中游动，她想着去察看一下门上有没有长出青苔，结果被路过镜子的自己吓了一跳。头发蓬乱像煮沸的泡面，眼周被黑眼圈包围，脸颊如吸奶一样凹陷，如果在半夜她一定毫不怀疑自己看到了鬼。

"这天早上，男朋友的手中除了提着早餐还多了一条黑色的小鱼。她觉得这条小黑鱼真丑，但是却莫名的喜欢，仿佛是自己久别重逢的朋友……"就在她继续码着昨晚未完成的稿子时，响起了敲门声。

"哇！王仙仙，你这是要把自己往死里折腾啊！你都不照镜子的吗？！"

"只不过昨晚忘了吹干头发就睡了而已，大惊小怪。"她翻了个白眼给男朋友张采。

"讲真，今天别出门了，不是每个人都像我有这么强的心理承受力。"

"整天就知道嘲讽我！"她抡了一拳头过去，"这是啥？啊哈，小鱼？"

"今天早上在路边看到的，觉得它长得跟你很像，就买来送你了。怎么样，感动吧？"张采咧着嘴，笑得一脸傻气。

"不感动！它可比我丑多了！"

张采给她带了早餐，是她最喜欢吃的小白菜包子。不知道从什么时候起，她开始习惯每个周六早上的敲门声，以及打开门后那张笑得灿烂到耀眼的脸。

"这是你的新稿吗？写得不错啊，这个姑娘最后变成了鱼啊！"

"你怎么知道？"

"拜托，你的题目是《她变成了鱼》，你不要这么瞧不起我的智商，好吗？"

"哦……好的。"她低下头继续喝粥，嘴角挂着一丝笑容。可能，只有张采能够认真看她写的东西，并觉得她写得好吧。

他仿佛能读懂她笔下的每一个故事，那天他说，那个眼睛里会长出藤条的姑娘，每次哭泣时都很痛吧，还有那个掌灯的少年，他看上去真的非常孤单啊。王仙仙愣住了，她并没有这么写，但听到张采的话，她觉得自己的心像极了湿透的海绵，稍微一挤就会出水。

三

"游泳是男朋友教会她的。当时处于春夏之交，天气还有些凉，当她把脚放进水里，她感觉全身的汗毛都兴奋地竖了起来，一种奇异的感觉袭击了她的全身。她滑进水里，血液在身上加速流淌，每一个细胞都在欢腾，她仿佛听到水在说话，告诉她欢迎回家。"

读《百年孤独》时，王仙仙不止一次地想象丽贝卡对于泥土的渴望是一种什么样的感觉，直到她进入泳池，她开始有所体会。她好像在经历一次重生，水透过皮肤进入身体，自己在一点点溶解，难以言喻的舒畅。

"所学到的知识告诉她，人类是由猿进化而来的，但她的直觉告诉她，自己的祖先是鱼，她来自浩渺的大海，终有一天是要回到那里去的。她不知道那一天是怎样的一天，但她确信那天来临时她一定会有所发觉，也许是黑夜里出现了彩虹，也许是发现自己躺在云端……"

她舒展了一下身体，才发觉夜幕已降临。简单地泡了包面，边吃边看着外面各个楼上点亮的灯。

"只要我能看到灯火，我就不会觉得孤独。"那个掌灯的少年分明说过这样的话。可是张采却那么坚定地说，这个少年是孤独的，话语并不能表达什么。对面楼一个窗口的灯熄灭了，她仿佛看到了那少年的银发从窗前闪过，她笑了笑，把思绪转向自己正在写的故事上。要不要让主人公真的变成鱼呢？毕竟生活中的很多事都不过是一场美好的幻想，浪漫的泡沫总会有被戳破的一天。随即，她又摇了摇头，觉得自己太悲观了，现实已经这么痛苦了，为什么还要让自己笔下的人物也承受这些，她应该让她们拥有自己想要的生活。

"这个世界上她不能理解的事物有很多，男朋友的计划表算一件。男朋友的生活是由一行行计划组成的，她也在他的计划表上，包括什么时间一起吃饭，什么时候陪她逛街。最初她发现自己被当做是计划来执行的时候，心里有些不舒服，但又说不出来哪里不好。他确实把自己的生活打理得井井有条，像是极其精密准确的钟表，每一根针的移动都已经被内部的齿轮规定好。在他所有的计划中，她最难以忍受的是每天早上雷打不动的晨跑，她坚信男朋友无法理解她那种跑步时肺里像被塞满了棉花般的窒息感受，却也无法摆脱他所谓的积极向上的圈套。理解了自身的无力之后，她选择了默认，但她还是在某些时刻深深痛恨着他那难以更改的计划。

"下个假期我们一起去看樱花吧。"这天她提起。

"下个假期我已经计划好了，等以后再说吧。"

"计划改一下就好了呀。"

"又不是万不得已，改它干嘛呢？改了这一项，这以后的就都要更改，我答应你会陪你去看樱花不就行了吗？"

写到这里，她有点进行不下去了，深呼吸了几下，给张采发了一条短信："睡了吗？找个时间我们去看樱花吧。"

"好呀。"

四

"大懒虫快起床！大懒虫快起床！再不起床工作就丢了……"

她不记得自己订过闹钟，睡眼惺忪地看了一眼，心里把张采恨了千百遍。"6:30 晨跑"的字样出现在手机屏幕上，她曾经取消了这个时间的闹钟，但张采又趁其不注意给她添加上了。

"大懒虫快起床！大懒虫快起床！"像是知道了她一定不会起得来一样，张采给她订了不止一个闹钟，她只好从床上爬起来收拾去上班。

主编对她稿子的态度跟以前一样，认为她总在写乱七八糟让人读不懂的故事。

"我们做线上杂志的，需要的是吸引人眼球的稿件，你看看这个月点击最高的几篇《姑娘，嫁个低学历大龄青年真的委屈吗？》、《领导的私事找你帮忙，你帮不帮？》，学不会你就别在编辑部待了。"

"她从未想到这一天来临的如此普通，没有任何她想象中的征兆。如果非要说有什么特别的地方，那便是前一天本是很晴朗的天气，晚上却突然下起了大雨，但这点不一样想必是没有人会在意的。她带着疲惫睡下，呼吸中感觉空气里涌动着潮水的腥气。那天晚上她睡得特别舒服，睡梦中好似有水温柔地冲刷着她的每一寸肌肤。她并没有听到床板传来的'吱呀'声，也没有感觉到房子在崩坏。犹如阿弗洛狄忒女神的诞生，她被海水包围，被浪花裹挟着前进，全世界都在等她重新睁开眼睛……"

她深深吸了一口气，先把稿子发给张采，很快便收到了他的回复："大海是鱼儿注定的归宿。"

人呢？除了死亡，难道没有别的归宿了吗？她想了想，把疑问放在了心里。

下班时，竟然下起了雨。之前天气明明很好的啊，她纳闷着，然后她又想到自己很久没有游泳了，周六要约张采一起去游泳馆。

五

第二天早上她醒来，明明没有戴眼镜，却觉得世界异常清晰。她张张嘴，看到几个泡泡从口中飞出，她变成了一条鱼。

她感觉前所未有的轻松，她摆摆身子，周围的水像是温柔的拥抱。她失去了语言，不知道该怎么表达这种喜悦，她奋力向前游去，想要宣泄心中的狂喜。"砰"的一声，她头晕目眩还没来得及想发生了什么，就被眼前一张巨大变形的脸吓了一跳。

"仙仙，这条鱼在撞玻璃呢，刚才好大一声。"她认出来这是张采。

"还不是你买的傻鱼！"然后在张采的脸边，出现了一张与自己一模一样的脸，透过微微波动的水纹，映入眼睛。

她疯狂地叫却发不出声音，她猛力跳着，告诉自己这是梦。

"这鱼怎么了？"

她是谁？她是我？她是我，那我又是谁？

自此，全世界的鱼都疯了。

创意写作引导与评析

创意引导

就像卡夫卡的《变形记》一样描写一个关于变形的故事，是这篇创意文字的价值和意义。但是与卡夫卡《变形记》所展示的人在压力下的异化不同，本文的变形更多是因为听从心灵的召唤。

对于梦境的描写，同样是本文的创意之一。但真的是梦境，抑或不是，在这篇文字的最后并没有明确的表达，就像庄周梦蝶，还是蝶梦庄周？

关于爱情与理解，同样也隐约在这篇小说的字里行间。

这些要素使这篇文字读来让人有一种新奇的感受，是一篇成功的创意之作。

写作评析

这篇小说在讲述着的文字描写与文中女主的文字描写的交织中讲述故事，这增加了阅读的难度，也增加了阅读的趣味性，前人在文学创作中也多有使用，是一种值得借鉴的写作手法。

小说的文字简洁凝练，灵动跌宕，描绘栩栩如生，惟妙惟肖。

小满

中文141班 李斌

小满：农历四月十四，小满，麦类等夏熟作物籽粒开始饱满。妞子，你的生活或许刚刚起色……

"你在哪儿，妞子喝得不省人事，在宿舍裸唱……"

"马上过去，绑上这个屌！"

十五分钟后，当我一脚踹开妞子的宿舍门时，我第一次知道，人喝酒到一定极限后，在宿舍床上还能表演仰泳喷泉，宿舍容不下脚，放不下捂鼻子的手，看不见里面的人。

"土鳖，过个生日自己嗨还能这样？"

那一晚，我们兄弟四人，没人管妞子，听说第二天，他被扔到了隔壁寝室，邻居是杂货间。

妞子，是我小学同学，九零后的人朋友圈是以住宅为中心建立起来的，那个时候妞子就住在我家后排，一起光着屁股玩到大的，我们称为"腚友"。一直到初中毕业，我搬家，妞子中考失利，似乎那一年我们的人生也走向不同的方向。

一转眼，高三毕业，一个电话，老M的：

"禽兽，妞子搞对象了。"

"我去，男的女的？"

"谁知道，哈哈哈哈……"

一场玩笑过后，我们感觉妞子跟我们分开了那么久，也走了那么远……那一年，我复读，那么多的你们散了一场梦，没有生死离别，只是有些渐行渐远。

复读毕业的暑假，聚会只有我们三个，没有妞子，那时听说他搞各种兼职，从服务员到快递，从工地拧钢筋到搬啤酒箱子，从送快递到服务员。因为他爸借了500万高利贷，还不起跑路了，留下了他和他妈，四处躲藏，父母也办了假离婚。那年大一我给他打了很多电话，一次次都是停机，那时感觉这哥们儿到底活着没活着，手机里除了他的电话号码还在挣扎，其他杳无音讯。

大一寒假，似乎我们的种种缘分只是在长假才有交集。

"禽兽，你爹回来了，哈哈！"

那个时候，我唯一庆幸的，只有他的笑声和他居然还活着，回了他一句"叫着老M和猩猩一起出去吃个饭吧，去年那顿你还欠着！"

我记得，那次聚会上，我们没有一个人提起妞子的父母，不知是忌讳还是怜悯……

"妞子，你媳妇儿呢？"（其实还没结婚）

"跟人跑了，老子辛辛苦苦赚钱，哪知道这姐们还在家里跟别人相亲，算了，老子没有这桃花命，认命了。"

那个时候，我发现一个被戴了绿帽子的汉子，心里没有一点恨，或许是他的感情世界被这个精彩的社会麻木了吧，他仅存的那一点寄托，也随着今天的这一顿酒化作蒸汽，化作没有泪的火锅，烟消云散了吧。

每个人的日子像是上了轴的八音盒小丑，单调重复的舞蹈，日复一日的叠叠，那天，手机上的一条微信：

"兽儿，借我500块钱，手上有钱还你。"

没有问原因,也不需要问原因,支付宝上也就少了500块钱。

那个月下旬,我一边啃面包一边想,"妈的,等着暑假回去,老子坑死你!"

那次暑假聚会,仍然没有妞子。

"妞子呢?"

"和对象出去玩了。"

"又哪个男的?"

"原来那个姐们儿。"

"好吧,这个痴汉!"

没有过多的追问,鞋合适不合适也只有他自己知道。两天后,在猩猩家里,妞子一直给媳妇儿打了半夜的电话,他说这是任务,我们不懂,我们只是知道整整五个小时的长途,妞子啰哩啰唆,喋喋不休,还把自己锁起来,还有那一直没关的灯,还有第二天高额的话费欠费……桌子上的麻将,一直晾到天亮,一局都没开。要开学时,他的一篇日志,打破了那天的平静:

"今天知道你结婚,看到你穿上婚纱幸福的笑,我很满足。"

那一天妞子的QQ、微信沦陷,我一连二十几个电话都没接,我苦笑着骂了一句死胖子。我想那天他一定在喝酒,增加身体的含水量,怕哭干了泪囊,哭伤了身体。

后来,我们才知道,那一晚的五个小时长途,是一场简单而漫长的告别,简单在只有一个主题,一个希望另一个幸福,一个总是在说对不起。电话一端喋喋不休,另一端只是重复重复。无论之前的一年他们经历了什么,我想,那晚他一定也在笑,那是一种解脱,对自己的解脱,也是一种对自己的告慰,那一夜麻将桌一直晾着,灯却一直暖着……

那500块,我想让妞子多买点酒。开学了,我记得那天是四月十四,小满,妞子给我发了一条短信:

"慧女莫欺少年穷,男人莫嫌老来丑,老子今后一定得找个靠谱的,记得我找到了给我送计生用品。"

"滚吧,有事来个信儿,别玩消失,放假回去一起看看咱妈。"

暑往寒来,妞子专科毕业,学机械工程设计的他"如愿以偿"地送起了快递。他从天津回来的那天晚上,我们四个轧起了马路,寒冬里沿着外环公路,也不知道是傻还是为了氛围,妞子最后说:"去看看我的新家吧。"

"哎哟,胡老板,发达啦?"

"滚蛋,房子是我爸买的。"

"你爹回来了?!"

"哦,就算是吧。"

一进门,就像我们小学的时候去妞子家一样,每次都先给妞子他妈来个熊抱,一阵寒暄拜年之后,我们便一起坐下来嗑嗑瓜子,聊聊家常,我间隙看了看妞子,感觉笑容背后藏着那么多隐忧,那么多无奈,那么多尘世历练,那个时候我也发现,恍惚之间我们也一起走了那么远,或许友情越到最后就越是小心吧,不敢多问,也不敢随便。

"妞子,叔叔呢?"不知道是怎么了,我心里的话最终没憋住,或许是好奇,可我觉得更多的是对妞子这么久家庭不幸的不甘,但此话一出口,我便知道,我错了。老M在身后偷偷地拍了拍我的大腿。

"哦,还没回来,还没回来……"

"好吧",气氛的尴尬让我有些冷,让我有些头脑空白。从妞子家出来,当我问到妞子他爸时,我才知道,妞子父母是真离婚了,妞子的房子便是他爸为了补偿他妈给妞子买的。

"那一屁股债呢?"

"听说给妞子他爸放高利贷的人这几年在外面欠了更多债务,也跑路了。"

"妞子最近过得还不错吧?"

"妞子现在多少有些放纵,每天在网吧开黑,一天二十四小时也不离电脑。禽兽,妞子现在还向你借钱吗?"猩猩的一句话让我很敏感。

"怎么突然问这个?"

"妞子现在花钱大手大脚，还买了很多奢侈品，你说这以后还怎么借他钱。他现在借钱也是为了还上一家借他钱的，拆了东墙补西墙。"

那一刻，没有声音，也没办法回答，猛然间，我发现这个世界太乱了，太脏了，太腥气了。妞子就这么无缘无故地成了社会肮脏的牺牲品，我们都还没有能力同这个世界一较高下，也不能用年轻人的爱情观来衡量他父亲的行为，无论是否还相爱，到头来只是一座空空的房子，一座没有了心和感情的空壳。我突然抬起头看了看这个寒夜里冰冷的世界，我们又何曾不是这个世界的衍生品与牺牲品。妞子的不知进取也让我们无可奈何，或许真应了那句老话"哀其不幸，怒其不争"，想骂他，却不知道怎么骂。

过了不久，妞子说他要当兵，还来问我们几个的意见，或许真的是因为没有父亲吧，我们三个无疑成了他的顾问，第一次不约而同地回答，不建议他去当兵，妞子竟然也没有问为什么，或许他早就心里有数，如果那个冰冷的家没有了他，可能会更早崩塌。

那一天，我发了一条朋友圈，只有简单的一行字"家和万事兴"。我想或许有一天妞子终会解放，会有一个属于自己的家。

我们的生活还在继续，每天刷朋友圈，总有很多微商广告，我也屏蔽了很多人，唯独没有屏蔽妞子，我怕失去这个人的消息。每天妞子都发广告，卖商品，他还找了一份不错的超市工作，听说很快还升了经理，怎么着也算中层领导了。期末考试的前一天，妞子给我发来一条微信：

"准备随份子吧，爹找到对象了。"

我马上翻了翻朋友圈，真的看到了妞子的新欢，我问了老M才知道，这姑娘是个00后，妞子工作时认识的。我一条都没回妞子，总觉得不靠谱，不踏实。妞子看到我没回，骂我：

"你怎么不回你爹？"

"傻屌，你爷爷我在背文学史你懂么，文学史老师就和每天都处在更年期来了大姨妈似的，期末重点是一本书，哪有空搭理你这三妻四妾。"

"你这次考试肯定挂。"

"过了咋办？"

"你给老子买一盒杜蕾斯！"

"行啊。"

答应完我不知道，他是否吃亏了。没有过多追究，其实我们都知道妞子的这段感情有多不靠谱，分手也只是时间问题。那个暑假，妞子果然是一个人来的聚会，依旧傻呵呵的，仿佛他喜欢了很多人也忘了很多人，对待感情或许他是麻木的，或许他是不敢相信的，或许他是难以割舍的。

今年的暑假，身无分文的四个在我家里聚会，猩猩问我：

"禽兽，你还借钱给妞子么？"

"还好，他跟我说的时候，我有富余钱就借给他。"

"以后还是少借吧，妞子花钱没边没沿，听其他朋友说妞子已经在外面欠了一屁股债，现在借钱给他就是害他。"

"我去，这傻小子到底干吗了？"

"鬼知道。"

从那天起，我似乎下定决心不再借钱给妞子，那天的那顿饭吃的很噎人，虽然很咸但总感觉很无味。

国庆假，当我瘫在家里沙发上看电视的时候，妞子的消息响了：

"准备给老子买避孕套吧，爹又找到了一个00后。"

"傻×，缺钱说话……"

放下手机，我便睡了过去。心里想着："又是时间问题。"

如果有一天我们都会老，我希望今后每一天生命的时间会定格在手机响起的那一瞬间，我希望我们年轻着，笑骂着，凌乱着，无聊着。希望我们征途半百，归来依旧少年。我们都逃脱不掉梦想在脑海中肆虐，最终我们天各一方，会不会杳无音讯。在今后越来越短的日子里，我们或许会更加明白"常联系"那句话，所有的感情都需要维系，都需要尊敬。

这个世界总会有那么多不幸与哀嚎，这个世界也总会有太多肮脏与不堪。就像你面对阳光时身后永远有影子，它的出现不可避免，只要你一直面对着阳光就好。

妞子的生活就像一碗羊杂汤，什么都有而且百般滋味，他的年轻时光已然不亏，却依旧缺少很多。我们无法规定他人的今后，生命那么长，笑容那么短，你何必太过于顾及很多。我希望今后与你的日子就像站在十字路口，你望着我，我瞧着你，哪怕背影相觑，只要你步伐坚定、目光如炬就好。

小满未满，荆棘阑珊；小满已满，花开途满。

创意写作引导与评析

创意引导

满,是一个很特别的字眼,圆满,完满,满足,满意……而这篇小说的名字是《小满》,一个节令。小满,是"小麦等夏熟作物籽粒开始饱满",而那个叫"妞子"的人呢?他的人生的"满"是开始?还是已经走了很远?是瘪瘪的心意和情绪,还是满满的情怀和行囊?这篇小说的创意之处是借一个象征"满"开始的"小满"作为篇名,抒写一个和"满"相关的故事,确切地说,是妞子和几个青涩少年的故事。每个少年都有几个死党,随着时间的推移,即使死党,人生轨迹也常会有或多或少的偏离,甚至背道而驰。妞子,或许就是抛物线弧度最大的那个。我们大概都没有能力去改变彼此的生活轨迹,也没有理由改变彼此的生活信念,可我依然愿意期待,妞子会"步伐坚定,目光如炬",依然愿意期待,青春年华的我们,在一径荆棘中,会花开途满。

写作评析

这篇小说的新颖之处是篇名及其蕴含的寓意。"满"与"未满",某些时候,似乎是说不太清的,但本该作为人生行进方向的"满",是我的,却未必是你的,这就是青年心事。这就是这篇小说的思想意义和价值。看懂自己,才可以做更好的自己。所以,要反观,要自审和自省,自己和同龄人都是应该注目凝视的对象,因为这反观和自省,决定着每一个行进的青年的方向和未来,妞子的、我的、我们每个人的。借此而言,这篇小说内涵深刻,十分值得阅读和思考。

而作者在行文中则用一种口语化,但很有特点的类似王朔的语言风格来写,非常符合几个人的身份特征,套用评价戏曲语言的一个词语,叫做

叁 现实·人生

"本色自然"。令人耳目一新,非常难得。

少年人的坦诚、粗放、不拘小节、真挚,在一句句的话语和一个个行动中表现得淋漓尽致,这就是青春的真实的样子,这就是青春应该的样子,而我们,还要想想我们未来的样子。能否继续一直去做一个真实的、无畏的、走在坦途中的自己,去赢得人生的满意和圆满?或者面对磨砺,能够披荆斩棘,一路坚定,勇敢向前?

永远是好朋友

中文144班　王化麟

最近老是觉得回家的路上有人跟着我，虽然说那个跟踪的人似乎并没有什么恶意，然而作为一个孤身在外打拼的女人，心中仍然不免有些担心，正在考虑报警，又怕是自己多虑了。沉思中，包里的电话震动起来——

"喂，您好，请问您是？"

"小花？啊！你真的是小花，我就试一下能不能打通这个电话，没想到你真的那么多年没换电话号码！哈哈，有没有想我？"听到电话里熟悉的嗓音，我皱起眉头，从高二转学以后的五六年里，多少个日夜没有听到人这样叫我了，回忆如海潮一般涌进脑海中。

"嗯，是我，你有什么事？"原谅我不能像从前一样与电话那头的人寒暄，毕竟那么多年过去了，我们俩一直没有联系，中间的隔阂是不能视而不见的。

"啊，我现在在×市，我听说你现在在这里混得很滋润嘛，怎么老同学到了也不准备接待一下？"听到电话那头戏谑的口气，我心想这丫头这么多年了还是一点都没变。

"我这不是不知道你来了嘛，你在哪里，我现在过去找你。嗯……吃饭了没有？我们先去吃饭吧。"

"哈哈，早就知道你会来，我已经在×街白云饭店等你了，快点过来，要不然菜都凉了，我们俩今天要好好叙叙旧才行！"电话里传来的语气分明很兴奋，在我听来却有一丝凉意。

赶紧拦了一辆出租车，来到白云饭店，进门就看到了她——阿沁，进入高中到我转学之前最好的朋友。我才发现她不仅脾气没有变，连外貌也没多大改变。

记得我第一次见到她是在刚上高中的那一天，她在人群中简直就是鹤立鸡群，修长的身材以及清秀的长相，吸引了许多目光——欣赏的、羡慕的、嫉妒的……而我看到她第一眼就知道，这个女生的高中生活估计不会太平静，因为在年少无知的青春期里，大多数长得漂亮的女生一定会被贴上"绿茶婊"、"狐狸精"之类的标签，这就是女生可怕的嫉妒心，更不要说阿沁是那种人不犯我我不犯人、人要犯我以牙还牙的女生，这日子肯定是水深火热。果不其然，开学还没一个月，阿沁就被女生的小团体孤立了。然而我这种丢到人群中拿放大镜都找不到又内向的闷油瓶，也遗憾地被排除在女生的小团体外。

两个同样被排斥的女生，自然而然地就玩到了一起。刚开始我觉得阿沁一定特别难接近，相处久了之后，我发现这个女生只是对自己不喜欢的人才摆出拒人千里的姿态，对于她唯一的朋友我竟然是掏心窝子的好。我们就这样牵起了对方的手，和普通高中女生一样一起吃饭、回家。我原本以为高中的时光就会这样平淡无奇地过完，没想到才过了一半，就出事了。而这件事也直接导致我离开家乡，不得不转学到邻市的另一所高中继续学业。

当时年级上的"大姐大"不知为什么就是看阿沁极其不顺眼，可能是想要彻底地孤立阿沁，她开始向我抛出了橄榄枝，而我这个平凡到不能再平凡的女生，自然是希望朋友越多越好，也就伸手接住了这个橄榄枝。朋友圈大了以后，我能给阿沁的时间自然也就少了，很多时候她又回到了孤身一人的状态。那一天，我记得阳光很好，一上午的课上完了之后，我趴在课桌上准备来个惬意的午睡，迷迷糊糊中被吵闹声吵醒了，好像有人在叫"狐狸精"、"跳楼"之类的字眼。没等我弄清是怎么回事，学校已经将事情压了下来。后来我在校长办公室才知道，那天跳楼的是阿沁，原因竟然是我，幸运的是最后阿沁没跳成。这件事也成了当时整个学校最火的谈资。

后来，父母为我转了学，我开始了新生活，也不愿再想起那些经历。这么多年过去了，我以为我再也不会见到阿沁，没想到今天竟然又和她重逢了。

"小花，你知道吗，高中那会儿，父母工作特别忙，没时间陪我，学校里女生又孤立我，只有你愿意和我做朋友。我本来觉得有你陪我就够了，没想到最后你也不愿意陪在我身边，你知道吗，我是多想和你永远做朋友啊！"

我突然非常自责，阿沁是真心把我当朋友的，我却为了融入别人的圈子，又让她一个人面对别人的责难和冷眼。心里正这样想着，突然眼前一黑……

我最后记得的事情是阿沁坐在对面，对我微笑。

也不知道我睡了多久，醒来的时候，只觉得自己热得快炸了，发现自己躺在床上，浑身无力。旁边睡着阿沁，微笑地看着我。心里突然一沉，抬头看看四周，火光冲天，我突然就明白发生了什么。眼睛被浓烟熏得直流眼泪，阿沁伸出手温柔地擦掉我的眼泪，环住我的肩，轻轻在我耳边说："我们说好了要永远做好朋友！"

创意写作引导与评析

创意引导

"永远是好朋友",像是一个温暖的承诺,又像一个温馨的画面,而小说的结束,是在这个听起来极其温暖的承诺中,一片火光,两个生命。

小说是要展示生活中那些千变万化的可能性,并形象化为一个个可以感受的故事。这就是该文值得阅读与借鉴之处。

反其意而用之,也是这篇小说的创意之处。

写作评析

"火光冲天,我突然就明白发生了什么。眼睛被浓烟熏得直流眼泪,阿沁伸出手温柔地擦掉我的眼泪,环住我的肩,轻轻在我耳边说:'我们说好了要永远做好朋友!'"这样的结束,出人意料又在情理之中。

所有的偶然与必然,似乎都是一种冥冥之中的既定。

小说的叙述以一种类似悬念的方式开始,随着故事的发展,当一种温暖与如释重负的释然在读者心中荡漾开去时,却又以一种更为残忍的方式结束。

"永远是好朋友",永远有多远?大千世界,我们该如何与他人相处?

关于人性的思索,久久回荡在读者心间。

最美的秋天

中文144班 黄钰程

秋天，寒流刚刚过境。风爬上寂寞的窗台，摸索着泥泞的道路；也爬上突兀的树木，仿佛贪婪地将每一片叶子都吞噬。

体育场空无一人，剩几株野草空洞地摇曳着。今年的最后一场演唱会不久前刚在这里落幕。华灯万丈后的落寞也不过如此。

她径直走进体育场，沿着草地的蜿蜒漫无目的地晃荡。晚餐后的散步，意外闯进这里，仿佛拥有一种神圣感。

她用手动了动耳机，将音量调到了最大。

她觉得有一束强光打在了她的身上，从每一根发丝蔓延到她的鞋子，她甚至感受到了聚光灯的温度。暖暖的，却不比内心的灼热。

原本荒芜的体育场顿时充满了人群。他们簇拥在一起，席地而坐，或是倚靠在四周的树干上，点燃手中的香烟。眼神中充满期待。她觉得他们在盯着她看，哦，是的，他们确实在盯着她看。

她脚下原来是升降的舞台，缓缓升起了。她穿着金光闪闪的拖地长裙，带着剔透的珠宝项链，随着全场音响的一声刺耳啸叫，她清了清嗓子。顿时寂静下来。

音乐响起，人群又躁动起来，他们挥舞着双手，嘴中念念有词。她也向他们招手，向他们问候。身后的灯光变换着颜色，冷光烟火从高处缓缓泻下，像银河中溢出的星斗滑落，亮得刺眼。

她转过身去，在透明的玻璃舞台上踱步、曼舞……再走回来摆弄她婀娜轻盈的身姿，追光灯像年轻时的爱人一样寸步不离地跟着她，点亮她，仿佛点亮了整个星空。

欢呼声此起彼伏，掌声雷动。他们为她而疯狂，她觉得自己比麦当娜还要耀眼。

……

音乐减弱了，灯光暗了，她热泪盈眶。顿时冷风吹过她的额头，她打了一个冷战。所有的灯光都不见了，人群也不见了，金光闪闪的拖地长裙又变成了暗淡的圆领衫。她摸了摸眼角，是湿润的。她笑了……

她的肩膀被拍了一下，她转过头去，但没有受到惊吓。她知道那是欧文来接她回家了。欧文打着手语，显得有些惊慌失措。

"你怎么了？"

她用手迅速又摸了一下眼角，醉人地笑了。

"有点冷了，我们回去吧。我想，今年的秋天一定很美。"

她也用手比划着。

欧文也笑了，牵着她的手，贴近她有些冰冷的耳朵低语。

"是的，一定很美！"

创意写作引导与评析

创意引导

"秋天",是一个意涵丰富的意象,以"最美"来形容,更让人无限遐想。

像一篇散文的题目,却作为一篇小说,"最美的秋天"来描写一个"婀娜轻盈的身姿"的女孩的故事。"欢呼声此起彼伏,掌声雷动。""她摸了摸眼角,是湿润的。她笑了。"与"打着手语"这样的词语,连缀在一起,勾勒出读者心中这位女孩的形象:聋哑,却有一个歌唱家的梦想。

生活中有很多美好,却又常常是如此残酷,但在女孩心中,"今年的秋天一定很美"……

生活还要继续,我们每个人都会有一个长长的未来的,只要你迈出去,开始走。

这就是《最美的秋天》的创意与深意所在。

写作评析

以散文的意象和笔触来勾勒小说的形象与故事,以"最美"的秋天讲述一个女孩美好的梦和梦碎的残酷现实,也给读者无限感慨。

语言与意象的轻盈衬托一个沉重的话题和故事。或许,生活的摇曳多姿就在于,冥冥的天意会给你一个残酷中的暖,一个冰冷世界中充满爱意的故事。

回暮

中文142班 黄艳

天色尚未拂晓，附近人家的鸡鸣却依稀可闻。半掩在摇曳的竹林里的土墙黑瓦的屋子，渐渐透出了零星暖黄色的灯光。袅袅的炊烟从烟囱中徐徐升起，顷刻间便消散在尚且朦胧的天色里。

一个头发已有些许花白的婆婆，掀开打着补丁的蚊帐，倚在床前给一个四五岁大的孩子穿鞋，孩子好像尚未睡醒，歪在床上不肯起来。那婆婆似乎又正色地说了几句，远远地听不太清楚，然后那孩子便呵欠连天地揉着眼睛起来了。

晨光熹微，孩子已经扎着两个羊角辫，背着手工缝制的布书包，向婆婆摆摆手准备走了。婆婆又不放心地朝着孩子的背影急切地叮嘱了两句，这次倒是听清了："芸生，路上好生走，下午早些回来！"

清晨的雾气随着破晓渐渐清明了些，孩子心不在焉地走着，盯着脚上的布鞋，暗红色的布鞋上衬着一些黑色的小花，鞋底边缘有一些磨损，还带着一些泥土。而一只布鞋的鞋扣已经掉了，婆婆前些日子缝补上了一个布扣子，这样可以穿得更长久些。

太阳已经爬上山头，路上的孩子越来越多，嘻嘻哈哈相互推搡着、打闹着。

一会儿低低地说着什么悄悄话；一会儿又踢着路边的野花野草，上面的露珠打湿了脚背也不知道；一会儿又相互追赶着……

孩子嬉闹的声音时远时近，有时像远远地传来，有时又像就在耳边，不断地跳动。最后那声音越来越大，就像在身体里一样，响彻整个脑海。

"芸生！芸生！"她听见一个急切的声音在唤这个孩子，最后她突然睁开了眼睛，一片茫然，什么也想不起来。过了片刻，才回过神来，好像灵魂才回到身体里，不禁失笑：怎么会梦到小时候？不过这笑容太过微弱，再加上面容枯槁，看起来就像嘴角抽了一下。

她这才看到床前围满了人，一个个眼窝蓄着深深的泪水。她想说点什么，一张嘴才发现什么声音都发不出来，只剩下暗哑的啊啊声。不过片刻，一股沉沉的睡意悄无声息地袭来，像潮水一样包围着她，她不想睡，可眼睛在挣扎中逐渐合上；感觉自己的身体不断地陷进软软的被子里，没有尽头；他们的脸也逐渐变得越来越远，越来越不清楚。

我还没活够啊！带着最后的无声的叹息，眼前的世界归于黑暗，耳旁的声音归于寂静。

芸生，白血病，死于2009年，17岁。

创意写作引导与评析

创意引导

读罢潸然。一个花季生命悄然而逝,是生命的不舍,也是家人巨大的悲痛和无奈。

而以一个逝者的梦境与醒来的弥留感受构成小说的两个主要部分,愈发显得生动真实,也更令人痛惜感叹。读者大概会相信,这源于一个真实的故事,也会为这个小女孩祈祷,为她的家人祈祷。

"暮"是迟暮,是黄昏,是日落西山,而这个故事,却是关于一个17岁的少年的……

这篇小说的创意在于对于叙述视角的独特选择。叙述视角是小说描写非常重要的一个要素,恰当的叙述视角可以更多地传递出小说更为丰富的内容,值得每个小说作者注意。这也需要脑补出叙述者的思想和感受,做到恰如其分的表达。

写作评析

黎明,睡意朦胧的小女孩需要起床,上学,走在路上,汇聚越来越多的人,听到呼唤自己的名字,被巨大的呼唤声惊醒,是一个回到儿时的梦,不禁失笑,奇怪自己梦到了儿时,但同时也回到了冰冷的现实:自己已经是白血病的弥留之际,不能发出声音,无论怎样的憾恨和不舍,都不能挽留一个垂危的生命。小说叙述流畅,细腻,能够给人深深的触动,引起对逝者的无限怜惜。

朴素的语言,流畅的故事,细描细绘的场景,在独特的视角中,讲述一个动人的故事。

礼物

　　中文142班　魏榕

楔子

　　这一年六月，她想了想，还是给他买了一份礼物——毕业礼物，没有告诉他，凭着自己的记忆，填写了信息，寄了出去。

她

　　我不记得具体是什么时候开始有了对他的记忆，可能是来自那一场大哭。不记得当时发生了什么事情，只记得班上的小朋友一个接着一个地哭，大哭。我很茫然，不知所措，只看见旁边那个乖乖的男孩子也在哭，一时难过，嘴一瘪，跟上了"节奏"，吓得旁边的同学赶紧去找了老师。最后，老师问我，你为什么哭呀？我的回答，让老师哭笑不得。

　　我说，我看见他哭了，就想哭。

他

　　我不记得具体是什么时候开始有了对她的记忆，可能是来自那一场大哭。

为什么会有那么多人哭，不记得；我为什么也会哭，不记得。但是，我记得，她哭。她本来还在安慰那些在哭的人，结果最后，自己也哭了起来。她哭的时候，那一嗓子，吓得我忘记继续流泪，只是看着她，一脸通红，泪流满面。现在还记得那个时候我心里面说了啥：这个人，怕是个傻子吧。当然，我不曾告诉过她。

她

后来我和他上了同一所中学，只是不再同班，他还是像小时候那样优秀，当然，我也是！我们的关系在这两年里面进展很快，感情很好，别人都说我俩在一起了。谁知道呢，都是懵懵懂懂的年纪。因为顺路，周五没有自习，总是会一块回家，一路上说说笑笑，倒也挺好。我总是想，有个这样的哥们儿挺好。最后一年，家里面出了很多事情，我感觉自己成长很多，便告诉他，咱们都成熟一点，少让家里人担点心。之后，我们便在没有像以前那样一起回过家，一起吃过饭。我想，那时候，他可能是误会什么了吧；我想，那时候，我可能也是想他误会些什么的吧。只是那个时候有些难过，现在想，那时候，我大概是有点喜欢这个男孩儿的吧，真是早熟！

他

后来我和她上了同一所中学，只是不再同班，她依然像小时候那样"傻"，我不傻。我们的关系在这两年里面进展很快，感情很好，别人都说我俩在一起了。谁知道呢，都是懵懵懂懂的年纪。周五没有自习，她总是会在教室多待会儿，写写作业，而我爱在学校打会儿球。某一次发现回家时间差不多，又顺路，之后便一块回家。一路上打打闹闹，挺好的。她记得我生日，平时也会准备一些小礼物，可能是糖果，可能是贺卡，她的好朋友都会有。其实，这个女生没有那么傻。最后的那一整个暑假，我们没有任何联络，过了很久我才知道，她家里出了一些事情，她的家庭观念很重，那些事情让她变了很多，开学初的一段时间，挺心不在焉的。后来，她跟我说，咱们都成熟一点，少让家里人担点心。我很难过,不知道该怎么做。只是,我和她都选择了最不恰当的方式来处理这件事情。之后,我们便再没有像以前那样一起回过家,一起吃过饭。我想,给她一点时间吧。只是,我依然难过。现在想,那时候,我大概是有点喜欢这个女孩儿的吧,真是早熟!

她

再之后,我去了另外一个城市上高中,很多年没有见过面。毕业之前,我把所有事情都跟他说了,我感觉他很难过,但是,我依然选择了去另一个完全不熟悉的地方。后来的联系,仅限于QQ上偶尔的问候。学校放假的时候,我去过他们学校,在他的教室门口晃悠过,也去篮球场上转悠过,只是从未见过他。我不知道,他知不知道我回去过,我没有告诉过别人。分文理科之后的某一天,他跟我说,他要学艺术类。我都惊呆了,还开玩笑说,那个不是有身高要求的吗。他说,他长个了,不再是当年的那个班主任还要操心不会长高的小个子了。说完,我们都沉默了很久,是呀,我们都两年没见了,都变了模样了。

他

听说她要去另一个城市读高中了,我不知道是种什么样的心情,说不清。之后没有见过面,偶尔会在QQ上联系,只是,偶尔。听同学说,某一天在学校遇见过她,在食堂、教学楼,还有篮球场。很是惊讶,却也是她的作风。其实,我也见过她,不是在学校,而是在某条路边。那天是元宵,她和好朋友在商场门口等人,然后跑去买烧烤,我和她不过十米,她没看见我。发现她的不是我,是朋友。朋友说,她似乎是认识自己的,但是疑惑地看了自己好久,没有认出来,只是看她的表情,很是苦恼。我没看见,但能想象,她,脸盲。过了好久,我告诉她我要考艺术类,她感慨我们好久没见过的时候,我把这事儿告诉她了,她又沉默了。然而,我不只是看见过她那一次,只是,每次她都没有看见过我。她走路一向认真,因为小时候老摔跤。她在我成年那年,送了我一本书做礼物。

她

  我高考掉档了，选择复读。他去艺考，我可能比他还紧张，听他说感觉不是很理想的时候，我却不知道怎么接下去。可笑的是，最后他上了自己还挺喜欢的学校，我再战高三。复读的这一年，我过得很充实，当然也有想要放弃的时候。那个时候，我会给一个朋友打电话，那是我新认识的一个朋友，很神奇的经历，我很信任这个人，他告诉我别认怂也不要怂。我把这句话跟他说了，他叫我加油。有一天，我说，你写封信给我吧。我以为他不会应，没想到，他很快回复我：好。我很激动，从来没有正式收到过一封来自远方的信。

他

  高考之后，她说她要去复读，我没问原因，只说了加油。艺考的时候，晚上有时间她会发消息给我，我告诉她，情况不太好，她似乎比我还难过。只是最后的结果，让人意外。她，还是爱操心，有点傻！在我们为数不多的联系中，她告诉我有个人跟她说，叫她别认怂也不要怂，让她感触很深。这个人，应该对她来说挺重要吧。我再一次跟她说：加油。有一天，她说，你给我写封信吧。我愣了一下，回复：好。只是，我犹豫很久，不知道写啥。最后，在送完了一个朋友之后，我提笔，开始絮絮叨叨地写，我不知道我想写些什么，但是我写了两三张纸。她这次的礼物是烛台。

她

  没想到他的信是找快递寄过来的。我拆信封的时候，手是抖的。他的字变化挺多，想必是练字了吧，信的内容很絮叨，写了很多，最后的感觉很像被剥橙子皮时散发出来的气味环绕。直到再次高考后，没有联系。最后一次高考，我很不安，好在最后成绩不错，也上了自己比较喜欢的学校。我们依然没有见面。

他

不知道她看完信是什么感受，只说，我的字好看了许多。高考后她很不安，总觉得自己又没有考好。好在她每次说考得不好的时候，结果都是好的。以前就是这样，但凡她觉得自己考得好的时候，往往结果是不好的。就爱在那个时候逗她，想不到，过去这么些年，还是老样子。最后她考得挺好的，除了没有去到她想去的南方。至此，我们四年彼此不曾见过，但是，生日总会收到礼物。

她

我穿越了大半个中国来到北方，很多人都认为我不去南方也至少会去他那座城市，然而他们不知道的是，那座城市的学校，我一个也没填。此时，我们的联系少了。我上大一时，以前的朋友多半已经大二，都挺忙的，所以联系得较少。因此当那时我和一个老友说话不过三两句的时候，我很是郁闷。在某次聊天过程中，他说：你可能是现在有点适应性障碍，你想在他心目中找些存在感。看完这句话，我就哭了。之后，我们的联系又慢慢正常了起来。

他

她上大学之后我们就很少联系了，她忙着适应新生活，我也在忙着各种比赛。我从未想过她会有适应性障碍，毕竟她从来就是个很乐观的人。所以当她跟我说完和那个朋友的事的时候，我很惊讶，说了我的感受，开解了她一下，不知道后来怎么了，只是我们的联系慢慢正常起来，没有每天联系，却也不会几个月没有消息。生日时，收到了她托朋友送给我的礼物，是个Diy的小房子，只是收到的那一天，她在返校的途中，手机被偷了。在"失联"了差不多24小时之后，我收到一个陌生号码发来的短信：是我，我在找回微信，帮我填个验证码。我笑了，是了，之前她就说我的号码很好记。在这种情况下，还能想起我的号码，也是不容易。

她

我们见面了,在小时候的朋友的聚会上,他变化很大,也没有多说话。朋友拿小时候的事情开玩笑,我们只是笑笑,就过去了。

他有了女朋友,我很少和他联系了。

他

我们见面了,在小时候的朋友的聚会上,她几乎没什么变化,也没有多说话。朋友拿小时候的事情开玩笑,我们只是笑笑,就过去了。

我有女朋友了,我们的联系少了,也没有收到礼物。

她

很凑巧,今年他生日那天,我在他的城市,转机返校。飞机遭遇航空管制,很久都没有起飞,无聊地刷朋友圈,看见他的动态,我说:生日快乐。他回:你还记得吗?我笑着:记忆的炎夏?他说:不知道。我很疑惑,他说,知道你喜欢我。我回道:不喜欢,多少年前就没有那份心思了。而后飞机起飞,降落,没有回复。

他

生日那天,听朋友说,她回学校之前竟然还去了趟医院,晚上那条朋友圈发出去不久之后,收到她的消息:生日快乐。最后一条消息说:不喜欢,多少年前就没有那份心思了。她说,多少年前就没有那份心思了。嗯,挺好。

她

给老友买毕业礼物的时候很是纠结,要不要给他一份,最终还是抓阄决定了:买!

他

六月了,我快大学毕业了。

结局

她没有问过他,只是按照记忆填写收货信息,在惴惴不安中等待着。只是一天过去了,依然显示没有提货。最后还是发了消息,告诉了他,他问为什么买?她答:买多了。他说,他不在学校住了,也换了电话号码。她哑然,找了同学去处理。

至此,没有礼物,没有消息,没有联系。

创意写作引导与评析

创意引导

不知道是不是有很多爱会阴差阳错？不知道是不是所有的错过都是因为有缘无分？不知道是不是所有的遗憾都因为不勇敢？不知道所有的远去都有时会怀念？或许，很多时候，礼物，真的是一颗心，而你，视而不见。而此时，礼物就真的成了礼物，心，被你丢了。人生的很多东西丢了，或许就再也找不回来了。遗憾吗？或许是，或许不。

把浓浓的深深的，说得浅浅的无事的淡然，是这篇小说的创意所在。每一场情深缘浅的情事，都是一个伤感婉约而微凉的故事，就像初春的晨曦。

生命中那些刻骨铭心的经历，一定会是一个动人的故事，讲出来，给可以懂的人听……

写作评析

以一种双方视角、个人独白的形式来讲述一个故事，结构新颖，不落窠臼，是这篇小说的最为独特之处。

在朴素的文字中蕴含深深的情感，体现出较好的语言运用能力。

刃脊

中文143班　崔梦雅

　　关震乾睁开眼的时候，感觉脑袋昏胀胀的，平躺的角度能看到银灰色的天花板，四周是明明灭灭的仪器的光，在黑暗中如很多眼睛在窥伺着。关震乾有些不舒服地扭过头，借着昏暗的光看到一个熟悉的人影。"王野，"他开口，倒是被自己嘶哑的声音吓了一跳。

　　被叫到的人本在百无聊赖地打盹，听到声音后警觉而清醒地睁开眼，整个人锐利得如一把剑。但那状态只持续了一秒，下一秒他就如夏天的蝉一般聒噪不休："关震乾你终于醒了，看来还是说点威胁比较好使啊！比如再不醒就不管你了，虽然不会真的不管你。话说回来你怎么回事？检查的时候你有几项数值不对啊，是不是偷偷注射毒品了？"

　　一醒来就面对王野无异于酷刑，关震乾皱着眉，声音虚弱地打断，"于金奉呢？"

　　王野略略提高了声音，"于金奉？你昏在床上是因为于金奉？我早就看那小子不是什么好东西！你还不听！"

　　"王野，"关震乾撑着床费劲地坐起来，"别说了，让我想想。"

关震乾本来是去劝于金奉不要冲动的，从交战的前方一路追到了首都星圈，自认长这么大，就少有这么有干劲过。可没办法，谁让那是于金奉呢。

于金奉躲在暗室里，一件一件地检查装备，杂七杂八的零件铺了一地，日光灯悬在头顶上，明晃晃白灿灿，映着肤色愈发苍白。

门被推开，于金奉讶异地抬头，正看到关震乾面无表情的脸。看得出没有怎么休息好，眼眶周围微微泛着黑，眼球红红的，布满了血丝。

于金奉到底没有问他怎么找过来的，只是静静地看着他反手关上门，脚下拨开碍事的零件，坐在自己对面，有些负气的味道。

死一般的寂静，于金奉如被抓包的孩子一般无措，思虑再三还是低下头继续检修装备。关震乾看了会儿他，忽然开口道："你不能去。"

于金奉没有抬头："我必须去。"顿了顿又道，"你说服不了我，没用的。"

关震乾耷拉着头，视线黏在腿边的一颗子弹上，话音一贯地拖沓："虽然很麻烦，但我还想试试，也不枉我从混乱之地赶回来了。于金奉，你说是吧？"

于金奉没有接话，打定主意不听任何劝说。关震乾在沉默中感觉自己像久置的气球一般一点一点干瘪了，支撑着他赶回来的那股劲慢慢地泻掉了。

"你逼我的。"他说。

王野没有进一步催逼，难得安静地任关震乾撑着头发呆，逼仄的空间里并没有钟表，王野却恍惚听到秒针滴滴答答的恼人声响。所以安静什么的真是太讨厌了，他恨恨地想。

好在关震乾没有发呆太久，要了一杯水就开始提问，眉目间少见的严肃："是在哪儿发现我的？"

"咱们的航空港，大春发现你躺在休息室里，怎么叫都叫不醒就联系了我。查了进出记录，是于金奉。"

关震乾捧着水杯，下巴搭在膝盖上，慢慢嘬着水滋润干枯的唇舌，眼神一贯的迷离，像陷入蛛网的蝴蝶，起起伏伏却难逃回忆的束缚。他记得的最后一个画面是于金奉看不出表情的脸，针头打进皮肤的刺痛只有零点几秒，接下来是渐渐失真的景物和失去色彩的视野，那人一贯温暖的臂弯也显得冰冷了，这样的回忆让他难受地皱起了眉。

王野见他眼神知道他又在习惯性地走神，不由一巴掌拍在他头上："干吗干吗干吗？这也走神？你还能靠点谱吗？要我说就给你扔首都星自生自灭算了，接回驻地简直浪费时间！"

"嘶——王野，我是病号啊——！"关震乾哀嚎，引得在舱外忙碌的医生探头进来，"王野，你别瞎闹。"

关震乾看到来人立马来了精神，把水杯往王野怀里一抛，拉长了声音道："吴牧，我饿了！"

"船上只有营养剂，你先凑合着。等到了驻地就好了。"年轻的医生拎着针管走进来，利索地给关震乾来了一针，之后又温声问道："要不要再睡一觉？"

关震乾摇头，一面去推王野："你把这位大神请出去就行了，我觉得有他在我身边不利于恢复。"

"关震乾你什么意思？快说清楚！什么叫不利于恢复？"王野把杯子塞进了消毒柜，不依不饶地吵起来，被吴牧推出了房间。

关震乾看了眼床下，没有找到鞋，只得光着脚丫下地，慢慢做一些简单的拉抻动作恢复状态。

关震乾想自己和于金奉的初遇真是无聊又俗套，像三流小说家构思的剧情，勾不起读者的兴趣。而这剧情却又实实在在发生在他身上，他确实在偏远的边境线上，在死尸堆里刨出了一个大难不死的人叫于金奉。

偏偏这于金奉醒的时候不仅不感谢救命恩人，还满满的都是戒备。好在周义及时赶过来救场，才没让关震乾吐出那句压力山大。

关震乾习惯性地走着神听完了队长和这伤兵的交流，在被叫到名字的时候惊得回了神："啊？是！"

"关震乾，"熟知下属本性的周义耐着性子开口："近期人手抽调不开，由你来照顾于金奉，带他熟悉猎鹰。"

"是！"关震乾应下，哪怕心中窝着疑问。

周义拍拍关震乾肩，"不要有太大压力。"随后拿起军帽，端正地戴在头上，冲于金奉伸出手，笑容亲切，"欢迎加入猎鹰。"

周义走后，关震乾找了张椅子舒舒服服地坐下，冲伤兵露出了个自认很友好的笑容："你对猎鹰了解多少？"

于金奉因伤初愈斜靠在床头，却努力板直了脊背，皱着眉斟酌着言语："顶尖的雇佣兵小队，常年活跃在边缘星系，很少补充新鲜血液……"

关震乾摆摆手打断了接下来的话，"差不多就是这样吧，等你伤好了我再带你熟悉下别的。下面这个是我个人的问题，你为什么加入猎鹰，而不是回军部报道？"

于金奉在听到这个问题的时候绷紧了身子，又一点点放松，指尖泛着白，"我需要一个能让自己好好思考的地方，我对军部，失望了。"

关震乾想这是应该的，任谁被当做弃子扔在了战场上都该失望，谁的命又比谁的命高贵呢？关震乾不擅长应付这种场景，只有伸出手，生硬地转移了话题："欢迎加入猎鹰。"

淡灰金属色的逃生舰在星系外围无声滑过，向着最核心的那颗星而去。关震乾在导正航向确定目的地后，就极为心大地交给了电脑自动驾驶，而他本人，则坐在驾驶室里展开了一封信。

信是醒来后从怀中发现的，感受到怀中的异物感后关震乾选择不动声色地瞒了下来，下意识不想让最近在气头上的王野更加生气。

信挺厚，第一页字写的有些潦草，看得出行文时的匆忙，却又带着那个人板正的特点，每一划都是笔直的，每一折都是个棱角：

我知道自己要做什么，也知道此去最可能的结果，但有些事总需要人去做。

我可以忍受为了更长远的战略目标被当成诱饵或者弃子，因为我是个军人，胜利是我的目的。但我不能忍受为了所谓的稳定或者大义去牺牲无辜民众，因为我是个军人，我的存在就是为了保护他们。

军人的枪口永远是朝外的，而不是朝向自己的民众，哪怕他们愚昧且易于被煽动，总是迷失在集体性狂热中。

我坚持认为，军人是属于民众的，而不是大人物手中的筹码和特权。更何况，做错事就一定要受到惩罚，不管是谁。

那人的相关黑幕材料我用不同的途径发给你了，帮我交给周队吧，我相信他能比我更懂得怎么利用。搜集的不是很充分，希望可以起作用。以及，帮我跟王野说声对不起。

王野怕是根本不想听到你的名字吧？一个人去逞英雄，留下我们给你收拾烂摊子。关震乾腹诽着放下第一页纸，发现后面那一沓都是类似于口供的东西，还夹着一支录音笔，也不知道于金奉弄来这些花费了多少心力。

王野和于金奉的决裂让人猝不及防，少有人清楚这位二把手为什么这么大的火气，关震乾隐隐约约能猜到一些，不单单是因为于金奉离开猎鹰，更深层的原因怕是关系到反叛军。

于金奉沉默地背着包站在门口，目光落在铅灰色的远方，像是在等谁。

脚步声在身后响起，于金奉回过身，将身前人细细打量，似要将其牢牢地刻在记忆中。

关震乾拉着他往僻静处走了几步，让开了门口和王野灼灼的视线，才低声问道："怎么和王野闹成那样？"

于金奉微微低着头，程式化地解释："他太在乎猎鹰了。"

关震乾拍拍他的肩膀，似是安慰，又突兀地发问："你跟百花有联系？"

于金奉没有回答，而是张开臂轻轻抱了一下面前的人，小心翼翼又带着某种决绝。而后转身大步离去，不再回头。

关震乾怔愣着，似是怀念某种温暖，又在下一刻骂出声来。心中所怀的到底是不爽多些还是不舍多些，怕是自己也说不清。

"翅膀硬了，都敢无视我的问题了。"最后他也只能在阴影中干巴巴地抱怨，遮掩着自己的惘然。

隆隆的礼炮应和着欢歌，雪白的鸽子四散在湛蓝的天空下，如瓷器上细碎的点缀。水墨般的远山层叠在视野尽处，为这场盛事做了沉默的背景板。

抗击外敌胜利百周年纪念在这个星球举行，颇有众望的总统先生也莅临这里最大的广场进行演讲。于金奉混在攒动的人头中抬头看向光屏中肤色黝黑的总统，不由得抿紧了唇，如刀锋。

人群中不时爆出小小的欢呼，渐渐汇集成浪，有力的政府总是比软弱的更容易得到支持，至于隐在后台的妥协与交易，本就没几个人能接触到。

幸或不幸，偶然的机会，于金奉是少数人之一。素来养成的性格让他不喜欢妥协，凭着胸中的一股不平之气，他今天出现在了这里。

已经大致确定了几个疑似安全局的人，但不够，远远不够。还需要观察。成功率至少要保证一半以上，谋划了那么久，在这里的街巷来来回回地走过，记住了每一个窗口、拐角、狙击点和下水道口，可这还是远远不够。机会也许只有一瞬。

于金奉正了正帽子，深吸口气，让自己更冷静下来，扯着笑更加像周围这些喜气洋洋的人们。

不知道一会儿之后自己的行为，又会引起怎样的骚动。就像那人曾质问过自己的一样。

这个联邦是不是烂掉了？

于金奉曾很认真地问过关震乾，带着特有的执拗劲儿，背景是某场庆祝晚宴的露台上，有风自山间来，带着初秋的些微寒意，却在经过露台的时候化为了轻缓而温暖的微风。会场内觥筹交错，一派奢华。

关震乾倚在栏杆上，襟前的纽扣解掉了两颗，袖管胡乱地被推到了臂弯。听到问题，关震乾不解地挠挠头："瞎想什么呢？"

"我不信你没有发现，"于金奉低声说，"有阴影游走在法律的缝隙间，攫取着自己的利益。"

"那我们的英雄大大，打算做什么呢？"关震乾偏过头来看向一向站得端正的于金奉，话近调侃，笑容微贱。

于金奉没理会这句调侃，自顾自说下去："一个烂掉的联邦，不能再让它烂下去了。"

关震乾调侃不下去了，轻不可闻地叹口气，接话道："真不知道你对烂掉的判断标准是什么。这个时代信息公开，全民医疗教育免费，法律细致而有力，执行机关也没有太操蛋，这是最好的时代。"

"也是最坏的时代。"于金奉轻声道，"贫富差距在不断拉大，有人隐在阴影之后操纵着这个社会，有人牢狱一生却不知道所犯为何。议员的儿子可以占有更多的资源，矿工的儿子却只能猫在矿洞内，一生都看不见几次星空。士兵在前线出生入死，躲在后方的人却只会发布愚蠢的命令……"

关震乾极为头疼地揉了揉眉心，又听年轻的后辈继续说道："也许只有一场革命才能肃清。"

关震乾被惊得下意识地骂了句脏话，"哥，你别闹。内战总是不好的。且不说会死多少人，单说外敌当前……尘归尘土归土，这些都交给联邦内部体系解决，总归是越来越好的。"

于金奉侧过头看着关震乾半垂的眼，不由笑道："革命是说着玩的。不过……有些改变是必需的，而且等不了。你说的改变实在太漫长。"

关震乾嗅到这句话中的危险气息，紧张道："任何事情都需要循序渐进的，激进的改革只会让民心不宁。和平总比战争来的要好。"

于金奉"嗯"了一声，也不知道听进去没有，紧接着又提了一个问题："那你觉得我们的总统怎么样？"

"有力且有为。"关震乾答道，又带了些微的抱怨："我说疯子你是个军人啊，不要整天想那些有的没的，军人有自己的思想很危险。"

于金奉默然不语，只是不知这沉默中又酝酿了怎样的风暴。

想来那时候就有端倪了，关震乾伏在极远处的一座高楼上，想起来本以为被埋在心底的事情，稳如雕塑的手旁是布好的大枪。大枪就叫大枪，没有正式的名字。因为从研发出来的那天起，它就承载了诸多的希望和失望。作为宇宙中已知文明中射程最远的狙击枪，造价极为昂贵，所用材料也极其稀有，联邦也不过有两台概念品。

概念品已足够，足够他在安全局严密的布防区域外，将枪口冷冷地对准需要对准的人。

时间尚早，阳光正好。

街角的大屏幕上是总统的演讲画面，浑厚有力的声音敲击着关震乾的耳膜，无非是追溯历史缅怀先烈畅想未来的废话，难以让他的心境产生任何变化。

关震乾本就对这些东西没什么想法，政治清明也好黑暗也罢，只要不影响到他的小日子。要不是因为于金奉，他现在还穿梭在战火纷飞的前线，做一些见不得光的活计。

猎鹰本就是这样的组织，隐藏在历史的背影里，拿钱办事，从不过问具体事宜。

思绪飘得有些远。当听到远处传来爆炸的声音和炒铜豆一样清脆的枪响后，关震乾才猛地回过神来，透过瞄准镜确认那边的情况，不出意外地看到了熟悉的背影。

"操",关震乾于喉间挤出了这个脏字,这么傻乎乎地直白地刺杀,你当安全局的是傻子吗?

可他唯有抚上扳机,轻轻按了下去。

广场上此时已经乱成了——用个最俗气的比喻——一锅粥,安全局的人顾忌着广场上的群众不敢开枪,只是通过别在领子上的传呼机通知同事进去抓捕目标。

于金奉一击得手,快速后退着混入人群,转身意图离去,身后是骤然爆起的尖叫和缓缓倒下的总统先生。

于金奉本就没指望能平安离去,所以当混乱的人群中忽然有人对他出手的时候,他并不意外,并且极为强横地把他打倒在地,越来越多的人明白了骚动的源头就是这个扣着鸭舌帽挎着单肩包形如旅客的男人,出于恐惧的驱使,离得他远了些,身边很快就成了真空地带。安全局的人小心翼翼地填补了真空,枪口指向中间的人,耳机中并没有传来明确的指令。

于金奉低头看了看手中的枪,不知道在想什么,身后有爆炸,带着火与热,将这一届的联邦总统彻底带入了历史的垃圾堆。

接下来该自己了吧?于金奉环顾,惊恐有之愤怒有之不解有之,是啊,谁又曾想过,民众心中不败的英雄会成为刺杀总统的人。

也许,世事本就如黑色幽默般有着荒诞的风格。

安全局的人在小心地靠近,忽见一枚子弹打在脚尖前,激起碎石飞扬,警告的意味不言而喻。于金奉望向子弹飞来的方向,摇头,心中喜忧掺杂。喜于那人终于认同了自己,却也忧于此。

关震乾在瞄准镜里看到了于金奉的摇头,撇了撇嘴心说你妹,就许你自己逞英雄啊?整个人贴在大枪上,掌控着远处的局势,一手摸过来手机,拨通了电话。

广场上的民众已经被清场的差不多了,安全局的人围着,不知道为何还没有拥上去把前联邦英雄击毙,而是通过耳机不停地确认着命令的正误,不安浮动在空气中,任谁都感觉到这里的氛围不对。于金奉本已做好了被击毙的心理准备,却接到了关震乾的电话,愣了一下后接通,心想这就是诀别了吧?却听关震乾在电话里喊:"快跑!"

"啊?"于金奉这下子是真愣了,关震乾又重复了一遍:"快跑!我暂时黑了他们的指挥系统,下达了不要攻击的命令,所以识相点赶紧跑!从一点钟方向走……"

于金奉循着关震乾的指令行动,安全局的人不远不近地跟着。关震乾皱眉,在进巷子的地方点了一串连射,阻了下跟踪者的脚步。

"怎么回事,你?"于金奉躲在下水道中,没忘记提问。

关震乾有些可惜地看着大枪,却也只能把它留在原地,沿着早已设计好的路线撤退。被黑掉的指挥系统很快就会复原,安全局的人也很快就会摸过来,带着大枪只会暴露自己。

放弃了大枪的关震乾歪头夹着手机,双手插兜闲散地走出去,转到阴暗的角落,话音竟有几分轻松:"我?我想了想,给你收拾烂摊子实在是压力山大,倒不如一起疯一把。"

于金奉沉默,电话里关震乾还在絮叨,声音经过电流的处理显得有些沙哑:"材料我交给队长了,他会利用好的。都是有价值的,对吧?你们那些事我不懂,但是你觉得对的话,我相信。"

"对不对都已经做了,多谈无益。"于金奉平淡地说道,视线投在下水道昏暗的穹顶,不知道是不是看到了联邦的前景,"我相信后来者。"

"于金奉,"关震乾难得地叫了次全名,"你从来没有告诉过我真正的理由。"

于金奉低头想了下,好像确实……

"我的第一支部队死在了政治博弈的内耗中,而不是外敌袭击,L州的所谓外敌入侵其实是为了发动战争而自导自演的一出戏。我本不想想太多,但这些事情不对，怎么想都不对。"

"王野早都知道是吗？你和百花……"

于金奉自嘲地笑了下，"嗯，我借助了反叛军的力量，王野不会容我的。"想了下又道，"他们也只不过是一群理想主义者。"

关震乾耸了耸肩，倏尔听见靠近的人声，眼帘有些疲惫地垂了下来，"于金奉，跑吧。嗯……再见。"

关震乾摔碎了手机，举着手向人声走去，橘色的阳光打在身上，恰到好处的暖，眯缝着的眼中满是天的淡蓝。

听着手机里的再见，于金奉预感到要发生什么却无力阻止，踉跄着跑，渐渐加速，耳中灌满风声却不知道要跑向何方，也许是卑微的生，也许是壮烈的死，也许是不可知的混沌。

于金奉不愿卑微地生，也不愿浑噩地活着，他只有跑向一早就既定的结局，也就是给整个联邦政府的交代。

阳光却是正好！

创意写作引导与评析

创意引导

抗击外侮,为国捐躯,是英雄,诛杀邪恶,为民除害,同样亦是英雄,而英雄的结局最终或许就是杀身成仁、舍生取义。

这篇小说的创意是将一个为民除害的刺杀行为放置于现代语境中,讲述一个引人思考的故事,何谓"刃脊"?

写作评析

只是简洁地叙述重要环节,画面在回忆与现实中交织闪现,只言片语和出乎意料的一个行为,让读者脑补出一个为民除害的英雄形象。和英雄相伴出现的,是一个生死与共、同样满怀正义的兄弟。

简洁凝练纯净的语言,与故事内容浑然一体,又将惊天动地说得云淡风轻般。

有关大砂厂

中文144班 田宇昕

一

花坛里一丛酸溜溜的草叶儿被来回拨弄，始终找不到四个叶子的奖励，蚂蚁也被围追堵截得纷纷逃往别处，范栗玩腻了，待了一会儿便感到周身刺痒似的无聊，不耐烦地抬起头看着一边抖着腿的范保国。范保国他们车队的弟兄几个也同样抖着腿，满意地看着放在地上的筐子里不断地化出水来。厂门口刚刚放过十几挂万响鞭炮，地上积着厚厚的红屑，筐子下化出的水正慢慢将这片红色浸得软烂。

范保国得意扬扬，看着厂门口过往人群的艳羡神情，觉得通体舒畅。开年第一天上班，大砂厂就一如既往地出手阔绰：冻带鱼，厂里职工人人有份，按工龄一年兑一斤的算法领取。这在W城这种小地方，算得上是一笔不错的奖励，惹得路过厂门口的行人连连回头，恨不能今天也进入大砂厂，听厂门口新来守门的老崔头说，连他都能领到一斤带鱼！范保国和大砂厂的所有人一样，对这种羡慕不以为意。这群人自打八十年代进厂开始，就习惯了厂里的一切安排，分配工作岗位、分配住房，冬天发暖水壶、夏天发冰糕，甚至范保国的媳妇李娣都是车队书记帮他介绍来的。这种无微不至的安排让工人们感到舒适和轻松，就像下完夜班之后理应闲散地泡在大砂厂澡堂里，用不着任何多余的思考。范保国一筐一筐地往外搬着属于他的十斤带鱼，放在阳光下一字排开，等着上面的冰慢慢化开，然后才去称重——只有这样，才是满打满算地得了十斤带鱼。范保国为自己的盘算自鸣得意。范栗指着地上一筐一筐的鱼，蹦蹦跳跳："一条鱼是一根直直的'一'，十筐鱼就是一个大大的'一'！"范保国看着地上，仿佛红纸上画了一条长直的银线，像他将要在大砂厂度过的一生，平直通畅，波澜不惊。想到这里，他忍不住笑意，一把把范栗举过头顶，骑在自己的脖子上，劳模奖章似的四处展览。

　　李娣从工会借了辆三轮车，骑着往厂门口去。从工会到厂门口不过几百米的距离，李娣隔几步就得停下来和人打招呼："都领完鱼啦？我这也就过去了。"大砂厂不大，像李娣和范保国这样的好脾气，厂里几乎没人不认识。见到李娣，范栗着急地向她伸出手喊道："伯母！"如愿以偿地得到了拥抱以后，近乎紧勒着抱着她，鼻子贴着李娣耳朵上的珍珠耳钉，大声地背一些姑父教给她的唐诗。李娣的肩头圆润健美，一手抱着范栗，一手帮自己的丈夫一筐一筐地往三轮车上装鱼，身上还穿着从学校出来没来得及换下的工作服。厂门口道路两边的梧桐树在高处相接，形成了天然的林荫路，三轮车压过地上的光斑，充满平淡的希望。李娣擦着汗，貌似随口问了一句："你爸那边，真的不打算去？"范保国吭哧吭哧地蹬着三轮车，头也不回："去什么，去个屁！回老家搞建筑，搞什么建筑，搞建筑给发带鱼吗？搞建筑搞得出大砂厂吗？不去不去，跟老爷子说了多少遍……"李娣不再吭气，只是不时地伸出手帮范保国擦擦脑袋上的汗。范栗蹲在一旁，正和带鱼们严肃地对视。

　　"范栗，下次回来就是你三岁生日了，想要大伯带什么礼物给你？"范保国装完车回到家里，边脱鞋边亲热地喊起了范栗。范栗一步三晃地颠着小腿跑了过来，想了半天也说不上个所以然，便在范保国的脸上吧唧亲了一口，捂着嘴吃吃地笑。范保国心里又酸又甜，抱了抱她，转身进屋收拾明天出车要带的行李。这是一间一楼的房子，红砖墙绿推窗，从外面一看，家家户户都一个模样。晾衣服用的铁架子长长地从窗台伸出来，最末端分别用两根粗铁丝往回拉着，形成一个看起来绝对稳妥的三角形。范保国家在一楼，可还是安装了这种小城风味十足的晾衣架，用李娣的话讲就是："和人不一样了，心里总也空落落的。"就算是那个绝对统一的年代过去了，大砂厂的人们还是心照不宣地保持着一切都要差不多的默契，时代带来的巨大惯性在这里似乎永不消解。"大国！家里衣架的铁丝锈了一块，你明天记得从厂里带点出来给换上啊。"李娣在阳台上喊着，不自觉地还踮起了脚，或许声音可以因此传得更远些。范保国在屋里点了点头，尽管他们看不见对方，可他知道李娣会知道他的反应。李娣也确实无须听到范保国的确认回复，这种对话在他们的生活中绝对不具有一丝偶然。这个屋子里目光所及之处必定有几样是来源于大砂厂的东西：工具箱、铁丝、卧室门的合页、范栗的写字桌……不只是范保国一家，每一个为大砂厂贡献了二十到三十年的人们，都将这视为大砂厂对他们独有的福报。大砂厂像是一个大粮仓，鼠群们一点一点地往外运送着一颗半粒，取之不尽。工人们发自内心地享受这种便利，在大会上喊过"人人都是大砂厂的主人"的口号之后，大家就更加顺理成章了。

"开车慢点，"李娣把一袋刚腌好的咸鸭蛋递给范保国，重复着每次出车之前例行要说的话，"路上再考虑考虑你爸跟你说的事儿……你别皱眉头！去那边是折腾了点，但往后的可能性比咱在大砂厂可要多多了……"范保国飞快地扒拉着碗里的饭，嘴也不擦就要站起来出门："一把年纪了还折腾什么！快四十的人了，大砂厂就是咱最大的可能性了，我不折腾，把家也折腾没了，你看看卫国一家子，留下范栗在咱们家……""行了！快走吧，慢点开车，歇脚了给我打电话。"李娣把范保国往门外推着，嘴里碎碎地嘱咐。

这天下班回来，家里空荡荡的，李娣随手把从单位取回来的体检报告放在饭桌上。厂里年年体检，总有人被检出病来没过一段时间就死了，大家都说那不是病死的，是活活把人吓走的。不想那么多了，她估摸着范保国大致该开出多远的距离，轻快地哼着小调出门往幼儿园去了。

二

W城地处E省最西处，范保国一路向东南往广州开，车上放着侯宝林的相声，一个人也好，在车上乐呵乐呵，不至于过分注意小腿隐隐的疼痛，也不至于想睡觉。同行的小翟和东子都是和范保国同一批进厂的车队老伙计，一前一后地跟在他的车后，有时候用车灯进行一些只有他们才懂得的交流。

开出省界的时候，天色已暗成灰蓝，像车队后山废沙坝流下来的混着煤渣铁屑的脏水。再开个把小时就下车歇歇，范保国想着，把相声的音量又开大了些。跑长途久了，沿线总有几个相熟的店老板，彼此照顾。静下来的时候，范保国总是要被前两天父亲打来的电话困扰。范保国的父亲范守成在老家T城建筑局工会上班，快该退休了，总想让儿子回自己身边来，虽然这么一来，确实够范保国折腾一通的，不过回来之后有人照应着，赚得自然也多些。"动则多灾，动则多灾啊！范卫国从大砂厂走了之后，甭管是开饭店、倒腾汽配还是做什么别的买卖，落着一个好了吗？眼下人都不知道在哪儿，留下个小范栗，现在当做孤儿落户在我们家……"范保国悻悻地想着，并不觉得这是一个多么大的诱惑，"大砂厂有什么不好的，人都托了关系往里进呢！"不一会，肚子在造反了，相声抖一个包袱，它咕地就叫上一声，一唱一和。范保国闪了两下转向灯，小翟和东子便心领神会地跟着他靠边停车。

他们照例把车停在背人处，万一让交警贴上条可就吃了瘪了。三个人走了好远，到了小餐馆门口，小翟才就着亮光看见范保国脑门上的一块伤口，有一块血凝在下面。"国哥，又使扳手砸自己呢？你别总这么着，你跟我学，旁边备着凉开水，困了咱浇一浇不就好了吗？"小翟搭着范保国的肩，想帮他擦擦脸。东子也对着灯，看了看自己手臂上掐出的淤血，上下随便揉了几下："别提了，这提神的招儿还是得换着来，国哥，等会儿我上你车上取扳手。"

"几位老板又来啦，出车够忙的啊。"跑堂的小伙子把手巾搭在肩膀上，引他们三个落座。三个人来来去去点了八个肉菜，刚点完就催着上菜。"翟哥，国哥，你们知道咱单位买断的事儿吗？"东子是三个人中年纪最小的，说话时眼睛里总带着少年时的光亮。小翟灌下一大杯茶水，啪的一声打开一次性餐具的包装："咳，要我说傻子才那样，人都巴巴地送钱想进咱大砂厂，现在可好，有人要掏钱出去！哈哈！哈哈哈哈！""是啊，东子，咱在大砂厂待了十来年了，挑不出什么毛病。买断的钱一花，出去了万一再挣不回本来，万一再赔上这些年跑车的老底儿……老婆，孩子，都不要啦？"范保国没有迎着东子的目光，低头盯着桌布，几根手指在玻璃桌面上挨个敲点。小翟冲东子使了个眼色，东子不接话茬了，一肚子想说的话，好像一下子又觉得没什么可说的："是啊，大砂厂好，大砂厂发鱼。"菜上来以后，三个人谁也不说话了，八道硬菜不过十几分钟就被消灭得干干净净。吃饭说话耽误了不少时间，范保国想熬夜再多开一会，被小翟劝住了："再开还不让你把自己砸死了，睡觉睡觉，明天一早我喊你俩。"

　　三个人习惯性地和隔壁桌的四个司机一起合开了一间标准间，大家都很拮据，话语里却响亮地彼此以老板相称。这个时候，小翟是翟老板，东子是王老板，范保国就是范老板，喊得每个人轻飘飘的。把两张床的床垫拆下来放到地上，这样就相当于有了四个床铺，房间很小，其中一个床垫横在门边，轻车熟路地收拾完房间之后，几个男人横七竖八地躺下睡了。顾不得周围弥漫着的汗臭，很快鼾声四起。后半夜整个小餐馆的客房鸡飞狗跳，扫黄大队正挨间排查，等到了范保国他们的房间时，七个人正沉浸在难得的好梦当中，没有一个人被吵醒。警察敲门无果后，企图踹开破败的木门，不想门后正躺着彪形大汉范保国，用尽了力气也只是挤出了一条小小的门缝。透过门缝，看见几堆黝黑壮硕的肉体，夏天没有空调的小旅店，司机们只好尽可能地少穿以求得略微的清凉。"走吧走吧，这里面不可能有的。"其中一个警察用手在鼻子前不停地扇着，嫌弃地对同事说，好像打开的不是一间客房的门，而是一大缸泔水。

　　这趟长途很快就要回程了，范保国对自己这样的辛劳感到很满意。他不必付出任何其他的东西，只要拿出浑身的力气和精力日复一日地开着车；用不着有任何想法，不用求新，不用求奇，大砂厂就会源源不断地供给他舒适生活所需的一切，有时正是这种劳力不劳心的辛苦劳作最为省事和偷懒。他轻快地吹起口哨来，摇下窗户，风吹得人清清爽爽，这种愉悦和满足感足以让范保国甘愿困在这驾驶室里一辈子。回家之后就是范栗的三岁生日，副驾驶的座位上摆着范保国给她买的毛绒玩具。从一岁那年被范卫国放到李娣正在上课的教室门口之后，范栗就不知道有爸爸妈妈在身边是什么滋味儿。范保国当时正好也刚把自己的女儿供出国，手头再紧紧也就收养了这个侄女，现在为止到他家正好整两年了。他把范栗当亲女儿疼爱，在心里也不断地提醒着自己：万万不能像弟弟范卫国那样冒险。

为了给范栗庆祝三岁生日，范保国包下了整个大砂厂食堂，老师傅亲自掌勺，招牌菜一个不落地摆在每一桌上。李娣也收拾得整整齐齐，首饰选择了平时不常戴的时髦款式，站在食堂路口迎着来赴宴的人们。厂里人都知道这两口子平日里人缘好，人人来了都喜笑颜开地送上红包。李娣不得不中途到卫生间把随身挎包里塞满的红包转移到事先准备好的背包里，再继续到门口接人。不知情的过路人看这架势还以为是谁家姑娘要出嫁了。

范保国一圈一圈地敬下来，完全把这当成了自己的交际场。大家聊大砂厂的过去和现在，觥筹交错，来自四面八方的酒杯碰撞在一起："祝我们大砂厂越来越好！""大砂厂永远这么好！""对，对！永远不变！"

"永远不变！"

"永远不变！干杯！"

三

"王东，你他妈疯了！你要买断去广州？"范保国震惊地看着坐在对面的东子，怎么看怎么别扭。"我觉得电子这行肯定有前途，就交了买断的钱准备往广东那边发展发展……"平时不拘小节惯了，东子认真说起话来多少让人有些不大习惯,"再不出去,我这辈子可能就这样了,出去了也许我还能有百分之五十的可能性翻身。""听说了吗,厂里要跟日本人合资了。"小翟突然这么没头没脑地插了一嘴。"你别跟我扯那些什么百分之二百五的洋屁,我告诉你东子,输了,那可就是全部,百分之一万!"范保国想起当年范卫国买断的时候,也是这么一副二五八万的德行,没来由拿东子撒起气来。

范保国回家之后,胸口憋着一口气似的,门摔得比平常都要响,抓起一把瓜子磕得嘎嘣响。李娣深吸了一口气,用手理了理头发,把范保国拉到书桌前坐下,铺展开一张户型图试探性地问他:"怎么样?"

"什么怎么样?"不知道范保国是真的不明白还是装作糊涂,茫然地看着李娣范保国。

"我们把这个房子买了,怎么样?"李娣期待地望向范保国,"这条路过两年就要开发了,价格也便宜,咱们买了不住也可以往外出租呀。"

"疯了。"

李娣的眼神一下子暗了,整个人松懈成了平时竭力避免的驼背的姿势。

"就这个鸟不搭窝的地界,要啥啥也没有,咱们谁以后有可能住到那去!咱家有大砂厂的房,什么也不缺,你可倒好,自己把包袱捡起来背。疯了,疯了!我看你们是都疯了。我拼命地维持现状,你们一个个却成天想着打破!"范保国今天整天都想着弟弟的事情,这件事情于他来说,就如同一个深深的牛角尖,既不能整个钻进去将其打通,更没法从中间全身而退,当不当正不正地困在其中,不得解脱,只好用暴躁来反抗这种不快。

面对范保国的恼怒,李娣从不过多言语,结婚多年,她了解范保国是一个怎样的人。可李娣也明白,大砂厂的突然合资意味着什么。收音机里吱吱呀呀地唱着:"那乌衣巷不姓王,莫愁湖鬼夜哭,凤凰台栖枭鸟。残山梦最真,旧境难丢掉……"李娣也有些焦虑了。

这一夜范保国和李娣两人背对背睡着,像两只快煎糊了的鸡蛋,往哪一面翻都不是。

天亮以后范保国已经不在，李娣把前一天买的菜拿到厨房用水浸好，在裤子上擦了擦手，把赖床的范栗从床上抓起来，该送她去幼儿园了。还没出单元口，东子就急急忙忙地从车队的皮卡车上跑过来，拉着李娣就要上车。王东还没坐稳，又喘又咳，好不容易从中间挤出一口气来："国哥，国哥送医院去了！"

李娣张了张嘴，本想发出惊叫，可终究是什么声音也没发出来，只有两行眼泪倏然淌下。一下子好像很多细枝末节的事情糊在她的脑袋里，那两叠体检报告在心里飘来飘去，散落一地。范保国要是死了呢？范栗她还养不养？这个已经在自己身边生活了两年，总爱抱着李娣却和她没有一丝血缘关系的小女孩，又该何去何从呢？

皮卡车叮叮当当地开到了总厂医院，这里看病报销百分之七十，工伤全免，范保国正是在这里面躺着。电梯是没有耐心等了，东子拽着李娣一口气跑上了三楼的消化科。"病人胃出血送来医院，我给做了个全套检查，你们应该都有医保吧，放心，这个厂里给报。"医生一手摘着口罩，另一只手插在白大褂的兜里，冷静得令人愤怒，"从检查结果来看，啧，不太好。胃溃疡和肝硬化都比较严重了。你们单位之前的体检都没检查出来吗？"李娣两只汗渍渍的手互相拉扯着，看着白大褂的下衣襟在喉咙里发出一些需要用力侧耳才能听清的声音："我们都很少看报告的……我……""好了，费用刚才这位先生已经付过了，急诊加全套检查，另外安排了三天的住院观察，一共六千四百多块，给你开的工伤。"医生安慰人别有一套，说完便引王东和李娣两人去病房。"东子，把单据都给我吧，回去我把钱给你，等到了年底我自己报就行。"李娣边走边跟东子交代着，来来回回道了很多次谢。

范保国瘫在病床上，痛心疾首地挂念着剩下半杯没喝完的茅台。李娣和王东走进去，三个人互相不说话，也不对视。"大夫说了，这些天吃点清淡的流食，你呀，就别为嘴伤身了。"李娣替范保国掖掖被子，把一个装了热水的玻璃瓶放在范保国正在输液的手下。东子看看左边的地，又看看右边的窗，对这种将要真情流露的场合实在无所适从："嫂子，我先回了，你也别太辛苦。"范保国惨白的脸上，两腮垂下来的横肉似乎抖动了几下，冲东子摆摆手，马上又放了下来，似乎这一个动作，就要耗尽全身的力气，他并不知道，自己已经在李娣的心里死过一次，甚至具体到后事的处理。

四

范保国出院以后再也不跑车了，他从未觉得来自死亡的恐惧如此清晰可感。并不困难地托了一圈关系之后，他被调到了大砂厂后山上清闲的废铁厂，成天到晚地和废品打起了交道。偌大的废铁厂的一角上，有一间独门独户的小平房，那是办公室。他对此感到满意，因为他终于在厂区里所有的工人中间，率先拥有了自己的办公室，有鱼缸，有电脑，就跟李娣在学校的办公室差不多。范保国在自己的门口贴上一张大红纸：厂长办公室，踱着步子欣赏了半天。

合资之后厂里一天比一天清闲了，过去周末没完没了的加班再也没有了，一下子改成了做四休三。工人们开始为此感到很兴奋，从每个星期四的中午开始，职工小区就陆陆续续地开出车去，到了周末，大砂厂里转悠着的，就只剩退休的老职工和狗了。范保国心里开始痒痒了，下定决心要和李娣商量一件重要的事情。这天范保国回到家里，李娣正对着电脑看一排绿色的下滑的线："大国，前些日子你身体不太好，我就没跟你提这个事……一个是你看病花的钱年底才能报，另一个就是亏得有点猛，实在平不了仓了……""咱家存款这么多年不都是你在管吗，拿出来平你的仓呗，怎么还和我请示上了？"范保国摸不着头脑，想起前段时间住院的清汤寡水，抓起桌上的鸡腿就啃，同时还递给范栗一个鸡翅膀。

"大国，我已经用过存款了……"

"什么？！"范保国一屁股陷进沙发里，"当初开始炒股的时候是谁跟我算得好好的，三分之一咱们投资，三分之一咱们补常开销，剩下三分之一是保命钱的？开始你鼓捣这东西的时候，我就说不让你弄不让你弄，现在好了吧？"范保国耷拉着脑袋，不断用大手啪啪地拍着自己的肚子。范栗仔仔细细地啃着鸡翅膀，嘴边油油的，也学着范保国的样子拍着自己的肚子，在衣服上拍出了一个又一个小手印。

"挣钱的时候你倒是不吭气。"李娣被揶揄的有些恼了,"前些年背着你在市里头买了套房子,现在涨了不少,过两天我去卖了,就当房子没买过,股票也没亏过。"她显得有些不太像刚刚认识范保国时的那个小学老师了,常有使人绝处逢生的本领。

"你背着我买房子?"

"告诉你了你会同意吗?幸亏我是买了,当初要不买这房子,现在咱们家谁也别想继续往下过日子了!"

范保国一下子蔫了,可又觉得气闷,心里的引擎声还若有若无地响着。巨大愿望的落空似乎总要带有巨响,可范保国觉得自己就像吃了一记闷拳,又像一拳打空了,这种滋味他不会形容。

马上就是元宵节了,按照惯例,大砂厂的元宵节有游园灯会和烟火表演,全场人聚在厂大门口的广场上好好热闹热闹。"今年真是绝了,跟老外合了资,连元宵节都不给过了。"范保国调走以后,小翟没事就跑到他的"厂长办公室"去,"听说了吗?六车间赶人回家了,60年前生的一律强制退休!""赶人?赶人赶得到我头上吗?你也不看看我办公室门口写的什么字。"范保国不以为然。废铁厂的废铁越来越少了,最近更是少有车间继续送来废料,这一段清闲日子把范保国养得一步三打晃。

范栗在被接回家的路上,看见许多大人围成不同的小圈子,凑在家属院前的大坡上交谈,看来不只有她一个人因为看不到烟花和灯会感到不开心,大人们也是一样的,范栗这时才觉得稍有安慰了。

五

大砂厂果真不留情面地裁掉了六车间的一部分人,三车间、四车间人心惶惶,大家都不明白,曾经那个有求必应的大砂厂现在怎么就不要它的主人们了?李娣在学校倒是不受什么影响,她唯独担心范保国的饭碗,大砂废铁厂还能存在多久？经历了股灾之后，范保国在家的话越来越少了，周末和李娣一起到商场去，不自觉地便露出怯的神色，仿佛神气是只留给废铁厂的，从他的废铁厂走出来，也就不存在了。这种怯让李娣厌烦，傲与怯，不知哪个才是范保国的原样。

裁员的年份卡得越来越近，大砂厂的工人们也慢慢习惯了这样的驱逐与抛弃。被裁的骂两句娘，留下的战战兢兢地工作，大砂厂如同一个封闭的容器，风波易起也易平。坡上交谈的圈子越来越少，仅剩的几个固执的小团体规模也日渐小了，倒是旁边的彩票店人多了起来。被汗水和油污浸透的工作服前胸贴后背地挤在小小的彩票店里，臭气熏天。小翟也成了污染源的一部分，没日没夜地对着彩票店墙上的数字分布图研究，铅笔后头的橡皮被咬得细碎，时不时啐上一口。

"国哥，大砂厂给不了咱们之前那样的日子了，真的。对了，东子回来了，晚上咱们上世纪饭店一起吃个饭。"小翟用铅笔费劲地在纸上推算着下一期可能的中奖号码，一本正经的样子好像十分害怕，万一中奖了可怎么办！

"不可能，咱大砂厂多少人求着要进来，前段时间忙，现在给你清净日子了，你倒不敢消受了！穷命。"范保国开始有点看不起小翟了，"你说去哪吃？世纪饭店？我可不去，废铁厂的人先前请我去过，我不爱吃。"

"得了，废铁厂屁大的地方，我还不了解你，东子说他请客，放心去。哎呀，这个东子可是走了运了，不过说真的，咱们也一起买断吧！学学东子，大砂厂这地界没法久待，你还没看出来吗？"小翟仍旧是头也不抬，为自己的伟大事业坐着一些复杂的计算。

"你真是病得不轻，没钱还买断，买断要饭去？"范保国觉得这个世界变得不可理喻，日复一日地抗拒起跟人的交流。

范栗走路一天天稳当起来，家里的开销也日渐大了。虽说李娣卖了房子以后家里的情况好了很多，但是仍旧架不住这样的消磨。她瞒着范保国，仍旧留了一小部分资金用做炒股。得知东子发迹的事情之后，李娣什么也没有对范保国说，不再循循劝勉，不再抱有无端的希望。每天的晚饭范保国照例是不着家的，李娣和范栗两个人在家，她做饭，范栗就倚着厨房的门看着。"伯母，小朋友说大伯是收废品的,我告诉老师之后,老师怎么也不帮我呀!"范栗冷不丁说了这么一句,好像没头没脑,又好像酝酿已久。李娣愣了一下,切菜切得更快了,发出咚咚咚的声音:"小栗子,那你觉得呢?大伯是吗?"范栗噘起了嘴,两手叉起了腰,做出很生气的样子:"才不是呢,大伯会开车,能开好远好远,还能把我一下子扔到天上……伯母,为什么我不能喊你们爸爸妈妈呢?"

范保国和小翟一起走进世纪饭店,侍者穿得人五人六,带着生分却又标志的微笑,白衬衫的袖子一碰到机油肯定再也洗不干净,范保国这辈子也不想穿这样的衣服。大厅的天花板高得不可思议,小翟琢磨了半天正中央那个巨大的水晶吊顶到底是怎么装上去的,大理石地面被来往女士的高跟鞋细细的跟敲打得笃笃作响,她们挎着的男人可真威风,夹着大皮包,怎么做都显得十分有范儿。老子在废铁厂里不也是这个派头嘛,范保国冒出一股得意。幸亏小翟在下班前特意换下了油腻的工作服,范保国更是挑了衣柜里十年前李娣给他买的皮尔卡丹。可贫穷与浅陋的怯色是遮不住的,衣服遮住了羞也会从眼睛里冒出来。东子穿着麻布的衣服轻巧地朝这边走来,裤子是阔腿的,看起来随意,但小翟却觉得格外潇洒。"哥几个都还好吧,太久没回来了,这几年让我累的,你瞅瞅……"东子伸出瘦了很多的手臂展示给范保国和小翟,小翟捏捏东子的肩:"我看啊,咱们仨还属东子你看得远,你看看这大砂厂,还不如咱们早点走了!"范保国倒是一眼瞟到了东子手上戴着的金手串,也伸出手去拍东子的衣服,晃来晃去,好露出出门前专门带上的和李娣结婚那年买的金戒指。面对王东的发达,他毫无预料,他认为从大砂厂买断出走的人只可能有范卫国那样的结局,并且在心里坚定地相信,东子的财路长久不了,他甚至想好了东子问他借钱的那天回绝的理由。

这顿饭点了满满一桌子好菜,小翟感到大开眼界,范保国皮笑肉不笑,心里不屑至极,半桌子菜他却吃得最为痛快。东子去了广州之后发了财,小翟和范保国心里既替他开心,又特别不是滋味。(后移到饭局上)这顿饭吃得有些食不知味,范保国心里感到浪费,而动则多灾四个字时不时从心头掠过。这个固定的程式是什么时候开始的呢,他也不知道。只是每当范保国想要看清楚一些事情的时候,这四个字理所应当地就是最深层的真理。这句话根深蒂固地在范保国心里长至参天,一切都活在它的阴凉之下。大纱厂在这片阴凉里,显得闪闪发光,范保国和过去一切时候的决定都是一致的,绝不离开这个曾经安乐的大砂厂。他的一切都是大砂厂给的,似乎他就应该在这里,一辈子也不挪窝,买断对于他来说,无异于要他去阎罗殿捞金,更重要的是,他舍不得自己的"厂长办公室"。

东子看场面有些冷了,从自己的鳄鱼皮包里拿出两个小盒子,小翟一下子坐直了,范保国装作漫不经心地挑着盘里的花生米,一口一口地嚼着,碎裂的声音让他感到释放。"我做的也就是一些电子的小生意,就想着这次回来给你俩带上两个新出的手机,你看看,触摸屏的……"小翟欣喜地凑了过去,像几年前一起跑车时一样亲热地搭在东子的肩上:"国哥,你也来看看啊,多新鲜,触摸屏的呢!""我不看了,我见过,就是那个触摸手机么,废铁厂先前有人要给我送礼,我没要来着。"范保国提到废铁厂,感觉一下子能在东子面前挺直腰杆了,赶紧补充道,"东子,哥们这些年也不错,当厂长了!"王东有些错愕,但赶紧端起酒杯:"国哥,恭喜你啊!我走了这么些年,还总能想起咱们开车那会儿的日子……"小翟看不惯这么自夸与奉承,不耐烦地摆了摆手:"东子东子,你帮我看看这个!"

这天,范保国从世纪饭店出来以后,拉着小翟回到大砂厂找了一个苍蝇馆子,四块钱一瓶的纯生喝得酩酊大醉,心里有很多事情被搅得烟尘四起,终于沉沉睡去。

六

看见大人们在坡上围成大大小小不同的圈子,是范栗能回想起的最早的记忆。那天一点风都没有,厂门口两边的梧桐树静悄悄的。十五年过去了,谁也没成想大砂厂能苟延残喘到现在,范保国也安安生生地在他的废铁厂继续当了十多年的"厂长"。

范栗初中以后就被李娣送到了市区的寄宿学校,费用高出很多,但总归比李娣所在的大砂厂学校要好得多。范栗每次从学校回到大砂厂的时候,都觉得它又老去了一点,看着垂垂老矣的大砂厂,她才明白李娣口中的死而不僵究竟是什么意思。

大砂厂快要倒闭了,十五年后的人们口中竟然还在重复着这样的说法,范栗觉得不可思议。李娣在大砂厂学校当上了教导主任,这似乎是一件好事,可大伯范保国却看起来兴致不高。这些年李娣的女儿在国外依靠全额奖学金读到了博士,不知道受了西方哪门子先进思想的影响,打电话给李娣介绍了一大通不婚主义云云,她这次回国在小小的大砂厂引起了不小的轰动,人们又开始一圈一圈地围在一起,围坐在楼头的小卖部前。

范栗和姐姐出去散步的工夫,走过小卖部,也路过麻将馆,一家一家的麻将馆人声鼎沸,仿佛是它们吸光了大砂厂的阳寿。"啧啧,老姑娘回来啦。"退了休的女人摆弄着自己的翡翠手镯,摇头晃脑地大声说着。

"还是咱大砂厂好啊,咱说是没文化的人,可还不是生了个一儿半女……有的人真是到哪儿也出息不了……"

类似的话时不时地飞进她们的耳朵里,范耽耽不以为然,温柔地拉住范栗的手。范栗微微颤抖着,想上前去和人理论,她看向周围十五年来真的如人所言"永远不变"的大砂厂,好像有一点明白了范保国的衰老来自哪里,明白了李娣眼里常带着的失望究竟是为了什么。这次回来,就要更加奋力地离开这,范耽耽拉着范栗往回走着,尽管刚刚走出不远。

大砂厂的门口装了探测器。最先发现这件事情的人是范保国,那天他拎着大包从厂里往家走,脸上露出久违的喜气。"大国,这么开心呢,大包小包地拿的是什么呀?"有人在厂里碰到范保国便问。"没什么,没什么,拿卷儿铁丝回家绑衣架。"范保国不看人,只顾着低头看路,走得很快。刚刚走近门卫岗,一阵尖锐刺耳的声音响遍了全厂。门卫老张再也无法睁一只眼闭一只眼,只得走上前去检查范保国到底带了什么好东西出厂。"大国,放下我看看,咱以前不都这样嘛,就多个报警器吓吓咱们,没事的。"老张头安慰着怒目的范保国,保卫科几个人费了好大的力气才从他手里夺过大包。拿出铺在上面的报纸,四下无言,围观的人也不出声了——范保国拿了一包线缆,确切地说,因为报警器响了,所以这要算作偷。

范保国的脑子好像"嘀"的一声断电了,像是东子送给他的手机一样。警笛声远远地响了起来,旁边的人纷纷作鸟兽散,不少人赶紧回到仓库,把自己兜里偷偷藏着的扳手、线圈放回原位。范保国坐在警车里,车轮压过曾经带给他无限光明的厂门口,压过他曾经抖着腿站过的大路,那时他似乎等待着什么,好像是等带鱼上的水化掉,又好像还有别的。他想不明白,怎么就这样了呢?

警车路过李娣的学校,范保国看了一眼便迅速地移开视线。快下班了,厂里的喇叭又吱吱呀呀地响起了广播:"俺曾见金陵玉殿莺啼晓,秦淮水榭花开早……谁知道容冰消?眼看他起朱楼,眼看他宴宾客……"

创意写作引导与评析

创意引导

《有关大砂厂》，作为当代大学生的小说，是一篇难得的表达现实关怀的小说，也是一篇难得的创意之作。因为它关于合资，关于买断，关于工人，关于子女，关于炒房炒股，关于变与不变……的诸多话题，超越了大学生的经验范围，是一种可贵的创意尝试。

当青年大学生留恋于"致我们逝去的青春"的时候，我们不应该只是封闭在象牙塔内，我们的心目中不仅应该有青年的奋斗、青春的迷茫、或纯真或波折的爱情，还应该有更多对国家和社会的关注，这才是当代大学生应有的视野和情怀。在此意义上，这篇小说的作者做出了诸多有益的尝试，十分值得当代大学生学习与借鉴。这是每一个当代青年的责任和情怀。

国家与社会，与我们大学校园中的每个人并不是遥远的身外世界，而是息息相关的，我们每个人都应该思考其现状、其问题、其发展和未来。

写作评析

从"无微不至的安排让工人们感到舒适和轻松"的大砂厂到开始"裁人"的大砂厂，从跷着二郎腿等着分带鱼的范保国到因为偷厂里的线缆而被警车带走的范保国，十五年的光阴，在一个人的生命中有多长，在一个企业的兴衰中有多久？

恍然一梦，却又真真切切。"俺曾见金陵玉殿莺啼晓，秦淮水榭花开早……谁知道容冰消？眼看他起朱楼，眼看他宴宾客……"像是漫漫追忆，又像是切切追问……

小说语言朴素流畅，娓娓叙来，繁简相得益彰，平淡的故事蕴涵着无尽深意。

附录

独木桥上

2017年高考生　付晓帆

时光荏苒，流走的是光阴，留下的是记忆。

——题记

高考之前是迷茫，高考之后是成长。高三，一个让人战战兢兢的时期。但我坚信，迷茫过后的人生定会有不一样的风景，我期待，又紧张……

炎炎夏日伴随着蝉鸣声的到来，高三便拉开了序幕。生活在小县城中，硬件设施很差，一群人挤在一个巴掌大的屋子里，炎热、焦躁、不安充斥在每个人的身上。班主任讲完了班规、备战高考的策略以及几篇励志文章，大家都一副胸有成竹的样子，教室中也只能听到哗哗的翻书声和动笔声，书生意气，挥斥方遒啊！可分数好像并不领情，接连几次考试都如倾盆大雨一般，淋得我们不知所措，甚是狼狈。以前每次考不好的时候，老师们都会鼓励我们。但几次之后，班主任就只说了句："天道酬勤，百炼成金。"

还记得当时的我，一下课就无助地趴在桌上，像只慵懒的猫厌倦了尘世，呆呆地盯着被几何题"侵略"的黑板，心中满是忧愁，脸上划过一丝冰凉。但心里更明白，这个世界并不需要眼泪。如果你放弃，你就彻彻底底输了，不出众，就出局。

我知道早上五点起床很困难，背单词很困难，静下心来很困难，一边吃饭一边看书很不自在。但只要能圆高考梦，当初流的眼泪就不是什么大事，所经历的苦难也就不算什么，还是义无反顾。课桌上成堆成堆的卷子，密密麻麻的草稿纸，黑板上永远擦不完的习题，桌子上贴的到处都是的励志语，教师一句句发自肺腑的叮嘱和永远飘浮在空中的粉笔屑……也许，那些一个人奋笔疾书的成就感，永远不会随着时光的流逝而消失。电影里的青春是戏剧化的，而真实的青春是令一个人成长、变得更好、修身养性的事情。

渐渐燥热起来的天气，伴随着大家一颗颗澎湃的心，这时全班成绩也得到了较大提升。作为文科生的我，竟然文综成了心头病，看起来好悬……我在文综上下的功夫最多，然而始终是那点可怜的分数，就好像钱一样，舍不得多给我一分，二模结束后，全班有一半同学的文综硕果累累，而我依旧停滞不前，那时的我觉得长路漫漫毫无光采，星光黯淡，仿佛世界都抛弃了我一般，无头绪，心有不甘，为什么这么努力却还是遗憾而归，从一模时的天堂掉到了二模时的地狱，心里百味杂陈，什么也不想说。做梦在学习，午休不敢多睡一分钟，下课急忙去问题，隔一天一次的考试，一切的一切都显得如此呆板，如同复制的一般，那个时间段，哪一天，哪一月，天天雷同，我就在这未知的日子里一天天熬下去。好在，我伤心难过后便继续奋斗，从不敢荒废一分钟，因为背后有那么多默默支持你的人，怎能让他们失望，破釜沉舟，背水一战，其他别无选择。把高考看成一次成长就不会觉得有多苦了。如果你认为苦是自己应得的，那么光必然会照到你的身上。

当那一天真的来临时，我的心竟然很平静，因为我对得起自己和家人，也感谢我自己没有放弃。该做的都做了，一切早已在冥冥之中有了结果，不用紧张，我从来没有放弃过高考，高考也不会放弃我！响亮的口号一遍又一遍地回荡在清香的空气中，在老师和亲人的祝福下，我迈着坚定的步伐走进了考场，两天过得真快啊！一张考试卷结束了高考，很坦然，很自在，一切都画上了圆满的句号。然而学习并没有停止，学习是一辈子的事。

当你的才华还撑不起你的野心的时候，你就应该静下心来学习；当你的能力还驾驭不了你的目标时，就应该沉下心来历练，不是浮躁而是沉淀和积累。只有拼出来的美丽，没有等出来的辉煌！

　　高考，曾经我们都以为离它很遥远。一次相撞，两次绊足，三次跌倒，四次冲刺……失望，绝望，崩溃，周而复始！终于有一天，我们真切地触摸到了它。回望曾经，那确是彩蝶破茧般触手可及的存在。

　　作为高三学生，这篇文章的小作者把自己考前的各种状态描摹得生动而逼真。小作者善于运用环境描写来烘托考前紧张之氛围。同时，运用一系列细节描写表现人物的内心活动，尤其是神态、动作的描写，把一个准高三生的无助、彷徨、迷茫的情绪，坚持、奋进、昂扬的斗志表现得淋漓尽致。

　　也正是有了"衣带渐宽终不悔"的百折不挠，有了"为伊消得人憔悴"的矢志不渝，才会有最后"众里寻他千百度，蓦然回首，那人却在灯火阑珊处"的喜出望外。

　　品味高三之苦涩，体会高三之奋斗，成就高三之完美，愿这位小作者梦想成真，扬帆远航！

点评：云南民族高级中学语文组教师　李淑艳

　　附录文章的作者是一位刚经历完高考的准大学生，往事历历如在眼前，而遥望前方，前路漫漫，每一件事情的结束意味着另一件事情的开始。而对于过往，拼搏过，奋斗过，便了无遗憾。

　　每个人有每个人的高三，每个人的高三都是一样的，都是奋斗的、拼搏的、压力巨大而又怀着无限希望的，每个人的高三又是不一样的，不同的时间，不同的地点，不一样的老师、同学，需要面对的不同问题，暗暗为之奋斗的不同的理想，千万个人的千万个高三便是千万篇不同的文字。

高三的每一道题，每一节课，每一场考试，都是融入生命的深深印痕，都是值得书写的生命历程。

当你大学毕业时，蓦然回首，高三的时光，高考的情景，那年那月，那时的情景，那时的光阴随风而去，又会时时萦绕心头。是否还记得，高三有愿，文情若此，旧梦依稀。

将这篇刚参加完高考的高中学生的小文，与这位高中语文老师的点评文字，一起编入这本大连大学文学院大学生的创意写作课程作品集，意欲唤起即将走上社会的作为大学毕业生的你们抚今追昔，不知是否会念起，那年的岁月，那年的恩师？许久以后，不知是否还会追忆起今天，追忆起这场青涩的青春，这个也会绿树浓阴、也会冬雪飘飞的校园？那些人，那些情，那些依稀别梦……

而当我们跨过了千军万马的独木桥，是不是我们的眼前就会有一条花香满径、阳光明媚的康庄大道？

参考文献

1.吴金梅、庄庸著:《互联网+新文艺创意写作理论与实践:作品为世界立法》,中国广播电视出版社,2017年11月。

2.庄庸、王秀庭著:《网络文学评论评价体系构建:从"顶层设计"到"基层创新"》,福建教育出版社,2016年9月。

3.[英]于尔根·沃尔夫著:《创意写作大师课》(创意写作书系),史凤晓、刁克利译,中国人民大学出版社,2013年7月。

4.庄庸、王秀庭著:《亲爱的,我们为爱作战:互联网+她时代新文艺潮流研究》,福建教育出版社,2017年8月。

5.[英]伊莱恩·沃尔克著:《创意写作教学:实用方法50例》(创意写作书系),吕永林、杨松涛译,中国人民大学出版社,2014年3月。

6.[美]马克·克雷默(Mark Kramer)编:《哈佛非虚构写作课:怎样讲好一个故事》,中国文史出版社,2015年12月。

7.王祥著:《网络文学创作原理》(创意写作书系),中国人民大学出版社,2015年4月。

8.[美]诺亚·卢克曼著:《情节!情节!通过人物悬念与冲突赋予故事生命力》(创意写作书系),唐奇、李永强译,中国人民大学出版社,2012年7月。

9.庄庸、王秀庭著:《从"畅销书时代"到"后主题出版时代":互联网+出版"供给侧改革"战略研究》,福建教育出版社,2017年3月。

10.夏烈著:《大神们·我和网络作家这十年Ⅰ》,花城出版社,2018年5月。

11.李胜利、肖惊鸿著:《历史题材电视剧研究》,中国传媒大学出版社,2006年6月。

12.夏烈著:《观念再造与想象力重建》,北京大学出版社,2017年3月。

妈妈友时代

——新时代新女性自助、互助、共助的趣缘社群组织

当别人还在喝心灵鸡汤的时候，

我们已经走在自我探索的路上了……

"妈妈友时代"本着自助、互助、共助的宗旨，开展一系列集教育、成长、两性、婚姻、情感于一体的"妈妈友"沙龙，让我们女性朋友的身心灵都有安放之处。

我们的每次活动都会以"妈妈友时代"这个身份亮相。

"妈妈友时代"是中国新时代新女性自助、互助、共助的趣缘社群组织：缘来如此，兴趣使然，一起自我探索、共同成长、彼此成就，共建、共享、共同获得我们身心灵可以诗意栖居和自由飞翔的互联网+精神家园。